J O Y

享受讀一本好小說的樂趣

張草

《孛星誌》

【名家推薦1】

我們平凡人要有很強的心臟，才能以如此貼近地觀察這顆掃帚星

相聲瓦舍創辦人　馮翊綱

宣示了年號的時間，標示了歸屬的地點，人皮剝整張，人肉燒成湯，七顆死人頭陪著喝酒吃飯，順看活春宮。擄人關押理所當然，順便殺人也養成日常習慣。「殺殺殺殺殺殺殺」。即使驗證有寫「聖諭」的文采，也撇清不了他曾經幹辦過的「七殺」。寫了哪一款碑，抵賴不掉殺人如麻的事實，張獻忠會殺人，已是「有口皆碑」，不蓋棺也論定的印象。我們平凡人，要有很強的心臟，才能以如此貼近地、淡雅閑適地、風花雪月地，持續觀察這顆掃帚星。

【名家推薦2】

通過張草的手，自己生長的小說

大小創意齋有限公司創辦人暨創意長 **姚仁祿**

我喜閱讀，卻少讀小說，喜看電影，應該是，我的腦袋，結構成以畫面思考的緣故吧？皇冠編輯來邀，請推薦張草先生小說，我看了，喜歡，老實說，實在適合拍電影，因為，單看小說，文字來去，已經像極畫面奔騰，張力十足……

我也喜歡，張草先生說，他寫的小說，並非來自構思。而是小說自己生長……

不是做創作的人，不容易理解，這話怎麼解釋，我創作多年，倒深深同意這句話；我想起，自己年少，學建築設計，偶讀米開蘭基羅的故事，米開氏雕刻大衛石像，栩栩如生，人問，有何祕技分享，米開氏回答：「我沒刻大衛，他藏在石頭裡，我只是幫他走出來而已……」。

年少，我真的不懂這話，年過半百之後，卻是堅信不疑，經驗而已。希望，年輕的讀者，可以邊讀，邊進入，這一部「通過創作者的手，自己生長的小說」。

目錄

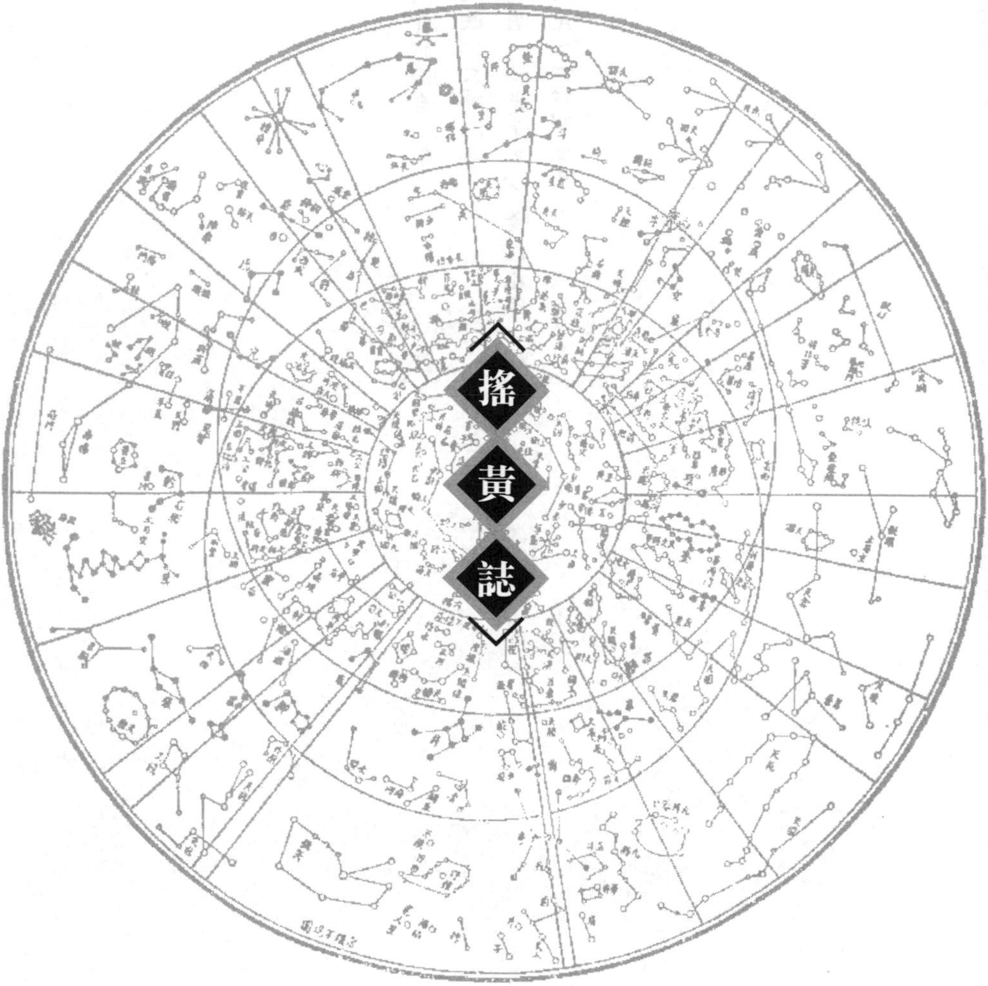

搖黃誌

（滿清）順治二年
（大西）大順二年
（南明）弘光元年／隆武元年
（西元）一六四五年

秋・九月

阿瑞無時無刻不在留神懷中的竹筒，生怕不慎掉落在地。

他專抄荒路，避開大城和士兵。

趕了一天的路，近晚時分，終於在視野中出現了一間野店。

驛道旁的小店還掛著酒帘子，店旁雜草有打理，鋪了些碎石子，塵沙不揚，還有木柱搭成的架子，供紮馬繩之用。

一切都井井有條，彷彿太平時期，壓根兒不像被兵燹蹂躪過的川北。

阿瑞小心翼翼地走近野店，探頭往店內看看，沒見客人，店裏外桌椅收拾得整齊乾淨，彷彿剛要開門營業的樣子。

「客倌用飯嗎？」

冷不防的招呼令阿瑞嚇了一跳，原來有名男子站在身後，打從他進門就靜悄悄地沒作聲。男子看來才三十出頭，不知打哪兒迸出來的，手臂上掛了塊乾淨手巾，只是雙目無神，面容憔悴。

「有飯嗎？」

男子搖頭，「方才吃完了，粗米還有，未洗也未煮。」

「有菜嗎？」

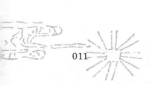

男子點頭，「自家後園種的，多的是。」

「有麵嗎？」

男子仰首思索片刻，「方才用了許多，煎兩張餅，看來是夠的。」

「你是廚子嗎？」

男子搖頭，「兵荒馬亂的，廚子不在了。」

阿瑞嘆口氣，「不瞞你，我倒是個廚子，若蒙不棄，可否借用廚房，我自個兒料理，再付你飯錢如何？」

「倒好。」男子無力地回答了，竟踱到一張桌子後方，發呆地坐下，瞭望驛道彼端。

日頭漸漸西斜，廢棄多年的驛道在山陰面，會提前天黑，阿瑞趕在入黑前生火燒飯。

他走進廚房，聞到一股腥味，那是料理肉類的場所常聞到的，地面黃土扎實，有斑斑烏沉沉的血跡，是日積夜累，水洗不清的。他皺了皺鼻子，踱到廚房後方，見到有收集雨水的大水缸，又在柴堆旁找到米缸，於是掬水、洗米、生火，將煮米的鍋子蓋上了，才到後園去拔菜。

後園菜圃種了六七樣青菜、十幾株芋頭，排得整整齊齊，沒半根雜草，蔬菜莖葉肥厚，足見著實下過一番心血。旁邊新翻了一塊地，顯然是預備要下種的。

阿瑞疑竇暗啟，他覺得這一切如此井然有序，不像外頭那男子所為。

他洗了菜，找到兩枚雞蛋，油鹽醬醋不缺，於是清炒了道青江菜，青蔥切粒煎蛋，再煮道芋頭湯，正好飯熟，他盛好盤，拿了兩對筷子，搬到外頭去。

天尚有餘暉，阿瑞點了燈，向呆坐的男子道：「一塊兒吃吧？」

男子摸摸肚皮，便踱了過來，一同進食。

男子夾起菜莖，凝視了一會，才剛放入口中，淚水就湧了出來。

阿瑞大吃一驚，「怎麼了？」

「晨……晨早涼快時才要採的，」男子邊哭邊說：「待會還要收肥，明日施肥……」

「究竟怎麼了？」阿瑞追問道。

「今……今天……」男子哭得失聲，全身抽搐，淚水滿臉，滴濕了桌面，「今早她還在的……！」

阿瑞雖不明發生何事，卻也猜到果然有隱情，他忙放下筷子，問道：「這家店是你的嗎？」

男子頻頻點頭。

「今天發生什麼事了？」

「今天……我依阿嫦的吩咐，桌椅抹乾淨了，廚房和地面都弄清潔了，門前灑水不揚塵土，阿嫦說的，我全都做了。」

「阿嫦是你什麼人？」

「是我髮妻。」

「她人在哪兒？」

「被強盜帶走了。」言畢，男子又痛哭，哭得聲音嘶啞，兩眼翻白。

阿瑞一時義憤填膺，「她就是廚子嗎？」

男子用力點頭。

「強盜在哪裏？」

「他們吃完後，往西行了……」

雖然趕了一天的路，腿在痠痛，肚子在餓，但這等事可萬萬遲疑不得。

阿瑞將飯倒入掌中，揉成一團，又到廚房取了火石，在奔出門之前，再問了句：「他們走了有多久？」

男子哀哭失聲，已經無法回答。

他還想問強盜有多少人馬？可是眼看男子是無法回答了。

阿瑞奔出驛道，蹲下觀察路面，只見驛道路面仍留有過去鋪下的石板，靠近野店之處已被清理過，不見車馬壓痕或足跡，沒留下多少線索，只有路旁雜草被殘踏得厲害，尚未枯萎，可見上次剛有人經過的時間還不至於太久。

彼方天際還殘餘了一小片金黃，走了幾步，可見潮濕的路面上仍留有零亂的足跡，他估算了一下，方才那一場驟雨過了有多久，由此大約估計他們離開了有多久，行了多少路程。

阿瑞運下一口氣，施展「仙人步」，拔足奔跑，邊跑邊吃食手中的飯糰，朝太陽消失的方向跑去。

大明亡國，天下大亂，四川大半被張獻忠所佔，完全控制了蜀中一帶。

但是，張獻忠鞭長莫及，顧不了整個四川，蜀地以外的許多地方都陷入了無政府狀態，大明法律完全失效，無法則無天，正是盜賊紛起、弱肉強食的時候。一路上，阿瑞不知已經目睹了多少慘劇，他雖管不盡天下不平事，卻也沒有袖手旁觀的道理。

天色已完全黑透，他憑著微弱星光摸黑趕路，邊跑邊吃手上的飯糰，也不知跑了有多久，飯糰也吃完了，根本沒填飽肚子。

驛道兩旁響滿了蟲叫聲，甚是喧譁，此時，他才看見路邊有座破廟。

破廟很小，無山門也無廟門，只有一面後牆加上兩邊窄牆，勉強遮雨棲身，神像直接面朝大路，看來是「有應公」之類的野鬼廟。

阿瑞之所以止步，是因為聽見廟中傳出雞隻的咕咕聲。

剛才野店還留有兩枚雞蛋，卻不見有雞，想來也是被強盜搶走了。

他走近野廟，看見敗壞的神檯上，香爐已不見蹤影，神像的身體也洞穿了，露出裏頭的竹架。果然！神檯下有竹籠蓋住幾隻雞，在黑暗中不安地叫著。

他很清楚地嗅到，空氣中有一股肉香，不知打哪兒傳出來，嗅得他不禁饑腸轆轆，胃囊抽搐，餓得他有些快頭昏了。

忽然，有人自黑暗中跳起，驚呼道：「有人！」音聲幼嫩，是名少年，原來他一直躲在神檯旁，他衣衫襤褸，在黑暗中看起來就像一塊破布，是以阿瑞沒發覺他。

少年溜到廟後，慌張亂叫：「有人！有人！」

數名野人狀的男女流民從神檯後方跳出來，手上拿了棍子、鈍刀之類，一臉慌張。

阿瑞忙拱手道：「諸位莫驚，我只想問，這幾隻雞，可是路邊酒店的？」

「他找雞來了？」一名衣服破爛的女人顫聲道。

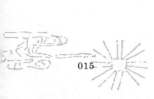

「我們不是說好了嗎？」男人怒道：「這幾隻雞給我們，換我的女兒！」
「什麼女兒？」阿瑞莫名其妙。
「你可別說話不算話，你已經把她吃了不是嗎？」
阿瑞頓時起了滿身雞皮疙瘩：「你說什麼？」
「老公，他不是那個人。」女人拉拉男人的手臂。
「嗯？」男人看清楚了，「你是誰？」
「我是過路客，想弄清楚一件事。」
六名流民男女老幼一字排開，不安地朝廟後望望，廟後陣陣肉香撲鼻，他們嚥著唾液，似乎害怕被阿瑞發現。阿瑞左顧右盼，一個箭步衝去神檯後方，眾人一聲作喊：「他要搶肉！」忙擁上前去圍堵阿瑞。
阿瑞抽出腰間兩把刀，一把菜刀一把剁肉刀，四圍一掃，令眾人卻步，他再定睛瞧清楚了，火堆上架了幾根粗枝，串了一大塊肉，再看清，是一具女人的軀體，只不過缺了個頭和四肢，看起來跟烤全羊沒兩樣，割下的兩臂另外晾著在樹下，僅有兩腿不知下落。
「那是我們的！」眾人發起狂，棍子石頭交加，阿瑞忙跳開去，他知道只要不爭食，就不會遭受攻擊了。
流民們擋住火堆，不讓阿瑞靠近，一副要拚命的樣子。
阿瑞悲愴地望著他們，想起他曾幫馬老師傅做過的烤小羔羊、烤乳豬之類的，只要是肉，烤成金黃，皮泛油光，沒有不香的，管他是什麼肉。

有時馬老師傅在酩酊大醉時，會胡言亂語說：「咱當廚子的，不過是送殯的活兒，將死屍往人肚裏送，那張嘴巴，就是個墳穴。」

當然，這番話不會在食客面前提起。

阿瑞心中明白，這班流民，那位酒肆老闆，只不過是這兩年來戰亂饑荒下常見的現象，未來在史書上也僅僅會以「人相食」三字，輕描淡寫地帶過。

他還真是多管閒事了，其實他還有正事要辦呢。

於是，阿瑞跳回驛道，收起庖刀，向野人們說：「你們且用，我沒事了。」言罷，轉身要走。

流民中有個女人嚷道：「不能讓他跑了！要是他搬兵前來，咱就完啦！」

流民們一聽，紛紛繃緊神經，少年跳去一旁躲避，五個大人則抄起武器，熟練地擺開陣式，將阿瑞包圍起來。

阿瑞環顧一番，從他自幼所受的訓練，再加上這兩年來外公符十二公遁甲之術的指教，一眼便認出五人的陣形暗藏後天八卦，是個活動變化性極強的陣形。

尋常流民，豈擺得出如此陣形？

阿瑞不想應戰，這批人也是可憐人，何必要作無謂的爭鬥？於是他拱手道：「我是青城山長生宮弟子，與諸位無仇無怨，只為打抱不平而來，如今事情已明朗，在下不宜留下，諸位也不必動手，何不就此罷休？」

那女人啞聲道：「你是搖黃一路的！裝啥好人？我的女兒不就落了你的肚子嗎？」

這是阿瑞第二次聽他們提起小女孩的事了，但他左思右想，想不起在野店廚房中有任何小女孩屍體的蛛絲馬跡。

「諸位冤枉了，」阿瑞著實不想動手，但他也被挑起好奇心了，「我是長生宮弟子，道教中人，不識什麼搖黃，不知為何你們會說我跟搖黃有關係呢？」

為首的男人開口了：「你從那家黑店來，怎會不識搖黃？你以為我不知道，那家店主人就是搖黃大頭目袁韜舊部，那家店就是搖黃賊的耳目，所以你就是搖黃！」

原來如此。阿瑞恍然大悟。

他想起以前在一味堂當庖廚助手時，曾聽駐館的說書先生講過《水滸》，那黑店不正是孫二娘的翻版嗎？怪不得一名瘦小男人，能夠在廢驛道上與妻子兩口子光明正大地開店！

在這搖黃賊肆虐的川北，連張獻忠的觸手都伸不進來的川北，能這樣子開店的也只有一種人，那就是搖黃賊本人！

阿瑞在青城山上的地穴躲了兩年，一點也不知道川北的消息，也不知道袁韜是何等人，要不是有特殊原因，他根本不會想離開地穴，更不可能冒險踏進川北一步！

「總之，斃了他！」那女人一作喊，五人隨則收緊包圍，一把鈍刀伸向阿瑞脖子，欲立取性命。

阿瑞不欲耽誤時間，立時使出青城十八勢絕招「白浪滔天」，兩臂左前右後，右上左下，往四周掃去，一手順勢使出「空手入白刃」，摸進為首男子的指縫間，反手取下他手中的刀，順手一甩，拋進破廟旁的草叢之中。

男子大吃一驚，卻沒亂了陣腳，阿瑞正要去搶奪其他兩人手上的木棍時，男子原本握刀的手已化為鷹爪，繼續伸向阿瑞的脖子。

這下反倒是阿瑞吃驚不小，他趕忙撥開兩條木棍，反身使出「一夫當關」硬接男子鷹爪，意欲闖破一點，殺出包圍。

男子的鷹爪凌厲無比，如鐵鉤般扣住阿瑞手腕，其勁道之強，幾乎撕裂阿瑞手筋。然而這是阿瑞欲擒故縱之道，他足運仙人步，男子不覺之中被他牽動移步，頃刻之間，阿瑞已與男子易位，站在包圍之外了。

「諸位聽好了！」阿瑞忙說：「我不欲出刀，免生傷亡，何不就此罷手？」

為首的男子不打話，反身回戰，兩手鷹爪堅持往阿瑞脖子探去，其餘四人丟了木棍，不論男女，也紛紛伸出鷹爪，重新組成陣形包圍阿瑞，五對鷹爪從四面八方包抄。

阿瑞不慌不忙，他素來擅長群戰，單打獨鬥才是他的弱點。只不過，走了這許多路，他的腿已經又痛又累，剛才啃下的飯糰說不定也消化盡了，肚子越發餓了，他非得速戰速決不可。

阿瑞腳下「仙人步」應先天八卦而運行，配合長短拳，指東擊西，分解五人的包圍。偏生那五人陣形運用的是後天八卦，兩相對仗，誰也佔不了便宜。

先天八卦講陰陽相生，講對峙，而後天八卦講萬物生長循環，講流動。二者同是八卦，用意大不相同，因此五人輪番進攻，阿瑞逐一拆解，如此下去，只有沒完沒了。

五人為性命而戰，阿瑞卻絲毫無傷人之心，久之，阿瑞漸處下風，正躊躇不知如何是好時，被他們的鷹爪一碰，懷中的竹筒從衣襟下飛出，滾落在地。

「不好！」阿瑞眼看竹筒滾向他人腳下，生怕竹筒被踩破，馬上奮不顧身地飛撲向地，五人冷不防有此一著，得此良機，毫不遲疑地進擊阿瑞背部。

阿瑞不理會背上的劇痛，不理會衣服被撕破，不理背脊被擊中，只顧猛力撥開一隻快要踩上竹筒的腳板，那人驚呼一聲，往後跌倒。

女人見他如此緊張竹筒，便也飛身過去搶奪，阿瑞見狀，心中一緊，就地橫掃過去，一式「山風掃葉」，硬生飛踢女人臉部，女人當場鼻梁斷裂，登時淚水暴流，滾地慘叫。

「阿母！」躲在一旁的少年喊著跑來，那為首男子怕阿瑞傷了他兒，一腳踩去他脖子，要立置他於死地，阿瑞趕忙滾開，一式「砯崖轉石」，連連滾開二十步之遙。

看倌需知，這式「砯崖轉石」的名目，實出自李白千古名詩〈蜀道難〉。平日練就平地滾身，委實不易，只因人身兩側的肩膀、手臂會阻礙滾動，因此需借上半身之力與兩腿配合，一口氣直灌丹田，一氣呵成，熟練者可瞬間滾出三十餘步。

阿瑞滾開之後，匆忙翻身立起，一骨碌站起時，只覺背脊在隱隱作痛，不待他們上前，他立刻拱手，「別再打了！我真的不想傷人！」

女人在地上摀著鼻子慘號：「別放過他！斃了那兔崽子！」

為首男子向女人喝道：「甭吵！住口！」他站定身子，揮手阻止他人接近阿瑞，然後指向阿瑞手中竹筒，「那是何物？」

「家母有陰寒之症，此為專治家母的偏方，我特地來尋得的。」阿瑞秉實以告，「我得趕路回家，不然此藥恐怕會失效。」

「你家在何處？」

「方才說過了，青城山。」

「很遠。」那為首男子望了旁人一眼，才再說：「一路上有搖黃賊、張獻忠的部隊，還有各路土暴響馬，你怎麼走過來的？」

「和尋常人一般，用兩條腿。」阿瑞直盯著男子的眼，從他的眼中，隨時掌握他的下一步舉動。

男子眼中灼熱的目光已經消失，殺意不再，「你方才所使弄的，確是青城十八勢，我信你是長生宮弟子。」他轉側身，表示要離去，「你走吧，別再回來。」

阿瑞再三拱手，「師傅既認出我是長生宮弟子，不知師傅何方人氏？所使哪家爪法？如斯了得？」

男子慘然一笑，「啥鬼師傅？敗軍之將，何必再辱師門？」言罷，他揮揮手叫阿瑞離去，扶起地上的女人，一眾人步回破廟去。

阿瑞知道他們要回去吃什麼了。

「別吃人肉！」阿瑞喊道：「聽說人肉燥熱，吃了會生瘡奪命！」

他們沒理會阿瑞，破廟後的火光把他們的影子拖得長長的，彷彿一縷縷孤魂。

阿瑞猶豫了一陣，決定往回頭的路走。

他要回到那家野店。

他還得弄明白一件事。

回頭的路不好走，別說天黑路暗，走了個把時辰，還餵了無數蚊蟲，也不知路究竟走對了沒有。

他不時撫摸懷中竹筒，確定它沒弄丟，確定它表面沒有裂縫。他這趟會冒性命之險潛入川北，為的就是這個竹筒中填塞的東西呀！

一切起因於兩年前，在張獻忠剛攻陷成都後不久，他上長生宮去警告道眾們，要留神避禍。不想時機不巧，正好遇上大太監鄭公公策動住持朱九淵登極為皇帝的鬧劇。

一場混戰中，他的阿母和師父柳嵐煙為鄭公公所傷，那股陰寒之氣一直逗留在體內徘徊不去，偶爾發作，便是大太陽底下也會寒氣攻心，雖有「四逆湯」可暫解寒毒，但終無法斷根。

他們一家子分散隱居在各個地洞中，每日出來狩獵、採集，好不容易熬過了兩年，時而阿瑞會碰上採藥的「草藥醫」，便會請教有什麼方子可治陰寒之毒。

這些草藥醫各有自家的祖傳方子，採集的藥物也不盡相同，畢竟「無川不成方」，四川草藥有上千種，所以每位草藥醫都有自己的獨門知識。

有一次，他碰上一位七旬老郎中，聽他描述了兩人的症狀後，回說：「聽小哥道來，似是兩種病，而非一種病。」

阿瑞訝然，道：「他們為同一人所傷，發寒的樣子也沒不同。」

老郎中搖搖頭：「你帶我去見見他們，我『望聞問切』一下，便知端的。」

阿瑞不方便帶他去隱藏的地洞，只好請老郎中坐等，他去把阿母和師父帶出來。

老郎中見了阿瑞之母——翠杏——一副半人半猿的模樣，先是嚇了一跳，隨即輕嘆口氣，溫和地幫她撫平頭髮，露出蓬髮下的面容，才得以仔細觀看氣色。老郎中皺巴巴的手掌十分溫柔，兩眼慈祥，翠杏覺得安心，竟沒反抗，任由他端詳，還讓他將三指按在手腕的寸關尺三點上，為她切脈。

老郎中接著又觀察了柳嵐煙好一會，才滿意地說道：「老夫所料果然不差，此男子確為寒毒所傷，然令堂乃陽氣極虛，故現寒象……也就是說，一人是陰氣太盛，一人是陽氣太弱，表徵相似，內實不同也。」

阿瑞不知，其時翠杏以「禽翔五行指」的一式「丹鳳朝陽」意圖攻擊鄭公公掌心，因為她曾用此式成功令朱九淵「火犁掌」倒流，使得朱九淵為自己的烈焰所毀，但她不知道鄭公公已被「靈龜八法」改造全身經脈，此式不但不成，反遭鄭公公吸去陽氣，跟柳嵐煙被鄭公公陰寒武功所傷大是迴異。

阿瑞茫然不知所措，「那我該怎麼辦？」

「此為內功所傷，委實不易根治。」老郎中沉吟了一陣，道：「老夫行腳多年，道上常遇同行討論藥理，確有一藥能扶陽去陰，然此藥乃單方奇藥，別說眼前兵荒馬亂的，就算是太平時節，也恐怕不易覓得。」

阿瑞見有一線希望，喜道：「您老只管說便是。」

於是，阿瑞毅然決定前往川北找藥。

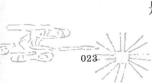

臨行，他還向彩衣保證：「依我的腳程，十天半月，我必把藥攜回。」

十天過去了，半個月也過去了，阿瑞卻依然耽誤在路上。

他冒險往川北尋找的，是一種稱為「貔貅」的異獸糞便，需在新鮮時裝入竹筒密封。老藥草醫告之：「貔貅是古名，據說還幫黃帝打過仗，當地人也有稱牠『杜洞尕』的，你隨口問人便知。」

阿瑞費盡千辛萬苦，終於在竹林深處中找到一隻異獸。這種異獸體型如人大，身型圓胖，平日動作遲緩，由於離群索居，很少集體生活，所以極不容易找到牠們的蹤跡。

阿瑞躲在竹叢後方，屏息觀察異獸的動靜，只見牠碩大的身體坐在草地上，黑爪執著竹子不停啃咬，牠那麼一整天就在忙著吃竹子，也沒空忙別的事，看來溫和得很，但依牠的體重和爪子看來，一旦動起怒來可不好玩。

阿瑞很懷疑，牠這樣子要吃多久才會大出一坨便來？

在等待的同時，阿瑞切下一段粗大的毛竹，做成竹筒，準備裝藥。竹子有抗菌保存食物的功能，能將他準備收集的「東西」保持新鮮。

等了好久，好不容易等到異獸爬起身來，到竹林的另一頭去尋找新竹子，阿瑞這才發覺，牠方才所坐之處早已遺下一團乾了的糞便。

阿瑞懊惱地望著那一大坨褐黃色的糞便，想了想之後，他悄悄地潛到異獸後方，緊盯牠的肛門。

下午的天氣雖不悶熱，但阿瑞的臉貼近草地，可以感覺到自泥土中蒸蒸升起的暖氣，薰得他眼睛有些兒不舒服。此時，一股與泥地稍有不同的異香乘著地面的輕風拂來，挑動了阿瑞的神經，警覺地握緊了竹筒。

他整副身體貼在地上，模仿輕風的速度，柔軟地在草地上滑動，像一隻小蟲般挨近異獸後方，將一片削好的竹片伸到異獸臀部下方，慢慢刮起一匙新鮮有溫度的糞便，盛入竹筒。

阿瑞很專注地一點一點刮起糞便，時不時抬眼望一下，確定異獸仍在啃著竹子。

正在慶幸一切順利的時候，異獸忽然低吼一聲，阿瑞嚇得跳起身來，這一跳，他頓時後悔萬分，原來異獸根本未曾發覺他，是他反應過度，反而驚嚇了異獸。沒想到，牠肥大的身軀並沒想像中遲鈍，牠將毛茸茸的大爪反手撥來，隨即四足著地奔向阿瑞。

阿瑞施展「仙人步」遁逃，不料方才伏地過久，一時氣血未暢，竟然後腳不搭前腳，猛摔在地，異獸乘機撲上，牠黑白相間的巨大軀體要是壓上來，阿瑞就很難掙脫了。情急之下，他翻身朝上使出「青城十八勢」中的「順水推舟」，意欲借力把異獸推開。

那異獸似通人性，半空將黑爪撥去阿瑞手掌，爪子迫近眼前，阿瑞才看見牠有六指，其中一指特別粗壯，彷如尖錐，被刺中可不是好玩的。阿瑞驚覺「順水」不成，立刻轉成「燕子鎖喉」，卻馬上發覺用錯招式，因為他的拳頭擊中異獸的喉頭，馬上便埋入牠厚重的白毛之中，一點也使不上力，異獸只是楞了一下，隨即把他重重壓下！

阿瑞被異獸整個壓在下方，硬刺般的獸毛刷入他的鼻孔，他一急吸氣，吸入重重的腥臭，然後就一點空氣也吸不進來了，阿瑞心急萬分，眼看快要窒息，他用兩手兩腳拚命掙扎，卻一點也推不動異獸。

阿瑞不知道的是，此異獸乃屬熊類，平日獨居，正是因為地域觀念極強，一日受到驚嚇，便會奮不顧身地驅逐入侵者，是以平日的實戰經驗不弱。

牠咧開嘴，露出尖利的牙齒，低頭要咬阿瑞的頭顱，然而阿瑞的頭被壓在牠的胸口，牠頸短咬不到，只好把身體退下一些。這一退，被阿瑞逮到空間，他立刻兩臂迴旋翻撥，使出「千葉白蓮」，兩手如水車高速運轉，把異獸一點接一點推開，時機一到，兩掌一虛一實朝外一運，肥大的異獸登時翻身仰天。

阿瑞刻不容緩，抄起竹筒，拔腿就跑。剛才的一陣掙扎，已激起他渾身氣血，他腳下急使「仙人步」，足尖輕點草葉，一步跨出平日三步，飛身到異獸的糞便處，把竹筒的開口抄去糞便，迅速裝滿竹筒，把自己在轉眼間彈出異獸的視線範圍之外。

異獸雖然笨重，身手卻頗為靈巧，牠很快翻過身來，正好瞧見阿瑞身影的最後一瞥。牠朝阿瑞的方向示威似的吼叫幾聲，表示成功捍衛了地盤，才又踱去一根竹子旁，用粗壯的大拇指扯下一根竹子，滿意地席地而坐，慢慢啃咬起來。

阿瑞見異獸沒追上來，不由得放慢了腳步，回頭確定安全了，這才開始冒出一身冷汗。老郎中說過，這種異獸又有「食鐵獸」之名，要是剛才被牠在頭上咬一口，鐵尚可食，他的頭豈不粉碎？

他用油紙仔細封好竹筒，立即心急想要回家，給阿母快快試試此藥，也想跟每日掛念的彩衣早些見面。

可是，此刻他竟然正義感發作，在多管他人的閒事，還在徹夜為他人之事奔波，連他自己也很感到懊惱！

終於，他遠遠望見野店了。

雖然已過二更，野店還在透著燈火，彷彿黑夜中的一雙眼睛，在炯炯注視著他。

阿瑞停在野店外，讓自己先喘上幾口氣。店門已經關上，阿瑞從門縫望了一下，只見店裏頭燈火黯淡，不見人影，但可以看見他先前燒好的菜仍在桌上，顯然尚未動過筷。

阿瑞靜悄悄地繞到店後，聽見廚房裏傳出大口吃東西的聲音，好似在狼吞虎嚥。

他小心翼翼地走到廚房門外，感到腳下踢到了一樣東西，定睛一瞧，居然是個小小的頭顱，頭髮散亂，兩隻圓瞪的眼珠子已經白濁模糊，蒼白的小臉上逗留了許多巨蠅，嗡嗡作聲，熱鬧得很。

野店老闆面前擺了個大砂鍋，裏頭裝滿肉塊，已熬煮得稀爛，正發出香噴噴的氣味。

「只要看不出形狀，就怎麼吃也行，是嗎？」阿瑞站在門口，這麼問道。

野店老闆抬起頭，發楞地看他，口中兀自咀嚼著肉塊：「你還沒死呀？」手上的筷子在顫抖，不像在害怕，倒像是處於發瘋的狂態。

「也許我的肉看起來沒那麼可口。」

野店老闆當真上下審視了他一遍，端詳良久，忽然對他失去了興趣，再度埋頭狂吃。

他吃，卻不像在享用，神情悲痛，越吃越悲傷。

桌上吐了一堆小骨頭，煮得蒼白柔軟，跟雞骨頭差不多。

阿瑞繼問道：「你妻子呢？」

「強盜帶走了。」他回答時，頭也不回。

「他們說，他們不是用搶的，而是用換的。」阿瑞說：「還換了個女孩給你。」

野店老闆抬起頭，口中含著肉，對阿瑞微笑，阿瑞頓覺不寒而慄。

「我妻子，」他說：「與我結髮五年，從未有一刻分離過。」他將口中肉塊嚥下，繼續說：「然後，今早那批強盜來了……」說著，野店老闆哽咽起來，淚水自眼中暴湧。

阿瑞不安地摸摸腰間菜刀。

阿瑞知道，那些人不是強盜，他們只不過是離鄉背井的流民，他們原本也有家，也有熟悉的自小長大的環境，但種種不得已令他們必須離開，比如說大明的滅亡，天下劇變，盜賊游兵四竄，令他們的家鄉陷入兵燹，令他們田地被毀、親人被屠殺……

這一路上，阿瑞已看見過許多。

「今早，我沒打算開門做生意，因為沒生意可做了，他們要吃，可我的雞兒是要養來下蛋的，我的米是要用來度過戰亂的，誰能料到有生之年，國家會亡呢？」

「可不是？」阿瑞隨口應道。

「他們硬要闖開店門，在糾纏中，我妻被打死了。」

打死野店老闆娘的流民拿著棍子，瞪著老闆娘破開的頭顱，老闆娘眼神呆滯，逐漸失去生氣，手腳還在一抽一抽的，白沫流下嘴角，還從鼻孔流出混合了腦漿的白濁血水。

「死定了。」旁邊有人嘀咕道。

「老闆，反正要死了，可以吃嗎？」另一人向野店老闆問道。

嚇楞了的老闆六神無主，半個字兒也說不出口。

他眼睜睜看著眾人將妻子在地上分割，在他廚房生火準備煮食，極度的痛苦已經令他忘了該如何悲傷，忘了一個人該有的正常反應。

待他回過神時，他妻子的兩腿已經被人分食，只剩下三、四根粗大的骨頭。

他厲聲哭喊，衝去廚房拿了刀要殺人，大人們曉得避開，卻劈倒了一個小女孩，小女孩臨死時，口中還含著未及吞下的肉。

在狂亂中，眾人制伏了他，卻沒殺他，就抬著他妻子的屍塊逃跑了。

「大概他們不想吃自己的孩子，所以把她給留下來了。」野店老闆近乎呢喃地說著。

他面色陰冷地站起來，要到爐灶去取熱水喝，阿瑞驚望他的肚子，看見身材瘦小的他，肚皮飽脹得圓滾滾，像要活活撐破一般。這也難怪，畢竟他肚子裏頭可是裝下了一個小孩呀。

阿瑞瞪眼望著他，憶起小時候在長生宮讀過的經書，地獄中的餓鬼不就長得這副模樣嗎？

阿瑞渾身冷顫，生逢亂世，連死也死得討不到一點尊嚴。

不過，老闆剛剛講的故事有破綻。

「我有個疑問。」阿瑞很突兀地開口說。

老闆回過頭來，狐疑地望著他。

「此地搖黃賊出沒，已經有多年，敢問你這家店當正大路，是如何避過搖黃賊的？」

老闆直楞楞地瞪住他，陰沉的臉上剎那浮現殺氣。

「他們說了，你是袁韜舊部，我是外來客，不知袁韜何人？還想請教。」阿瑞這麼直接地問，根本是不想活命了。

「我也有一個疑問。」老闆冷冷地說：「既然你知道了這許多，為何不一走了之？風塵僕僕地回來小店，為的是什麼？」

阿瑞聳聳肩：「大概……為的是多管閒事。」他解下懷中的竹筒，放在身邊的桌上，以免再出意外。「你還沒讓小弟解惑，袁韜是何等人物呢？」

老闆歪頭想了一想，然後一屁股坐下，似乎打算慢慢說：「人言道，崇禎爺還在的時候，有姚天動和黃龍兩個人，勢力很大，旗下人數很多，甚至分成了十三家，這就是人稱的『姚黃』。」

原來如此。阿瑞聽了他一番解說，不禁點頭。

「十三家勢力消長，除了姚、黃兩位爺兒，尚有馬潮、胡九思、王友進、楊正榮……」老闆拿起手指在算，「其中袁韜雖是後起之秀，卻成了當今大頭目。」

頓了一下，老闆似乎在尋思該如何接下去，才說：「袁韜手下眾多，軍糧就是個大問題，平日燒殺民間，民間哪有餘力種糧？於是就擄人為糧，吃不完的醃成肉乾，隨身攜帶。」

聽著老闆一副不在乎的語氣，阿瑞感到渾身發冷。

「所以貴店是……？」

「我們夫妻倆經營的，是個哨站，平日替袁老大把風的，見有流民經過，便通知他們下山納糧。」老闆十分老實地說：「不巧的是，今日袁老大遠去攻打縣城了，我們夫妻倆見流民中有個小女孩，最為可口，一時嘴饞，見他們人少，就遠遠放了支冷箭，殺她在路上。」

阿瑞握緊了拳頭，只等他說完。

「依常理，見有冷箭，他們無不棄屍而逃的，」老闆嘆了一口氣，似乎十分懊悔，「沒想到，萬萬沒想到的是，他們一家人竟是會家子！」

「所以他們找上門來了？」

老闆的淚水又掉出來了，「我老婆是不懂武功的呀，一來就被他家女人打死了！」他忍不住了，忽然放聲大哭，淚流滿面地伏在桌上直哽咽。「他們人比我們多，你說能怎麼辦？」

「是啊，能怎麼辦？」

老闆忽然收起淚水，目露兇光，「待我袁老大一回來，我要他們全家充作軍糧。」說著，他再次打量了阿瑞一番，「你是練武之人，肉硬不好吃，不過，也可權充小嘍囉的肉乾條。」

話才剛完，他立刻伸手進懷，摸出掛在頸上的一樣東西，要放進嘴巴。

阿瑞定睛一瞧，是一把哨子！

他一點也來不及遲疑，一個箭步彈過去，心中火速盤算：他來不及搶哨子，即使手抓到了哨子，也阻止不了他伸進嘴巴。

所以，要對付的不是哨子！

阿瑞慌忙使出「水清河靜」，兩臂齊出，一拳捶去老闆臉頰，另一拳擊向老闆喉結，老闆沒料到他來得那麼快，整個頭被飛撞開去，但及時屈起手肘擋住阿瑞另一拳，護住了喉結。

「呔！」老闆怒不可遏，放開哨子，也是兩臂齊出，巨吼一聲，身體斜傾，一拳擊中阿瑞右肩，阿瑞竟登時飛跌出廚房，撞入飯堂，撞開了兩張桌子。

阿瑞一時頭暈目眩，忖道：「這是硬氣功！」不知老闆什麼來歷？

不管什麼來歷，反正是一場硬仗就對了！

阿瑞亮出兩把庖刀，直取那店老闆，他知道不能讓老闆吹上哨子，因為接下來出現的可能是一整批的搖黃賊！

老闆腰下一沉，兩足踏地，結實的地面竟然壓出了兩個腳印，他又吼叫一聲，腳下連續進逼，手中毫不饒人，硬生生迎戰阿瑞的庖刀。阿瑞刀身尚未碰上老闆，竟被一股猛烈的氣流推開刀面，腳下根本就站不穩，被推得連連後退。

兩刀被老闆牽制，令他無力招架，阿瑞只好棄刀在地，改用他最擅長的拳腳。

不料，老闆搶上前來，兩拳直擊阿瑞胸口，阿瑞感到氣緊悶絕，連忙自動後退，好分散掉那老闆的力道，否則肋骨必斷！但他已沒什麼地方好退了，再退，就要退出門外去了。

阿瑞不知，此乃傳自少林寺的基本拳法「大撞碑手」，僅有七式，卻是招招殺著，久練有碎石斷樹之功，何況區區一介人體？老闆亦從不道出自己乃少林弟子的身分，他最怕被人認出「大撞碑手」的招式，因為那會令他羞愧得無地自容，其時，他也只好把認出他來歷的人充作軍糧。

「不可硬搏！」阿瑞心念一動，腳下運起「仙人步」，上身扭動，先避開了老闆沉重的氣流，再搶入他懷間，在他尚未轉換招式之前，一式青城十八勢的起手勢「投石問路」，勾住老闆的鎖骨，只消扭斷鎖骨，他就再也使不出力了。

老闆馬上識破他的目的，他兩臂馬上緊抱阿瑞，大吼一聲，瘦小的他竟將阿瑞整個人提起，再用額頭撞擊阿瑞的鼻子，一時，阿瑞淚水遮目，鼻子發麻，完全看不清眼前的景物。他當下的念頭是「現世報」，一個時辰前，他還剛剛踢斷別人鼻梁呢。

阿瑞明白他根本是自投羅網，要不掙脫，他必死在此人手中。

他兩足騰空無法使力，於是他兩腳一頓，屈腿踩在老闆肚子上，直接在肚子上運起仙人步，兩臂使出「千葉白蓮」，運一雲手，瞬間解開老闆的緊抱，在半空中急轉半圈，飛跌在旁邊的桌子上。

那老闆不待他有時間喘息，一把抓住他的腳，把他硬拉過來，另一手直捶他的胸口心坎，這一重擊，足以將阿瑞心臟瞬間停頓！阿瑞雙目模糊，根本看不到那老闆正如何攻擊他，只是下意識地想掙脫被抓住的腳，連忙用剩下的一腿「山風掃葉」，雖未掙脫，已避過老闆重拳，拳頭將他身體下的桌子碎裂出一個圓洞，卡住了老闆的拳頭。

阿瑞感到腳腕被鬆開，忙使個「鷂子翻身」滾去一旁，一時沒站穩地面，差點兒跌倒。

話說回來，這酒肆老闆吃飽喝足，以逸待勞，哪似阿瑞奔波了整日整夜，連飯都還沒法子好好坐下來吃，即使是鐵人也會體力不支。

阿瑞只覺肚子餓得咕嚕咕嚕打滾，眼冒金星，搞不好就要當個餓死鬼！此時，他耳中忽然聞見一聲尖聲，剛剛從老闆的方位發出。

「他吹哨子了！」阿瑞心下一驚，盡力透過淚水的重幕尋找老闆的方位，整個人飛撲過去，此時已全無招數可言，旨在搏命而已！

他認不清老闆的手，更認不清老闆的脖子，此刻在他視線不清的眼前，佔有最大面積的，就是那老闆吃得飽脹的肚子！阿瑞念頭一動，便握起拳頭，四指彎曲的關節緊頂著拇指，務使產生最強的衝擊力。

老闆見他衝來，口含哨子，空出兩手準備接招，又轉念一想，如此他將無法發出吼聲，便無法將氣順利直抵丹田，無法使出最強大的殺傷力。他於是吐出哨子，沉腰立馬，運起雙臂，正要舉拳，阿瑞已到眼前，出乎他意料的，阿瑞奪力擊向他的肚子，正確地說，是胃囊。

一陣噁心湧上喉頭，他的腿突然軟掉，老闆心中一慌，正要再次運氣，阿瑞的拳頭一拳又一拳打在他的胃囊上，這兒平時並非武功對峙中的致命點，但此刻他肚子裏頭正塞滿了一整個小女孩，飽脹欲裂，完全忍受不了重擊。

老闆提起膝蓋頓去阿瑞的下巴，阿瑞猛然受此一擊，滾跌一旁，那老闆再也按捺不住，張口大吐，胃囊裏的肉塊湯汁胃酸一古腦兒噴射而出，吐得他後腦發涼，腳軟跪地，差點仆倒在自己吐出的東西上。

「啊——！」他憤怒地大喊，強酸和暴湧而出的唾液在他口中不停流出，他滿腦子狂亂的想法：他要招袁韜的部隊前來，他要眼前這漢子碎屍萬段。於是他摸索胸前，拿起掛在胸口的哨子放進口中，可是哨子已經濕透了，泡滿了酸液，吹不出聲音。

「你——！」他轉頭要找阿瑞，正好看到一把明晃晃的刀刃迎面而來，直接劈上他的眼珠。

他的腦袋一時空了，想弄清楚狀況，突覺頸後一涼，脊椎一陣強烈的刺痛，脖子以下的感覺就完全消失了。

他的臉倒在嘔吐物上，他還嗅得到刺鼻的酸臭，但意識如春水奔流般流逝得很快，他最後所見到的，是阿瑞踉踉蹌蹌地踱進廚房，緩緩拿起地面上的小女孩頭顱。

阿瑞觀看小女孩脖子的創口，是被不銳利的刀刃粗魯地割下的，不似他方才用馬老師傳還算仁慈的屠牲手法，用鋒利的刀尖刺壞其脊髓神經，令其速死。

他凝視了一下小女孩白濁的眼珠子，在放鬆了合不起來的眼瞼下，顯得十分茫然無助。

阿瑞步出野店，店旁有剛翻弄要種菜的鬆土，他用手挖出一個洞，把女孩小巧的頭顱埋進去，口中喃喃道：「妳生錯時間了，下一次，遲一些來投胎吧。」他心中猛地一緊，想起在家中等待他的彩衣。

是的，生錯時間了。

或許，他跟彩衣不應該在一起的，至少，不該同棲同宿的。

他靜下心來，為小女孩誦頌了幾遍〈往生咒〉，才被肚子發出的雷鳴聲打斷。

他回神想起他煮的飯菜，於是他走到飯堂去，將冷飯冷菜飽食一頓，一邊思量著今晚該去哪兒落腳。總之此地不宜久留，說不定睡到一半，就會被搖黃賊包圍了。

此刻他最掛念的，是家中的阿母和彩衣。

她們還平安嗎？

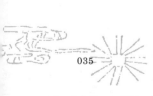

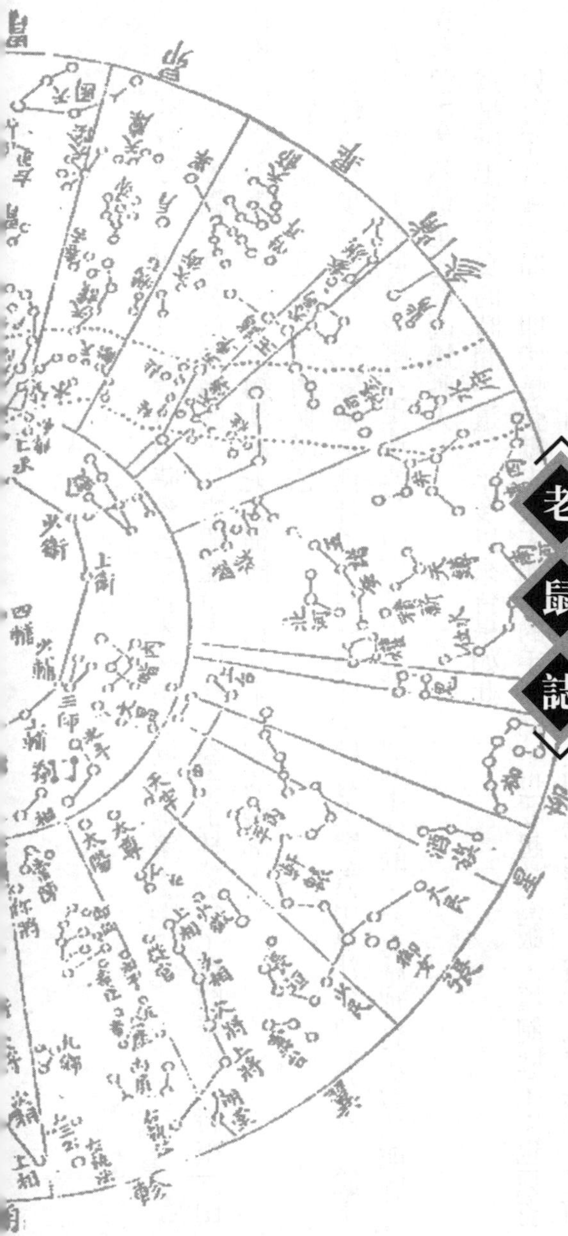

〈老鼠誌〉

近晚時分，天空轉成橘黃色的時候，彩衣才探頭出洞穴張望。

此時，朦朧的陰影慢慢擴展，烏雲般籠罩上山林，驅走了林葉在午後的翠綠，將整片山色染上一層銀墨，令一切景物漸漸失去細節，只餘下模糊的輪廓。

對彩衣而言，這是最好的保護色。

她輕巧地步出洞穴，警覺地壓低身子，四處張望。她身上穿著用草汁染色的外衣，臉上抹了些鍋底灰，整個身影融入迅速變暗的山林中，唯一隱藏不住的，只有她那對清澈的明眸，在暮色中依然似星光般閃爍動人。

這是她出來覓食的時間，這一年多以來皆是如此。

只有在這種時間，即使是張獻忠殺人如麻的手下們，也要起灶煮飯，填飽肚子；也只有這種時候，她才能較安全地在山林中遊走，不太擔心碰上四處巡視的強盜，或軍兵——其實兩者沒什麼差別。

彩衣伏下身子，用鼻子仔細嗅著地面，尋找野獸留下的糞便。

這是翠杏教給她跟阿瑞的覓食伎倆。

沒過多久，她就找到了一條獸徑。

「獸徑」是野獸常走的路，只要循著一定的規則尋找，將自己當成野獸一般思考，就能在混雜著腐葉、枯枝、泥土、碎石、雜草以及動物殘骸的林子中找到一條路徑。

彩衣還記得，一開始學習辨認獸徑的時候，翠杏指著高高的一根樹枝給她看。

她看不懂。

「那是松鼠走的路線，」阿瑞從旁解說，「妳看，牠會從這一根樹枝跳到那一根，而另一根就不太可能……」阿瑞朝大樹高處指指點點的。

最初她什麼都看不出來，經過許多時日，才漸漸認出他們所說的路線。

一旦明白了，彩衣才發出「果然松鼠不那麼樣走還不行呢！」的驚歎。

循著獸徑，她輕踏著腳，免得腳下的枯枝乾葉發出沙沙聲，驚動了才剛甦醒準備夜行的小動物。

在夕陽微弱的殘光尚未消失之前，彩衣望見了立在獸徑上頭的野兔。

野兔正在低頭不知吃著什麼，牠時而機警地抬頭四顧，隨即緊張地低頭猛吃。

牠並沒發覺彩衣，因為她的身影跟樹影重疊在一起了。

她凝神屏息，從腰間摸出數顆飛蝗石。

所謂飛蝗石，其實就是隨地撿來的石子，彩衣已經習慣了隨時注意地上的小石子，一有稱手的就收集起來，收在小袋中，平日出外覓食便帶上十來顆。這麼一來，她就可以避免使用金屬暗器，免得拋了出去找不回來，在這金屬奇缺的混亂時代，別說有錢買不到，連打鐵匠也難找到半個。

不特此也，若是拋出去的暗器被其他人找到了，還會暴露蹤跡，惹來麻煩。

彩衣等著野兔抬頭，待牠忽然低下頭的剎那，連接拋出五顆飛蝗石，這五顆分佈散開，射向不同方向，包括了預計野兔將會驚惶地踢起後腿、扭動屁股，還有轉身逃去的方向。

五顆石子，一顆接一顆劃過空氣，發出極之微細的風聲，遙遙望去，正如群飛的蝗蟲。

野兔的長耳雖然靈敏，也一時被飛蝗聲擾亂了方向，稍一猶豫，就被兩顆飛蝗石擊中要害，登時頭昏眼花，癱倒在地。

飛蝗石滾入草中，依舊是一顆尋常石子，當它下一次被人撿到時，也沒人會想到它曾經結束過一隻野兔的生命。

彩衣趕忙走上前去，抓起野兔的兩耳，再扭斷牠的脖子，原本還有些微動靜的野兔，馬上兩腿伸直，無力地垂掛下來。

彩衣找到晚餐了，但她並沒有感到高興，如果她必須傷害其他生命來延續自己的生命，她沒有理由感到高興。

她悲傷地低下頭，默默為她親手殺死的野兔唸〈往生咒〉，願牠一路好走。

當她低下頭的時候，才猛然發現野兔剛才在吃什麼。

牠在吃幾顆紅棗。

野兔平日偶爾會遇到從樹上掉落下來的野果，但紅棗不像應該出現在此地的果實……野兔好不容易碰上這天膳美味，當然忍不住大快朵頤，對周遭的警覺度也減少了幾分。

問題是，那幾顆紅棗，正被握在一隻手中。

那隻手的五指並沒緊握，因此紅棗從中掉落了出來。

那是誰的手？

彩衣的視線循著手掌往上移，經過枯瘦的手臂，慘白的皮膚上沾滿乾涸血跡，然後看見扭曲的手肘，關節詭異地扭向不可思議的角度，撕裂的寬袖血跡斑斑，依稀可以看出陳舊布料上面有精心繡出的花紋，不似民間之物。
層層的枯葉蓋在那人身上，是午後低吹的山風露出了他的形跡。
那人的四肢全都扭斷了，右腿折到後面，疊在背脊上，左腿壓在胸口，右臂折成三段，左臂還算完整，但五指全被反向折斷，躺在手背上。
彩衣瞪大眼睛，在最後一抹陽光消失之前，她看清了那人的臉。
剎那間，種種恐怖暴湧上來，彩衣頓時渾身發寒，忍不住顫抖起來。
各種紛亂的念頭如洪水般流過她的腦子……德高望重的住持朱九淵解開她的衣衫……她中了迷藥「泥人散」而不能動彈……血肉模糊的朱九淵……長生宮大堂中纏鬥的阿瑞……那一個畢生難忘的夜晚，背後總是站著一個人，在指揮一切……
而且，現在阿瑞不在家，還沒回家，也不知何時會回家。
彩衣望著那人的胸口，注意看有沒有哪怕是一點點的起伏。
可是太陽一旦沉入山的後方，天黑的速度就會加速，憑著那麼一點點微弱的光線，她實在分辨不出那人是死是活。
她猶豫了一會，才伸出右手，展開掌心，輕輕靠近那團不成人形的肉塊，從掌心感覺到他尚有體溫，而且胸口也的確在緩緩地呼吸起伏。
她的心底悸動了一下。
這人的生命力很強，他很努力地想要活著，即使不成人形了，他仍然想要活著。
彩衣咬了咬下唇，最後決定收集枯葉，拔了一堆雜草，堆在那人瑟縮成團的身上，然後

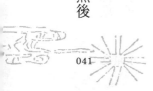

一把抓起野兔的屍體，趕回藏身的洞中。

她在洞中還有一片比較大張的布，是阿瑞好不容易在一間破屋中找到的，她毫不猶豫地拿出那塊布，重新回到剛才的地方，鋪開布，撥開草葉，將那人推滾到布中，再小心翼翼地拖回洞穴去。

這是她所能想到最好的方法了。

她還記得，在不遠處另有一洞，只需稍微打掃，便是一個好住處。

彩衣好不容易把那人拖到洞口附近後，已是粉臉透紅，氣喘吁吁，她摸摸肚子，心想自己太久沒好好活動了。

她伏低身子，靜心聆聽周圍的動靜，好一陣子，才撥開草叢，長長的雜草間，馬上露出插在土中的五根楔子，看起來十分不顯眼。彩衣移走其中兩根，眼前立即現出一個洞穴入口。這是一個備用洞穴，是符十二公以前在山中潛修時發現的好幾個地洞之一，如今正好做為那人的庇護所。

彩衣把那人拖進草叢，回身放回楔子，鑽進低過地面的洞穴，再倒退著把墊在那人下方的布緩緩拉進洞中。

黃昏已近尾聲，斜照的陽光投入洞中，可以見到洞壁上方垂下的樹根，彩衣取出隨身攜帶的大片葉子，用小刀割開一點樹根，將樹根滴下來的水承接在折成三角形的葉片中。

她在那人臉上摸索，找到他被打歪了的嘴巴，再小心撬開他的牙關，將葉片中的水一點接一點流進唇縫中。

然後，彩衣把碎布沾了點水，為那人擦拭臉上和身上的血跡。那人的臉滿是傷痕，不過，即使去掉了傷痕、清乾淨了血跡，他乾瘦的臉孔依然長得十分駭人。

當那人完全露出了他的容貌時，彩衣立時倒抽了一口寒氣。

現在，她完全確認那人是誰了。

跟她所猜測的絲毫不差！

那人是一年前帶了一批錦衣衛進駐長生宮，策畫讓住持朱九淵當上「邊疆天子」的一位東廠大太監，人稱「鄭公公」的。

為何一年之後，他會出現在此？而且還被人折磨得慘不忍睹呢？

她四下張望，心裏有些懊悔，現在她好希望阿瑞在家。

為何阿瑞還不回來？有什麼事阻礙了他呢？

屏息良久，她才呼出一口氣，拉起布將鄭公公稍微遮好，輕聲說：「你且捺著性子過一夜，明天我帶吃的來。」說完，她就翻出了洞穴，留下鄭公公一人，瑟縮在逐漸變暗的地底中。

直到晨曦將陰暗的地洞鋪上一片灰白時，才有兩條人影拉進了洞口。

來人除了彩衣，一手還拖著女山猿翠杏。

彩衣捧著個土碗，兩人彎身爬進地洞，站在鄭公公面前。

鄭公公靜悄悄的，安靜得像一團擺在肉攤子上的巨大肉塊。

翠杏一見到鄭公公的臉孔，立即咬牙切齒，喉嚨發出憤怒的咕噥聲，不停地頓腳。

彩衣輕按她的手心，柔聲安慰她：「阿母，阿母別生氣，您看他也好可憐呢。」

翠杏像是聽懂了，怒眉低垂，露出悲哀的神情，發出嗚嗚哀叫。

彩衣走到鄭公公跟前，將碗口抵到他唇邊，道：「這是肉湯，你喝下去，好嗎？」說著，她把鄭公公的頭斜擺，讓溫熱的兔肉湯可以順利流進喉嚨。

折騰了好久，好不容易餵完湯，彩衣才滿意地微笑，她用布角抹去鄭公公嘴角流下的湯汁後，回頭問翠杏說：「阿母，您看他好得了嗎？」

翠杏只是歪著頭哀鳴，一個字也沒說。

其實她上一回說出一個字來，也是好久以前了。

兩人離開後，整個洞穴又回復了靜謐，連鄭公公的呼吸聲也虛弱得不會在洞中迴響。

不久，陽光曬熱了泥土，洞穴頂上垂落的樹根冒出蒸蒸暖氣。

洞穴中突然傳來清脆的一聲「咔」。

是從包著鄭公公的布料下方傳出的。

這之後許久許久，再沒發出一點聲音。

阿瑞沿著廢棄的驛道回家，懷中的粗竹筒裝著他千辛萬苦找來的藥。

可是回家的路並不平靖，除了在野店遇上盜賊和流民爭食人肉之外，他還要避開張獻忠大西國的巡兵，以及隨機作亂的土匪，一路上諸多阻礙，令他一天比一天心急。

他忽然生起一股懼意，擔心彩衣遭到了什麼劫難，生怕回到洞穴時發覺空無一人，想到此，他的腳步變得更加急促，心底的焦慮愈加沉重了。

終於，他踏入了青城山的範圍，心中不禁踏實了幾分，但青城山山脈連綿，要從趙公山北面走到南面，尚需一些時間，況且他也進入了大西國的巡邏範圍。近來張獻忠常派兵搜山殺人，煙熏放狗，無所不用其極，他得加倍小心才是。

走上半天，只消再翻過一個小山嶺，阿瑞便會走到藏身的洞穴處了。

忽然，山中傳來人聲，阿瑞馬上尋找藏身處，然四周樹木不算茂密，他只好伏地平俯，將身體儘可能擠進滿地腐葉之中。

他屏息傾聽，山嶺的另一面隱約傳來哭泣聲，夾雜著女人的尖叫，阿瑞聽了由不得渾身戰慄，害怕其中一個尖叫就是由彩衣發出來的。

不久，一股煙味也傳過來了，煙味嗆鼻，因為燃燒物帶有濕氣，火焰無法完全燃燒，仔細一嗅，是燒肉的氣味。不是以往在一味堂聞過的烤羊、烤牛、烤豬或烤雞鴨雀鳥之類的氣味，各種動物的烤肉味不盡相同，這種氣味，阿瑞不久前才剛聞過，看倌已知，是人肉。

阿瑞身上僅有兩把刀，一把切菜和一把剁肉的，他看不見山嶺後方，不知對方有多少人馬，是以不敢貿然現身。

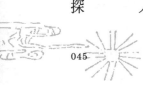

他悄悄貼地爬行，一如那日在川北挨近異獸那般。

他邊爬邊拔下手邊的野草，將草莖一根根插在髮隙間，又把濕泥抹在額頭上，好讓他探頭時不容易被敵人察覺。

他的眼睛還未高過嶺線，但已看見高掛在樹上的一具女人胴體。她兩手被繩子綑綁著吊在樹上，衣不蔽體，死活不明，但她雪白的大腿上已被割下一整片肉，血淋淋地露出白骨。

阿瑞心中正感驚愕，忽覺後頸一陣毛骨悚然，殺氣迫來，他下意識反手抽刀，翻身一轉，正好碰上一根原本朝他後頸刺來的長矛，阿瑞奮力用刀格開矛尖，另一手抽出第二把刀，掃去那人腳踝，一刀劈斷腳筋。

那人慘叫一聲，腳下不穩，跪坐在地，阿瑞怕他呼喚同伴，一刀割喉，絲毫不敢留情。那人緊執喉頭，由於呼出的空氣抵達不了口腔，只能從氣管的裂口吹出，發出陣陣吹笛也似的聲音。

阿瑞趕忙再補上一刀，切斷他的頸動脈，然後馬上彈開，免得被血噴到。他知道這很殘忍，但一念之慈必定會令他和彩衣一家子送命！一招得手，阿瑞靜待周圍動靜，喘息了一回，不見有人過來，便沿著嶺線後方低頭疾行。

他知道彩衣、阿母和師父的洞穴有奇門陣術在保護，尤其是外公在一年多以前習得「殺蛟訣」後，陣術更上層樓，已將他們一家的洞穴佈成一個巨大的陣形，即使有整隊人馬地毯式搜山，也不易破解陣術。

但是，萬一彩衣正好離開洞穴呢？

他沿嶺緣潛行，找到一棵嶺上的樹木，站到樹後，偷觀樹林中的動靜。

只見地面倒了幾名男女，都是衣服破舊，跟他們同樣是躲在地洞的人。草地凌亂，許多草莖折斷平躺，顯見曾經有許多人踐踏過此地。

阿瑞顧不得他們了，他穿過樹林，終於來到地穴所在，他迫不及待地移開解陣的楔子，鑽入陣中，再插回楔子，一躍跳進地穴。

彩衣不在。

地穴中的鍋具、碗筷整齊地放在一旁，小土爐的灰燼也是冷的，表示今天尚未生過火燒飯。

他們還有另一個地穴，做為儲糧以及萬一之用，若有緊急情況，彩衣也可能就近躲去那邊。阿瑞爬出洞口，潛行到另一個地穴，才到洞口，便見到洞中有動靜，心中不禁大喜。

他跳入洞中，喜道：「彩衣！」口中剛叫，剎那便整個人楞在當場。

地洞中有人，但非彩衣，而是一名削瘦得像餓鬼的男子。

他最擔憂的事情不但惡夢成真，而且比預期的更為可怕！

因為那男子他認得！

他最最最不希望遇上的人，此刻居然坐在他家中！根本是從來沒想過會發生的事情！

那男子是屠殺龔師父在小斗村家人的嫌犯，是勾結長生宮住持、鼓動他自立為帝的大太監，也是對彩衣下藥、要令她與住持成親的策劃人，更是傷了他阿母和師父、令他們常常被寒氣攻心的鄭公公！

當下，阿瑞毛髮倒豎，怒目暴張，咬牙握拳，一時按捺不住發出怒吼：「你怎麼會在這裏？彩衣呢？」

鄭公公全身被包裹在破布中，只露出一個頭，慘白的臉上一對血紅的眼睛分外駭人，他不發一言，只管直視著阿瑞。

阿瑞擺好架式，卻沒再上前一步，因為他知道鄭公公的厲害，過去也曾慶幸從未跟他正面交過鋒，如今仇人正在眼前，阿瑞依然裹足，沒有勝算。

在暴怒之後，理性才倏然迸現，想到剛才的怒吼可能被外頭聽見，阿瑞當場冒了一頭冷汗。他稍微冷靜之後，才轉頭四顧，擔心鄭公公的黨羽躲在周圍。

阿瑞不知道的是，此時此地的鄭公公，心中也是萬般盤算。此刻的鄭公公，脆弱的程度跟一隻小蟲差不多，阿瑞大可放膽站在他身邊，徐徐一刀接一刀慢慢剝了他，他也絕無反抗的能力，阿瑞要發現只是遲早的事，因為他自知距離恢復尚需許多時日。

「你把彩衣怎樣了？」阿瑞再問了一次，這次他沉著氣不敢大叫。

鄭公公慢慢張開歪斜的嘴巴，露出一口參差不齊的牙齒，發出摩擦木板似的聲音，但每個咬字都鏗鏘清楚，「你剛才問的兩個問題，我都不知道答案，再來，我也沒把她怎樣。」

「那為何你在我家？」

鄭公公準備下一著險棋，這一著，早下比遲下的要好。早下尚有活路，遲下則橫生枝節，以他在官場打滾的經驗，跟阿瑞這種單純的人打交道，還算是簡單的事兒。

「是她帶我回來的。」鄭公公說著，抖動藏在破布下的身體，讓破布滑下，露出他殘破不堪的身體。

阿瑞整個人楞住了，他從未見過如此悽慘的活人，鄭公公除了左手略微正常外，其餘手足關節全被扭去相反的方向，整個人宛如被揉成一團的廢紙，其狀之慘，連阿瑞都忍不住可憐起他來，在這種情形之下，他壓根兒不可能傷得了彩衣。

但阿瑞也隨之又敬又畏，不管誰把鄭公公弄成這副模樣的，可敬的是，他竟然還能活著！而可畏的是，他確信自己看見鄭公公扭曲的手指回轉了一些，鄭公公的筋骨正在以肉眼可見的速度生長恢復！

鄭公公說：「我也在等她回來，我已經餓了一整天了。」

阿瑞困惑了，「什麼意思？」

「她每日都會來餵我喝湯，自從昨天中午之後，她就不見人影了。」鄭公公道：「你有沒有水喝？我渴得很。」

阿瑞猶豫了一下，取下水囊，才小心翼翼地走近鄭公公，餵他喝了些水。

鄭公公舒服地嘆了口氣，忽然說：「有一件事，我想確認一下。」

阿瑞盯著他，等他問。

「她有身孕了，對嗎？」

阿瑞心中一寒，沉默了一下，才回問：「何出此問？」

鄭公公道：「如果她碰上張獻忠，那她不會立刻死。」他深深地吸上一口氣，才有力氣再接下去說：「但她必死無疑。」

第一天，野兔湯。

第二天，松鼠湯，浮有切細菜葉。

第三天，嘉魚湯，與生薑絲同熬。

第四天，野菌肉乾湯，肉乾有煙熏味，食不出是何等肉。

第五天，鳥肉湯，雖熬爛，肉仍有粗感，不如雞肉味香，且略帶青草味。

第六天，野菜湯，菜有滑澀感，不類平日地生蔬菜，可能是寄生蕨類。

鄭公公可以感覺到，彩衣是如何細心地照顧他。

看來第一天的湯是在匆忙之中煮的，第二天就開始注意營養均衡，甚至寒熱平衡。彩衣也留意他身體的恢復狀態，在湯中加了些藥材，他一喝之下，果然經脈恢復的速度也加快了。

到了第五天晚上，當他在黑暗的地穴中聆聽筋肌生長的聲音時，淚水忽然自眼角溢出。

他靜悄悄地哭泣，擤鼻涕的聲音在安靜的穴壁間輕輕迴盪。

是的，當彩衣第一次將香濃的肉湯湊到他嘴邊時，他是錯愕的。

他從來沒想像過，被他傷害過的人會對他那麼好。

但是第七天，彩衣沒有現身，沒有湯，也沒有清水。他飢渴得要死，那種被遺棄的感覺又再湧上心頭了，過去他極力想要消滅的挫折感又回來了，他感到憤怒，再次相信這世上從了師父王用之外，沒有任何願意幫助他的人。

「他們全都該死！」不管是幼時害他下體受損的村童、因畏懼他而甘為作孽的錦衣衛、甚至對他忠心耿耿的忠兒，都有各種各樣原因服從於他，都不是心甘情願地對他好。

他原本以為彩衣會有所不同。

彩衣沒出現，讓他對她感到失望，再次對所有人類失望，對全世界失望。

他重拾過去的信念，在心中起草活著出去之後的復仇名單。

但是，當阿瑞衝進地穴時，他的信念瞬間粉碎了。

原來彩衣失蹤了！

他老早就聽說張獻忠有搜山的打算，說不定……想到此處，他不敢再想。

「你說她必死無疑是什麼意思？」阿瑞顫抖的聲音把他自沉思中喚醒，鄭公公抬起頭，望見阿瑞鐵青的一張臉。

鄭公公暫且不回答他：「你出門很久，是剛回來的嗎？」

阿瑞見他答非所問，怒道：「我問你說必死……」

「你先回答我！我問的問題比你的還重要！」鄭公公瞪大眼睛，氣勢懾住了阿瑞，畢竟他曾是有權有勢的大太監，那股長年養出來的霸氣絕非山野村夫可比。

「我……我是剛回來。」阿瑞捺著性子回答，他且看鄭公公有何高見。

「那你出門有多久了？」鄭公公再補充了一句：「你的夫人沒向我透露半點訊息，她只是餵我喝湯。」

「我出門去找藥，有二十五日。」阿瑞如實回答。

鄭公公發楞了一下，輕輕搖首道：「你離開她太久了。」語中帶有責怪。

「所以怎樣？」阿瑞急問：「必死無疑是何解？」

「你回來的路上看見啥？」鄭公公仍然佔住發問權。

女子雪白大腿上那一片被剝去的血紅又在阿瑞腦中浮現，「老實說，我避開了很多路段，有很多沒看見的事，不過我看見幾名男女生死未卜，然後……」他描述了被掛在樹上的女子。

鄭公公的臉色愈加凝重了，他枯瘦的臉一旦凝重起來，就像百年老樹皮一般乾皺，「帶我出去瞧瞧。」

阿瑞措手不及，「怎麼帶你？」

「揹我出去。」

那就是要他將後頸暴露在敵人面前！

阿瑞又驚又怒地望著他，想當然耳寸步不前，鄭公公有什麼理由命令他這麼做？

「莫非你不想再見尊夫人了？」鄭公公陰沉地說道。

阿瑞摸了摸腰間兩把庖刀，把它們移去前腹，才走向鄭公公，轉身背向他，把他揹到背上去。

鄭公公滿意地呼了一口氣，腥臭的口氣呼在阿瑞脖子上，他心中厭惡，但依然忍耐。

他們爬出洞口，先仔細留神周圍的聲息，阿瑞在鄭公公沒發覺的情況下步出陣形，他不能讓鄭公公猜測到陣形的存在，那可是關乎他們一家子的安危和性命的。

在地洞不遠處，翻過一個小丘陵，地上橫七豎八躺了幾具屍首，男女老少不缺，還有兩個小孩，看來是一家人，在山中躲了不知多久，今日仍然逃不過死劫。阿瑞心知，只要稍一不慎，同樣的事也完全可能發生在他們身上。

再走不遠，就到那吊著女人的樹了，可樹上什麼也沒有，連吊女人的繩子也不見了，只有樹下一攤浸入泥土的血漬散發出濃濃的腥味。

潑灑在草葉上的乾硬血點，證明了阿瑞方才所見非虛。

鄭公公在阿瑞背上左顧右看，沉吟了一陣，說：「他們尚未走遠，回洞去。」

阿瑞反駁道：「半個人影也沒有。」

「這是他們慣常的伎倆，去了再回頭，等待剩下的活口出來探風聲，正好被他們收拾乾淨。」

阿瑞訝道：「你好像很瞭解他們似的？」

「當然，」鄭公公冷冷地說：「不然你以為是誰把我弄成這副模樣的？」

一年前，長生宮朱九淵登極失敗，朱九淵落了個半身不遂，鄭公公的義子忠兒慘死，得力手下端木雄身亡，鄭公公帶領僅存的數名錦衣衛，連夜狼狽下山，尋找東山再起的機會。

沒想到，黑夜下山，照路的馬燈竟引來注目，不知不覺之中，他們才發覺無路可行，原來早已陷入重重包圍了。

來者不善，鄭公公一夥人停下腳步，個個拔刀出鞘，也不報上來歷，只等對方開聲。

在黑夜的山林中，馬燈的照明著實有限，看不清楚對方的臉龐，可是對方卻把他們看得一清二楚。他們之中有人說：「是官兵。」

「不，是宮中侍衛，人稱錦衣衛的。」聽起來此人頗熟京中之事。

「那個帶頭的呢？」他們肆無忌憚地討論著鄭公公一行人。

「是個大太監，依形貌來看，想必是近年的紅人鄭公公。」

這下子，鄭公公心中大驚，對方完全掌握了他的來歷，而他對這群人卻一無所知，這場對峙，從一開始就處於下風了。

「是把周大同和廣勝鏢局滅門的那廝嗎？」

「正是。」

眾人沉默了一會，不過片刻，便有一把略帶童聲的聲音說道：「既如此，讓俺來會會他。」一名矮個子隨聲跨步走出人群，在弱光下看不清臉孔，否則鄭公公可能會認出他或許是在順天府認識的什麼人。

「公公，」最貼近他的錦衣衛小聲問道：「怎麼動手？」這動手有大小之分，也有留下活口或趕盡殺絕之別，不過眼下人眾我寡，自然又生出另一層意思：動手還是逃跑？

錦衣衛過去從不做逃跑之舉，因為別人遇了他們往往只有倒楣的份。如今上頭的大老闆自縊駕崩，他們再無靠山，時不我予，所以逃跑也列入了「動手」的選項之中了。

「由不得咱們了。」鄭公公悄聲應道。他心知不易逃跑，既然摸不清對方來路，說不定主動殺出包圍尚有活路。

六字未盡，鄭公公已撲向那矮個子，搶個先機，錦衣衛一見他動手，也紛紛使出殺著，揮刀斬殺。

不想，那矮個子僅輕笑一聲：「白雲孤飛。」一道出連鄭公公也不知的拳路來歷，只一揮手，竟化解了鄭公公自幼熟習的「八仙迷陣拳」。

鄭公公還沒搞清楚矮個子是怎麼化解他的，不過這瞬間過招已經令他產生前所未有的驚駭。當下他強作鎮定，反手以兩爪扣去矮個子手腕，鄭公公只消握到矮個子的手，就夠他好受的了。

矮個子鼻子噴氣，不屑道：「哼，老僧托缽，」隨手便撥開鄭公公的寒爪，像沒事兒一樣，根本不讓鄭公公有機會碰上他手腕，口中還嘟囔道：「難不成接下來是南猿北啼？」

鄭公公完全不懂他在說什麼，幼時在宮中，師父王用只教他套路，卻從未告之套路的名稱和來歷，因為師父曾經在淨身後發過誓，絕不將身上武功傳與他人。

不過，矮個子說的似乎真個有那麼一回事，他不是說「南猿北啼」嗎？而鄭公公的下一式正好是左虛右實、聲東擊西之式。

鄭公公才剛出招，矮個子便嘆氣道：「王探花家怎麼如此不濟？傳了個三流弟子？」他隨即眼神一亮，忿然道：「讓俺教教你，什麼叫八仙迷陣拳。」

鄭公公招式初老，冷不防矮個子兩手一握，竟緊執他雙腕，一點也不畏懼他的陰寒之氣。

「看好了，」矮個子道：「這招叫八仙過海。」說著，矮個子輕轉雙腕，鄭公公的腕部關節竟輕輕脫離，兩隻手掌瞬間已垂掛在腕上。

鄭公公只來得及輕叫一聲，矮個子已蹲下身子，三兩下轉開他的兩邊膝蓋關節，鄭公公感到椎心刺痛，兩腿一鬆，仆倒在地。矮個子閃開一旁，很快又解開鄭公公的手肘、肩膀和腳踝關節，鄭公公整個人像鬆散的玩偶般癱在地上，只剩眼珠子能夠滾動。

矮個子的手輕輕擺到他脖子上時，遲遲沒下手，彷彿在思量。忽然旁人跑來報告道：「老爺子，統統解決了。」

矮個子當下止了手，站起來望了一下四周，說：「收拾則箇，把這太監打包回去。」言畢，便反剪著手離開了。

鄭公公完全無力反抗，他勉強只能轉動一丁點兒脖子，兩隻眼睛又被草葉遮住了部分視線，但夜風送來的血腥氣不會錯，從眼角可以瞟見地上倒著不動的黑布官鞋來看，錦衣衛們是一個活口也不剩了。

他被包在一片大布之中，被人拎著下山。他知道在下山，因為那人的腳步一頓一頓的，震得他每一處脫臼的關節都被抖得劇痛。

他在布囊中痛定思痛，想起今早還在意氣風發地準備下午的朱九淵登極大典，到了晚上竟狼狽遁走，怎麼也料不到會在這山腰栽個大跟斗，連身邊的爪牙都悉數陣亡，讓他又回復到像許久以前那般，孤伶伶一個人。

他當然知道天外有天、人外有人這種道理，然而他過去在京城鮮少與人比劃，即使有，也總是在錦衣衛圍繞之下與人動武，氣勢上總是壓過對手，哪知道一旦遇上真正的高手，根本討不到半點便宜。

如今，他萬念俱灰，即使被母親遺棄的那一刻，他也不曾如此消沉過。當處心積慮準備多時的計畫在一夕之間落得一敗塗地時，鄭公公難免也感到萬念俱灰，失去掙扎求生的念頭了。

他像一袋被殺好剝淨的雞肉一般，任人拎著，不知終點何在。

鄭公公從回憶中抬起頭，近乎命令地對阿瑞說：「給我吃的，要快。」

阿瑞他們連覓食都不容易，何況還「要快」，令阿瑞覺得此人不但不客氣，還不近人情。

「何不如此？」鄭公公忽然轉了語氣，「如果你肯將你的氣過讓一些給我的話，那我會復元得更快。」

阿瑞怒不可遏，鄭公公的要求一次比一次過分，而這次的要求實在是太過分了。要一位練武的人過「氣」給他，豈不是要奪人精氣？傻子也不會上這種當。

「我不是對你開玩笑，」鄭公公語氣雖冷，卻似乎比阿瑞還心急，「如果我們拖拖拉拉的，尊夫人就是一屍兩命了。」

「我當然知道，」阿瑞怒道：「你過去好幾次差點整死我，教我怎麼可能信你？現在還說要我讓一些氣給你，任何一個學武的人，都知道是荒天下之大謬！」

鄭公公安靜地看了他許久，才說：「彩衣就願意相信。」

阿瑞語塞半晌，才說：「你還沒告訴我，為何彩衣會有危險，卻又不是立即的危險？」

「給我吃的。」鄭公公這次十分堅持。

阿瑞想了一下，明白爭辯無用，只得說：「你等會。」他跑出地洞，先去找阿母翠杏，發現她的洞穴空蕩無人，再去找師父柳嵐煙，也是空無一人。阿瑞越發焦慮了，藏在他胸口的異獸糞便在竹筒的保護下依然新鮮，但若沒給阿母用到，也是遲早敗壞的。

外公更不必說了，他說好要在二郎廟地道裏待上一個月才回來的，想必也不在了。

阿瑞別無他法，只好回到跟彩衣居住的地洞，取了風乾的肉條、剛才在途中隨手採的野菜，生起火，胡亂煮了一鍋，分成兩只海碗，拿去跟鄭公公同食。

一進入地洞，他發覺鄭公公扭曲的四肢似乎又拉直了一些，也更具人形了一些。

一個人被扭斷筋骨仍能活下來已是奇事一樁，如果還能自行續斷更是不可思議，可是阿瑞正在眼睜睜目睹它發生，卻又不敢開口問是怎麼回事，彷彿怕會誤觸到什麼禁忌。

鄭公公伸出一隻近乎完好的右手臂，接過海碗，才不過呷了兩口湯汁，阿瑞便看見他脫垂的左臂正漸漸移高，爬升到肩膀旁邊，完好地接回到肩膀關節上。

這瞬間，阿瑞不寒而慄。

因為依此看來，再過不久，鄭公公就會完全恢復原狀了。

鄭公公一口氣灌下湯汁，吞光了肉菜，才放下海碗，擦擦嘴說：「張獻忠營中異人甚多，其中最為詭異的一人，連張獻忠也對他十分客氣，喚他作『老神仙』。」然後沉下臉道：「不過我們叫他『剝皮王』。」

「你們？你們還有誰？」

「說起來，那人你說不定還認得。」

被矮個兒解開四肢所有關節的鄭公公，被人包在布袋中帶下山，走了個把時辰才歇腳，被放置在一片修平了的泥地上，接著四周陷入一片沉靜，看來所有人都睡著了。

天快亮的時候，布袋忽然被打開，矮個子探頭看他，在微熹的晨曦下，依然看不分明矮個子的臉孔。只聽矮個子啐了一聲：「這太監果然邪門！」

「啥？」旁邊有人問道。

「你瞧，他這處接回去了。」說著，矮個子伸手進來，把他好不容易接上的關節再行解開，讓他毫無逃跑的機會。

一路上，矮個子時不時便突擊檢查他，一見有接回的關節便再用他巧妙的手法解開，直到次日午後，他才被送抵一個人聲嘈雜的營地，又再經過一段很長的路途，才抵達一處較安靜的地方。

「老神仙，我送禮來了。」矮個子的聲音說。

鄭公公心中大奇，極力掙扎著轉頭，好不容易讓眼珠子移到布袋開口，才窺見營帳高高的頂端，像巨大的雨傘蓋在上方。他斜眼望見一名中年男子，濃眉大眼，相貌清奇，正袒開雪白的胸口，用一面浸了熱水的手巾，擦拭著沾在臉上和胸前的血跡。

矮個子瞟了一眼地面，道：「老神仙今天好修行呀？」

中年人聲音爽朗地說：「全因今日這幾名女子，甚好受用。」

只聽數人進入帳內，隨即傳來拖行的聲音，鄭公公只能看見被抬起的女人小腿，慘白的肌膚上血跡斑斑。

他心中暗暗計算，被拖出去的，約莫有五個。

「你為我帶來了什麼好東西？」

矮個子打開布袋，運一口氣，伸手到鄭公公腰下，一口氣把他抬起來，鄭公公四肢垂掛搖擺，像一隻喪氣的出水章魚。

「老神仙」瞇起眼，仔細打量鄭公公一番，然後說：「這廝有意思，什麼人物？」

「來頭不小，是京城裏頭的大太監，還是東廠的人物，帶了一批錦衣衛到南方去辦事的。」

好傢伙，鄭公公忖著，知道他的來歷，看他究竟還知道多少？

「學過什麼法門？有這般能耐，能抵得過你的『蓮花易筋手』？」

「他抄過周大同家，想必抄到了那份《靈龜八法》，十二經脈已通八竅，」矮個子轉個語氣，「老神仙可要留意，一不小心，他的關節又會接上，不知為何，在與馮勝劇鬥後，他的筋骨重生，王用教他的『八仙迷陣拳』，竟轉成陰寒無比的武功，你可別著了他的道。」

鄭公公暗自心驚，那人不但知道他的來歷，甚至知道連他自己也不知道的事！

「老神仙」乾笑兩聲哈哈，拍拍矮個子的肩膀，要他把鄭公公擺在地面，矮個子小心地不把鄭公公放到有血跡的地方，輕聲道：「得罪了。」這才離去。

矮個子走後，「老神仙」便不再理會他，只是任由他癱在地面。

鄭公公又餓又渴，他已經有一日一夜滴水未進，但體內儲存的精氣依然能讓他的關節一點一點地恢復。他不能任人擺佈，他最恨任人擺佈，因此他不動聲色地靜靜等待，伺機殺出去。

以前當他指使殺人時，他還自覺是個挺可怖的人，如今見了張獻忠麾下之人，才知道小巫見大巫。落在這些人手裏，不知他們有何算計？不知會受到多少折磨？還是逃出去為妙。

到了晚上，那位「老神仙」依舊對他不聞不問，奇的是，也不見那位老神仙吃喝，只是逕自閉目席坐，不知在修何功法？到了深夜，老神仙吹熄燈火，便上床就寢，一如尋常人。

此時，鄭公公的關節也恢復有七八分了，由於夜深十分寧靜，鄭公公非常緩慢地扭動已恢復的關節，免得發出格格的聲響。

沒想到，此時老神仙竟又翻起身，點起燈，直瞪著他。

「看來，你差不多快能動了。」

鄭公公心中陡地一驚，忙閉目裝睡。

「沒關係，」老神仙柔聲道，「我不打擾你，其實我很期待看你完全恢復的樣子呢。」

然後呢？鄭公公心想，再次把我拆開？

「你甭急，慢慢來。」說著，老神仙竟慢悠悠地燒起炭來，用個小銅壺煮水。看倌需知，這燒炭是挺費工夫的事兒，木炭不易一點則燃，需候火勢轉烈、炭體轉紅，才能穩定發出熱力，頗為費時，因此在這段時間之中，鄭公公又已回復八九分人樣了。

老神仙找出一塊茶磚，敲了些茶葉放進一個掌心大小的紫砂壺，把鼻孔湊去壺口聞了聞，口中不禁讚嘆：「這青城茶果真滋味特別，跟峨眉茶又大異其趣。」

鄭公公看準時機，用他復元的手臂當支撐，掌心霍然壓向地面，整個人霎時飛身迴轉，像一隻巨大蜘蛛朝老神仙飛撲過去。

老神仙怪叫一聲，其聲如猿啼般高亢，臉上卻無半絲驚慌的樣子。

鄭公公還在疑惑的當兒，伸出去的手臂竟撲了個空，只抓到一把空氣。他趕忙在空中翻轉身體，讓自己背部撞到地面，同時用敏銳的兩眼搜索四周。

他看見，老神仙好端端地站在銅水壺旁，伸手舉起水壺，將沸水注入紫砂壺中。他不經意似的瞥了鄭公公一眼，道：「別慌，我不在那邊。」他促狹地轉頭面對著鄭公公，「其實，我也不在這邊。」

鄭公公用復元的腿用力一頓，再次撲向老神仙，只要抓到老神仙一把，他就有法子奪其精氣，獲得逃離的力量。

老神仙嘆氣道：「你不信我。」說著，他舉起一指，朝空中點了兩下，在那瞬間，面朝著他的鄭公公竟然感覺背後也被人點了兩下，他吃驚回頭，重心一個不穩，撞倒了燃著炭火的鐵架，一堆灼熱的碎炭撒到他身上，嚇得他趕緊撥開它。

「這廝邪門得緊！」鄭公公驚疑不已，猜不透此人門路。他在京中見過無數高手，姑且不論那些靠關係進來當職的人，他所用的錦衣衛中就絕無俗手。他們練內功的注重養氣，個個都眼神內斂；練外功的肌肉結實，穩如泰山，不似這個被稱為「老神仙」的人，端的是肌滑骨柔，有飄逸之相，莫非張獻忠真的是君星新臨，連仙人都甘心下凡輔助？

「你鬧夠了沒有？」鄭公公一驚抬頭，見說話的是矮個兒，他站在營帳門口，而老神仙正悠閒地坐在小几旁享用熱茶。「你所做的都在白費力氣，何不乖一點呢？我已經拆開過你兩次了，難道還要第三次不成？」

鄭公公明白，眼前的兩人過於詭異，實力相差太遠，他完全捉摸不到，此刻恐怕只有靜觀其變，才有活命的機會。

「你抓我來，有何目的？」鄭公公開門見山問道。

矮個兒冷冷地回道：「敗軍之將，沒有問我的資格。」

鄭公公自幼在宮中，數度差點死掉，好不容易掙扎求生，熬到今日的地位，正要養尊處優，不料又遇上國難遽變，人生之大起大落，早已練就了他一顆堅如磐石的忍辱之心。面對如此侮辱，他只吞一吞口水，展一展眉，便不再作聲。

矮個兒甩個頭，示意跟著他走。鄭公公尾隨他步出營帳，外頭陽光燦目，眼睛一時還不能適應，他止步一會，再抬頭時，才看見他們乃紮營在一片高大的城牆下，數不清的營帳連綿地沿著城牆而立，包圍了整座城。一處城角崩陷，露出一道猙獰的裂口，缺角下堆積了巨大石塊，以及一具具正在腐爛中的屍體。

鄭公公認不出這是哪一座城，直到抵達城門，抬頭望見城門上傾斜的「成都府」匾額，心中才忽然雪亮：張獻忠可能是下一個新皇帝，下一個新王朝的開國太祖，所以他或許可以給張獻忠一些建議，因為他對宮中的典章制度、禮節儀式等等都算清楚，張獻忠應該需要他這種人才。

但他沒說出口。

矮個兒帶他進了城門，他看見更為觸目驚心的光景，成排的屍體不分男女老幼、兵民貴賤，都被高高地堆積在道路兩側。

進門不遠，是衙門之所在，衙門的大門洞開，門口插刀的架子空蕩蕩的，矮個兒指指大門，「接下來，你就住在這兒了。」

鄭公公順從地點點頭，他從矮個兒身邊經過時，忽然抬起雙臂，只不過一眨眼工夫，矮個兒的手指已扣在他第三節頸椎上。

鄭公公的手臂舉在半空，冷眼望著矮個兒。

矮個兒冷笑了兩聲，才鬆開手，揮手請他進去。

「我只不過試了試，便知道我絕對不比他快。」鄭公公講得嘴乾，還舔乾淨海碗底部的湯汁。

「你說了半天矮個兒，卻始終沒說他是什麼人物。」阿瑞聽得難禁好奇。

「他嘛……」鄭公公沉吟半晌，隨手將海碗遞給阿瑞。

阿瑞下意識地去接碗，在海碗放到掌心的那一瞬，他的防備之心才甦醒，但鄭公公的五爪已緊緊抓住他的手腕了。

碗在阿瑞手上，他下意識怕摔碎，不敢放開碗，就這麼一眨眼的猶豫，鄭公公已將阿瑞一把拉過去，他一個踉蹌，下盤未及站穩，鄭公公又用腿勾住他胯下，將他整個人緊緊夾在懷中，一時掙脫不得。

鄭公公把握機會，五爪扣在他天靈蓋上，阿瑞頓覺腦子被浸入一潭冰水之中，整張臉冷凍僵硬了起來，他企圖反擊，但四肢的力氣在瞬間就被抽乾了。

「你……」阿瑞想說話，鄭公公抬高鎖住他腋下的手，掩住他嘴巴，在他耳邊輕聲道：「噓，快好了。」

什麼意思是快好了？

阿瑞骨碌碌轉著眼珠子，焦慮地望著地穴的頂部，那裏有一條條樹根末梢垂下，他老是擔心有一天上頭的大樹會壓下來，將他們活活掩埋，外界根本不會有人知曉。他斜眼望著他們在大樹根之間開出的通氣口，在外面是四面隆起的土堆，讓地穴內生火的煙霧排出，又不至於讓雨水潑進來，等閒不易被人察覺，頂多以為是蟻巢。

阿瑞的腦袋漸漸空白，彷彿連記憶也被抽空了一般。

他依稀記得有一件很重要的事必須趕著去辦，卻一點也想不起來。

當他的視線逐漸縮小，差不多只剩一顆綠豆那麼小時，他聽到鄭公公重重地嘆了一口氣，將他慢慢鬆開，輕輕放置在泥地上。

他軟倒在地，連自己的呼吸都微弱得聽不見。

他從眼角瞧見鄭公公直挺挺地站起來，四肢健全，不復方才傴僂模樣，目光比以往更為銳利，削瘦的身體似乎長了一層肉，臉色也豐腴了些。

鄭公公跨步到地穴中央，紮起馬步，兩臂伸前展開，手抱日月，此乃源自少林拳法的「起手式」，在武林中有問訊並告知對方乃少林一脈的功能，但是鄭公公完全不懂這些來歷，師父教他，他只是依樣畫葫蘆而已。

鄭公公右步踏前，足尖順勢轉了四十五度，開始使出「八仙迷陣拳」第一式「八仙拜壽」。他沉穩地一式接一式、一招接一招，依當年師父所教，將一百零八式完整地演練，不省略一絲細節，不偏移一點角度，完全遵照王用的指導。

每當演練這套拳法，他與王用相處的點點滴滴便會浮上心頭，每一招每一式都隨繫著一段記憶，故此每當他想念師父時，便會用演練「八仙迷陣拳」來祭拜師父。

阿瑞直楞楞地看著鄭公公耍拳，如此從容，如此自在，不但臉上完全沒有猙獰的相貌，還帶有令人敬畏的莊嚴，令他完全忘記了鄭公公曾經是敵人這回事。

約莫半炷香工夫，鄭公公終於演完一百零八式，這是他一年多來首次有機會練完整套拳法。他以最後一式「王母舉爵」雙手拱拳高舉，再往兩側腰際收式，才長長吐出一口氣來，隨即閉上雙目沉吟片刻，似在默禱。

良久，他才再正眼望向奄奄一息的阿瑞。

「我還沒告訴你，那個人是誰吧？」

哪個人？阿瑞滿腦子渾沌，他忘了，有哪個人嗎？

鄭公公瞄了他一眼，隨即舉高右臂，伸手握住洞頂上垂下來的樹根。

阿瑞一時不解他要幹什麼。

「這是那個人教我的。」

矮個兒送鄭公公去的，是成都府衙門中的地牢，過去專門拘押重大人犯的。

地牢十分窄小，僅容一人棲身，沒有足以躺下的寬度，頂多屈腿坐著睡，且暗無天日，只有從樓梯透過來的光線，可以稍知晝夜。

關上半個月後，鄭公公有了新牢友，關在他對面的牢房。此人比他更為悽慘，被毆打得鼻青臉腫，根本看不出原本的面目，且一開始就被銬上手銬，雙臂被高高吊起，只有腳尖抵地，壓根兒無法坐下。

那人整夜呻吟個不停，他被打至內傷的五臟六腑到了晚上尤其疼痛，吊高的雙臂又痛又麻痺，而且隨著血液漸漸不足，手臂越來越冷，只怕到了天明，就要作廢了。

可是到了下半夜，他忽然停止了呻吟，粗重的呼吸聲霎地消失，開始徐徐地吐納呼吸，吐出來的氣息綿密又細長。

鄭公公坐在潮濕的地面，雙手抱腿，一直在注意那人的變化。

那人被吊住一整日，按理雙臂都應該要沒用了，卻仍然面色安詳地打盹。

鄭公公也沒比他幸運，他被矮個兒帶到「老神仙」處，在毫無辦法反抗之下再度被拆散一身關節，再被送回牢房，扔在地上等待筋骨癒合。

牢房的地面總有許多老鼠竄動，平日要是被他逮到，都會被他吸乾精氣，如今鼠輩見他可欺，竟放膽爬到他身上來。鄭公公以逸待勞，專等耗子走到他手邊，他伸指勾住了，馬上便有一股暖流灌進手指，老鼠立時了帳，四腳朝天地僵在地面。

小小的鼠輩，不過提供他一丁點兒復元的精氣，僅有小補，其餘的，他只有慢慢等待了。

此時，一件沒料到的事情發生了。

他的耳際響起了一個人說話的聲音，近得像是有人貼在耳邊低語一般。

「你是否來自京中的太監？」

鄭公公吃驚不小，但他沒法子爬起來尋找聲音的來源。

不久，聲音又自耳邊出現：「我是掛在你對面的人，為防隔牆有耳，你就自言自語回答我吧。」

鄭公公沒什麼好擔心的，除了這副殘敗的肉體，他可說是無牽無掛，再也不怕有人探知他的出身，於是，他自言自語：「沒錯沒錯。」

「你的氣息與眾不同，是何功法？」

「我不知道，我真的不知道，只知道師父教的便是。」他是真的不知道，雖然矮個兒道破，說叫八仙迷陣拳，不過他也不敢確定。

「令師諱何？」

「姓王，單名一個用字。」

那人沉默良久，未再作聲。

待鄭公公的手指關節癒合了三成左右，那人又說耳語了：「在下膚淺，不識令師何人，然在下有一法，或可助你一二。」

鄭公公低哼了一聲，算是聽到了。

「這牢房四面是磚，有什麼泥地沒有？要有泥土的。」

這不難，地面的磚塊之間，空隙甚大，多的是濕濕的爛泥，鄭公公又哼了一聲回答。

那人道：「把手指插進泥土，意念集中在指尖……」那人說，這是他師父所發現的法子，與其自己努力養氣、蓄氣，不如借用天地之氣！自身養氣有用盡之時，天地自然之氣俯拾皆是，用之不歇，取之也不損天地一毫，問題只在如何借用而已。

那人細細指導他如何存思，如何導氣，鄭公公不是笨人，一學即會。果然指尖自然而然產生一股細流，源源不絕地灌入掌心，流過經脈，滋養筋骨，他甚至可以目睹自己的關節如何慢慢移回原位。

此人若是無私傳授，鄭公公當然感激不盡，但他是自幼受盡苦難之人，疑心極重，不會輕易相信一位剛認識的人。

沒想到那人說：「你果然天資不錯，一點即通，想必不是普通太監，真想知道你師父是何等人物？」

是的，師父是誰？他從來沒想過，如果師父武功高強，為何會淪為宮中淨軍，抑鬱而死？他只知道師父因比武而傷，也知道傷他的人是誰，但是除此之外，他並不知師父家世，甚至連自己跟師父學的是什麼名堂都不知曉。

他知道，有個人知道。

鄭公公喃喃自語：「好舒服，不知誰教我那麼舒服呀？」

這次換那人沉默了一陣，才再次在他耳中出現聲音：「我乃青城山丈人觀姜人龍是也。」

鄭公公聽過這名號，是呂寒松告訴他的：「專門輸棋的人嗎？」

姜人龍作聲苦笑，才再密音傳耳道：「看來，在下輸的比贏的還出名。」他頓了頓，續道：「不過，輸，其實是為了贏。」

姜人龍？阿瑞當然知道！

鄭公公一邊述說，一邊用腳把阿瑞的身體翻滾過來，赤腳踩在他背脊上。

阿瑞訝異地發現，真氣像一道細細的溪水般，源源不絕地流進體內，他虛脫的肌肉逐漸脹起，五指無力的筋節慢慢拉緊，連空洞的腦袋都被一股股暖流所填滿！

原來，天地之氣藉由大樹導進樹根，經由洞穴頂部的樹根流進鄭公公的手心，再流經鄭公公的身體，經由鄭公公的腳底，從他的背脊灌進體內。

不多時，他已感覺通體充滿了活力，渾身舒暢，更勝以往！

他的肌肉渴望著伸展，他的身體很想馬上演練所有他所知道的武功，但鄭公公踩在他腰椎上，令他連翻身都沒有辦法。

終於，真氣停止灌入，鄭公公移開腳板，走去一旁，靜待阿瑞起身。

阿瑞一個鷂子翻身，馬上擺好馬步面對鄭公公，「你對我做了什麼？」

「要救尊夫人，以你之前的功力，不過是飛蛾撲火，」鄭公公傲然道：「而今你已脫胎換骨，進了張獻忠營中，或許還可以苟全性命。」

阿瑞半信半疑，又不得不信的是，鄭公公不但沒加害他，反而幫他增長了功力？

阿瑞的表情一定是寫在臉上，鄭公公問：「你不信？」說著，腳下突如其來地迫近阿瑞，阿瑞一驚，認出是他們長生宮的輕功「仙人步」，這並不出奇，因為他曉得師叔呂寒松曾將長生宮兩套基本功法傳予鄭公公，另一套則是仿青城諸峰奇詭之景衍成的「青城十八勢」。

鄭公公使出仙人步，根本是在行家面前耍嘴皮，阿瑞自幼習此步法，早已是熟練得不假思索便可以使出來，因此鄭公公才一出招，他便也用仙人步避開。

兩人動腳不動手，在窄小的地穴中左移右轉，步伐優美，彷彿在共舞，卻誰也碰不著誰。令阿瑞驚奇的是，這仙人步仍是自幼學習的仙人步，此刻卻比過去任何一個時刻來得靈巧輕盈，彷彿是完全重新再練過的一門新武功般，心中無比愉悅！

鄭公公見時機不錯，腳下一換，兩臂一伸，隨即使出「青城十八勢」中誘敵入彀的「投石問路」。阿瑞對青城十八勢當然也是再熟悉不過了，他立刻反擊之以「峰迴路轉」，兩人過招全以青城十八勢，一招接一招點到為止，並不碰及對方，阿瑞這才察覺，鄭公公不是在與他比武，而是在點出如何應用他們長生宮的武功！

他大為震撼，心中不禁對鄭公公暗暗改觀了。

「好了，現在換換口味。」鄭公公話語剛落，手勢一換，使出阿瑞感到陌生卻似乎有見過的招式。當下阿瑞恍然大悟，這是方才阿瑞在恍惚中時，鄭公公練給他看的冗長拳法，其結構複雜，變化多端，不似他從小隨師祖司華容學習的「長短拳」那般樸實。

更令他自己嚇一跳的是，他只不過在迷糊中見過一次這套拳法，心中卻已記得一清二楚，在鄭公公出拳的當兒，他也自然而然使出相應的招式反制之。

鄭公公看見他驚訝的表情，忍不住得意一笑，手中開始加快速度，腳下也越移越快，短短一盞茶時間，兩人已對了一百多招，阿瑞竟一點也不覺得疲累。

終於，鄭公公見時機成熟，手中招式又再一換，阿瑞大為震驚，在他眼前出現的，是仙人步、青城十八勢、八仙迷陣拳三者合一的武功路數，要不是鄭公公的武學造詣已臻化境，絕對使不出如此招數。

阿瑞心慌意亂，一時失神，鄭公公五隻黑寒爪子已至眼前，他措手不及，身子一沉，半蹲在地，反手攻之，竟也使出混合招數，不僅三武合一，還糅合了飛虹子教過他的劍法，化劍為指，直擊鄭公公最後兩根肋骨間的「腹哀」穴。

鄭公公大喜，出聲叫好：「有意思！」不待他傷及自己，腳下仙人步一踏，欠身躲開了，轉眼間結合青城十八勢絕招「白浪濤天」以及八仙迷陣拳殺著「羅漢升天」，在招式上四面八方抑制了阿瑞，令他沒有還手的機會。

沒想到，阿瑞想都沒想，只微微伸出兩指，瞬間就化解了鄭公公的攻勢。

鄭公公毫不戀戰，驟然停手，將兩手藏去身後，猛退三步，表示不再動武。

阿瑞興奮非常，意猶未盡，但他看見鄭公公削瘦的臉龐上一片冰冷，便也只好收式，看看鄭公公有何話說。

鄭公公正色道：「現在，我要告訴你，你將面臨的有哪些人。」

「你說過，有一個專門拆人關節的矮個兒。」

「蓮花易筋手，」鄭公公緊抿著嘴好一會兒，似乎哆嗦了一下，「此人至今為止，我還是破解不了他的手法！」他搖搖頭：「不，此人還不是最可怕的。」

阿瑞聽了，心中一寒。

「說起來，其實此人還跟我有些淵源。」

自從姜人龍說過那句話之後，鄭公公開始試著反抗。

已經被矮個子拆過數次關節的他，對矮個子一貫的手法了然於心，他會先拆腕部，再一段段上移，直到腕、肘、肩三個關節全部脫臼，只剩韌帶連結，然後才是足、膝、臀三處，不過腿部三關必須一氣呵成，因為一拆掉足部關節，他整副身體必因體重而下墜，矮個子便順著他下墜的力道一口氣扭鬆其餘關節。

鄭公公被他拆過幾次，沒理由學不乖。

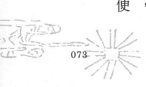

是以這次矮個子一動手，鄭公公便聳肩避開，矮個子只瞟了他一眼，哧笑一聲，便三兩下解開他整隻右臂關節，鄭公公的右臂就有如屋頂下風乾的臘腸般下垂了。

矮個子止了手，笑問：「你想反制我？」

鄭公公不回應。

「好吧。」矮個子上前抓住他鬆垂的手臂，不知使了什麼手法，關節竟又一個個接了回去，一如往常滑潤，毫無疼痛。

鄭公公直瞪著矮個子。

「你以為我只會拆不會接嗎？我是蓮花易筋手，可不是拆筋手。」矮個兒得意地說：「我現在給你一個機會，瞧我能在幾招之內，解開你四肢十二處關節，好不好？」

鄭公公不打話，一式「平步青雲」糅合著仙人步招攻矮個兒，矮個兒「咦？」了一聲，他只知鄭公公通曉八仙迷陣拳，不知他還習過青城山長生宮的套路。

鄭公公一聽他「咦」，不禁竊喜，這矮個兒果然只熟知京中之事，對他後來南下的動向就不甚清楚了。

不過這並沒難倒矮個兒，鄭公公兩爪前伸，腳下壓制矮個兒的走步，矮個兒依然一副悠然神情，側身躲開。閃了兩招之後，他逮到機會，伸手插入鄭公公兩臂之間的大空間，僅用一手搭上他的肘關節，一握一扭一拉，便飛快地解開他的右肘部，鄭公公右臂馬上垂下。

鄭公公垂掛著右臂，用剩下的左手進攻，矮個兒藉機摸上他的左臂，在肘部輕輕一轉，不料鄭公公脫垂的右臂隨著身體轉動，揮打到矮個兒後腦勺，鄭公公膝蓋往矮個兒一頂，也頂中他的大腿，只不過力勢已衰，無法傷他分毫。

矮個兒咧嘴笑道：「不錯，讓我遲了三招卸你的械，如果我再接回去，你還有把握再出三招嗎？」

鄭公公不作聲，一張瘦如無常的臉緊繃著，忍耐著韌筋被脫臼關節拉扯的劇痛。

「好吧。」矮個兒聳聳肩，三兩下拆解完他的關節。

一旁的「老神仙」本來一直默不作聲，此刻放鬆也似的長長吐了一口氣，他站起來走近鄭公公，細瞧他每一處脫臼的部位，對矮個兒道：「與前日有些不同。」

什麼不同？鄭公公不明白，他們究竟要幹什麼？為何三番四次地折磨他？

待老神仙觀察了好一會之後，吩咐人將鄭公公搬回地牢去，鄭公公雖然癱在地面，依然奮力發出聲音，大聲說道：「且住！你們兩個混帳究竟何人？為何不乾脆殺了我？」

老神仙聞之，呵呵道：「不可殺，殺了太可惜，不殺你才可以殺更多的人。」

鄭公公腦中浮現他初見此人時，滿地女屍的場面，忍不住怒叱：「你這妖怪！」

老神仙轉頭向矮個兒哧笑道：「他這麼快就瞧得出我是個妖怪。」說著，他揮袖離開營帳，邊走邊說：「被一個殘缺不全的人妖說我是妖怪，有趣，有趣。」

老神仙走後，矮個子上前來，嘻皮笑臉道：「鄭公公，你或許不認得我，我可是很熟悉你在京中的一舉一動呢。」

「看得出來。」

「你有所不知，」矮個兒蹲下身子，戲弄了一下鄭公公關節鬆脫、只留下一層皮連接的地方，「我也是錦衣衛的人。」

鄭公公雙目圓瞪，搜索矮個兒臉上的每一寸，意圖從記憶中揪出這人的資料。

矮個兒搖搖手：「你不會想起我的，因為你甚至沒見過我。」他頓了一下，說：「歷代以來，東廠主內，錦衣衛主外，為皇上鏟除異己，然而，我不是出去『辦事』的錦衣衛，我是專在地下蒐集資料提供給你們，好讓你們順利辦事的。」

鄭公公瞇起眼，仔細地盯著矮個兒：「你是老鼠。」

「是的，你們是這麼叫的。」矮個兒不屑地說，「你才剛在東廠得勢，我們便把你所有的底細翻得一清二楚，連幫你『私白』的刀兒匠、把你帶去京中的牙人姓什名誰都查明白了。你想知道嗎？」

「連我師父……？」這才是他最在意的事。

「你師父？莫道你師父，大明土地上每一個武功路數，大概除了荒山僻壤的之外，都在我們『老鼠』的掌握之中。」

這並不意外，「錦衣衛」是在燕王奪位後才創立的，將原本保護皇帝的皇家侍衛隊轉型成祕密警察，除了追查建文帝下落之外，也偵查全國用武之人、各地豪強、民間宗教團體等等可能造反的勢力。

「我師父是什麼人？」

矮個兒笑得更燦爛了，「不告訴你。」說著，揮手叫等候的衛兵把他帶走。乘他們把鄭公公收進布袋時，他又說：「上回你復元得好快，那麼這次你得快些復元了，免得錯過老神仙的大戲。」

鄭公公被扔回地牢，無助地靜靜等待恢復。

此刻，密音傳耳又悄悄溜進了他的耳朵：「誰人把你弄成這樣子？」

鄭公公的頭斜躺在地，看望樓梯投下的光影，沒見到看守的人影，剛才送他回來的人跟看守人聊得很起勁，兩人顯然是開小差溜出去了，所以鄭公公放膽回道：「我不知他名字，只知道是專門把人關節解開的蓮花易筋手。」

姜人龍細細斟酌了一下這名字，才問：「還見過什麼人嗎？」

「有個叫老神仙的，他殺了不少女人，挺邪門的。」

「老神仙？」姜人龍見狀，也乾脆不用密音傳耳了，「你且形容他的形貌給我聽聽？」

待鄭公公敘述完後，姜人龍嘆了一聲：「那個老神仙，名叫士慶。」

「他是什麼人？」

姜人龍兩手被鐵銬扣著，手臂高高吊起，只有腳尖碰觸地面。他用腳尖的大拇趾在地面的濕泥上畫出一張人臉側面，然後在頭頂正中央用拇趾頓了一個點：「有機會，你查查看他這個地方。」

怎麼會有機會？鄭公公每次見到士慶，都是無奈地趴在地面的。

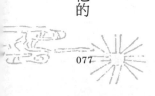

「你何不乾脆明說？」

「老實講，我也不很清楚，只知他是茅山一派，有個師兄改宗崇佛，當了和尚，對他的底細似乎十分明瞭。」姜人龍道：「不過，我最後一次見到那和尚，也是都江堰決堤之後，羅剎鬼來找我……」說到這裏，姜人龍彷彿墜入了沉思，久久不言。

忽然，他蓬髮下的眼神一亮，語氣變得很急促：「有一個故事，你一定得聽聽，說不定你有機會碰上……」

「那是個荒誕的故事，」鄭公公道：「不過他說得十分認真。」看倌不用猜也知道，那就是苑羽夜夢天庭，次日雪地出現巨人足跡一事。「依他所言，一眾惡星下凡，其中有一孛星最為兇殘，橫掃人命，但有太白金星也跟著下凡，幫忙糾正濫殺。」

「真的有這麼一回事？」阿瑞感到難以置信。

「姜人龍相信，只要找出此人，除去此人，天下就距離太平不遠了。」鄭公公道：「當我接觸越來越多張獻忠的手下之後，我也漸漸相信姜人龍的話了。」

「事情不是很明白了嗎？孛星就是張獻忠！」

「我一開始也這麼想，」鄭公公促狹地說：「不過後來我的想法改變了。」他話語一轉，說：「我不是說過，我們私下稱那老神仙叫『剝皮王』嗎？」

張獻忠落陷成都後，首先要好好參觀的就是「蜀王府」。

看倌千萬別被「王府」一詞所誤，以為蜀王府不過是個龐大宅第，事實上，蜀王一脈自明初就代理四川，儼然四川皇帝，其王府規模幾乎模仿北京皇城，乃中國各地封王府中最巨大的一座，當地人亦直呼「皇城」。

蜀王府四周有護城河、城牆、城門，一如北京內城中間有皇城一般。「府」中又有御河、三橋、表柱、石獅、城門、兩重大殿等皇家格式的建築，還有宏大的精緻園林，蜀王率妃投井的地方就是園林中最優美的八角井勝景。

北京的皇城是無望參觀了，所以參觀蜀王府顯得更形重要，因為他們準備要建國，蜀王府有皇城形勢，正好當王宮。

成都城破時，有不願殉國又無法逃跑的官員約七百名，悉數留下來成為新朝廷的文武官員。

此時一眾頭領和部分前朝投降官員來到蜀王府，已經被內定成為「右宰相」的嚴錫命趕忙上前獻殷勤，道：「啟稟皇上，這府中有一件不尋常之事物，皇上一定感興趣。」張獻忠早有一名極之信任的宰相汪兆齡，如今改稱「左宰相」，另立一位右宰相，也是因為嚴錫命是四川人，用來安撫四川人心之故，並無實權。

張獻忠語帶輕蔑地回問：「何事不尋常之有？」

嚴錫命何曾想過，大明覆亡，他反而有機會成為一人之下的宰相，為謝知遇之恩，他表現得特別積極，「還蒙皇上恩准，微臣在前帶路好嗎？」

嚴錫命領著張獻忠一行人，進了王府正門「端禮門」，便直趨樓梯，朝城樓頂樓的方向走。

登上頂樓，才知別設有一淨室，位處隱密，尋常不易從外頭知曉。

「微臣與府中某人相熟，才知道有這地方，否則沒人會來此的。」淨室中擺有神龕、香爐、花瓶等物，大概是守城門的神祇之類的，然小室久廢，花瓶中的花兒早已乾枯得只剩細梗。

眾人面面相覷，此室容不下很多人，大家都不知有什麼好特別的。

嚴錫命得意地指指上方，引導張獻忠的視線往上瞧，才注意到神龕的體積顯然太大，龕上供奉的神像有些詭異，仔細一瞧，神像著的是公侯品服，應該是對國家有功之人，然而神像的容貌僵硬，有如一張乾燥綳緊的人皮……端的是一張人皮！

張獻忠也受到了震撼，他瞪大雙目，令人將神像搬下，然而神像十分沉重，眾人稍一不慎，神像便滑手掉落，人皮破裂，從腹中散出一地金玉，眾人才赫然明白過來。

「這是誰的人皮？」左宰相汪兆齡語氣冷漠，似乎不感驚訝。

「這是藍玉的人皮，汪相可知藍玉何人？」嚴錫命新任右相，不知汪兆齡在張獻忠心目中的分量，是以用語之中以平等相稱。

藍玉何人？汪兆齡廣讀史書，當然知道。

藍玉本是大明開國大將之一常遇春的麾下，因驍勇善戰，常遇春經常在太祖朱元璋面前誇讚，又在攻佔四川、雲南、北蒙古等役中表現出色，因此逐步升遷，最終大破元朝餘勢，封國公。

然而藍玉自恃軍功，常在朱元璋面前不守君臣之分，屢次踰越，早已讓朱元璋有剷除功臣之心。藍玉又看出朱元璋四子「燕王」有奪位之意，因此警告太子，太子不信，但燕王已獲知他在太子面前的警語，心有懼意。

後太子病死，悲痛的朱元璋封太子之子為皇太孫，表示他日繼位（即後來的建文帝），並封藍玉為太子太傅，以示將來輔佐皇太孫。但燕王已搶先上奏，暗示朱元璋應「妥為處置」那些縱恣的公侯。藍玉在破北蒙古時有逼姦元妃事跡，又常對皇上不敬，於是有錦衣衛出面告發藍玉謀反，並在內庫搜出上萬把倭刀做為證據。

至此，藍玉不得不死，不但抄家，還誅三族，這是朱元璋建國功臣的典型下場。

此乃明初史上著名「藍玉案」，株連死者一萬五千人，藍姓人口銳減，藍玉本人被剝皮，人皮用石灰乾燥保存，還送往全國巡迴展示，以警功臣。但當人皮自雲南經過成都時，被蜀王留了下來，暗中供奉，只因蜀王就是藍玉女婿。

汪兆齡見兩百年前藍玉大案的正主兒就在眼前，彷彿與古人神交，心中不免激動，與此同時，一個靈感也悄悄地出現了。

待回營後，汪兆齡私下與張獻忠密談，這是他們兩人常做的事。

「皇上，臣有一提議，」雖然張獻忠尚未即位，他們已以皇帝身分稱呼了，「皇上最討厭貪財之人了，對不？」

此言正中下懷，張獻忠向來不許部下囤財，凡有金銀財寶悉皆歸他，部下只許日常用度，搶掠只能留下衣冠、扇子、小物件等等，一旦被他知道有人貪佔錢財的，定殺不赦。反正他日日殺人，也不覺手軟。

「其實，當年太祖開國便定下剝皮之刑，凡官員有貪污六十兩銀子，便押往衙門邊土地廟剝下人皮，土地廟邊設『剝皮亭』，將人皮用草料填實，吊起示眾。」

張獻忠喜道：「他奶奶的！那個太祖果然了得，剝皮都想得出來，那麼貪官一定立馬減少啦？」

汪兆齡搖頭道：「剝了許多人皮，貪官一樣沒少，可見人的貪性最重，嚴刑峻法也不見有效。」

張獻忠道：「不打緊，他開國之君能剝人皮，老子也是開國之君，要是不剝皮，哪管得了這許多人？」轉念一想，又問：「這人皮不好剝，剝了也不易完整，老子瞧那藍玉的人皮精美得很，想來必有高手能行此刑，那成都的劊子手何在？問問他便知。」

召人去查問，才知劊子手在城破時，因為抵抗而被殺了。

張獻忠惋惜道：「可惜了一門好手藝。」

汪兆齡嘿嘿一聲，道：「姑且不論劊子手，皇上還怕手下沒有能人嗎？」

「你說老神仙嗎？」張獻忠大喜，拍案道：「快傳！」

老神仙對人類的肉體研究得非常清楚。

其實，張獻忠的許多部下對人體結構都頗清楚的，因為他們每到一城，殺人之後也不費事另覓糧食，當場割下人肉，或煮或烤，十分便利。但他們畢竟粗魯無文，而老神仙士慶可是實實在在有細心研究的。

士慶聽了張獻忠的要求後，說：「剝皮小事耳，正如皇上所言，難只難在如何剝下一張美皮。不知皇上要的是生剝皮還是死剝皮？」

「有不同嗎？」

「有，大凡剝皮，皆先斬首然後剝皮，人已死，精魂已散，皮較易剝下，生者黏得緊，又會亂叫亂動，委實不易。」他接著分析道：「夫人皮有數重，最易剝下之處，乃皮下有一層薄薄油脂處，臣聞古法有水銀剝皮，便是借水銀之重量推開這層油脂；又聞魏忠賢也幹過瀝青剝皮，乃借瀝青熱力燒熔油脂、分離剝下也，但如今水銀、瀝青難求，唯有借助刀上功夫了。」

說著，士慶亮出一把小刀，雙手呈上給張獻忠瞧看，道：「臣酷愛此刀，乃臣偶從西方獲得，傳說乃秦西國剝皮之刑所用。」

張獻忠把小刀拿在手上細細翻看，見其刀柄上有中土沒見過的紋樣，刀身彎如鐮刀，惟刀尖不甚尖，而呈一斜刃，整把刀兒連刃帶柄，小巧得剛好能擺在手掌之中。

「秦西國也有剝皮刑？」張獻忠說：「前些日子，那個姓吳的前朝知府，就向孤家推薦，道是山中有兩個秦西國人，推廣什麼『天學』，聽姓吳的很是推崇，孤家叫他帶人來見見面，那事辦得如何了？」

隨侍在旁的汪兆齡忙說：「已令禮部派人去請來了。」

那「姓吳的」就是成都知府吳繼善，他投降之後被任命「禮部尚書」，地位甚高。而那兩個秦西國人乃西洋傳教士，張獻忠想見見洋人，也是想與外國取得聯絡的意思，尤其是他在平日也聽了不少金髮碧目人的傳聞，很想從他們身上得到什麼寶貝。

張獻忠把刀還給士慶：「有勞老神仙了，您且先去練習練習，挑個日子，表演給大家瞧瞧。」又轉頭向汪兆齡說：「老神仙要些什麼人，宰相盡量給他便是。」

「當然，皇上放心。」

張獻忠攻陷成都後，曾下令殺盡所有居民，被義子孫可望勸阻：「咱們出生入死，十多年來轉戰四方，為的還不是興王成霸？咱們這麼辛苦才掙得成都，大王你卻像以往一樣想要屠城，不留寸地以自守，那屬下們活著還有什麼意思？」待張獻忠終於下令停止屠殺時，他們已然屠城三日，活下來的人也不多了。

其實殺戮並未真正停歇，餘下的人都成了隨時待宰的活牲。

即使屠城三日，士慶還是有充分的人體可供練習，不論肥瘦老少、死活男女，各有用途：肥的有厚脂墊於皮下，反而不難剝皮，瘦的脂薄難剝下，老的皮皺較難剝得平順，年少的皮薄易剝破皮，如此種種，讓士慶練就了一手好手藝。

士慶表演當天，鄭公公和姜人龍也被押往端禮門現場觀看，他們兩人被扣上枷項，脖子和兩手被套在同一塊板上，後頸被沉重的枷項壓得很痛，令他們無法動彈，兩人無奈，只好坐在地上觀看，好讓枷板頂住地面，減輕疼痛。

此時，周圍的人越聚越多，原本空寂寂的死城，憑空又冒出許多人來。

原來，那些平日躲在屋中，不敢出外游蕩的倖存居民，今日全被趕出來共襄盛會。

不特此也，張獻忠一部分的兵力駐在城外，這天特別命令進城，好觀賞這場特別演出。

事實上，張獻忠要軍兵來觀賞，殺雞儆猴的意味更重！

張獻忠本人的軍營設在南門外五里處，有十大營和十二小營圍繞著紮營，重重包圍保護著張獻忠位於中間的「老營」。

一年多以前，他立國「大西」，年號「大順」，改成都為「西京」，改蜀王府為皇宮，本人卻不住在皇宮，反而住在南門五里外。有傳說他在蜀王府中白日見鬼，是以不敢居住。這番他要在蜀王府正門「端禮門」舉辦剝皮會，也是要殺殺蜀王府鬼魂的煞氣。

等待許久，終於，有兩個人被反綁著手，解了髮髻，尾垂長髮，被人押上端禮門前廣場的正中央。

那兩人看來是投降的官員，以往飽食終日的圓潤臉龐，而今已瘦得凹陷下去，兩人嚇得面如死灰，像被猛獸包圍的小動物般，驚惶四顧，不知他們將會遭到什麼對待。

張獻忠坐在高高的臨時搭台上，他步向台前，四周頓時噤若寒蟬。

「老子生平最恨貪官了！」張獻忠一聲高喊，嚇得那兩人跳了一下，「這兩個混帳，從前做明朝的官，貪得無厭！現在做老子的官，照貪！驢毬子入你媽媽的屄！老子氣不過，今天要讓大家看看，老子是怎麼治貪官的！」

「皇上冤枉！」其中一人直喊道：「為臣一片忠心，實無貪污情事！乃小人構陷呀！冤枉呀！」

張獻忠不理他，繼續說道：「今日這場盛會，老子叫他『神仙剝皮會』，你們二廝有機會由老神仙開刀，是祖上積德！有老神仙送你們上清涼世界，還不磕頭謝恩?!」

兩人一聽「剝皮」二字，登時魂飛魄散，渾身顫抖，早在「老神仙」一聲令下，被旁人脫了衣服，露出光亮亮一條背脊，兩人把貪官壓到地面，一人拉緊貪官長髮，士慶則將刀尖劃入後項，沿背脊順勢拉下，在背部割開一條長溝。

那貪官放聲慘叫，一股劇痛像火焰般流過背脊，但比疼痛更為巨大的恐懼籠罩了他所有的思緒，在他死前的每一秒，恐懼在他每一滴血液中竄動，奪走他的每一絲理性。

士慶在旁邊備了一盤紅紅的炭火，用來隨時暖刀，他將溫熱的刀刃伸到皮下的脂肪層，脂肪馬上熔化，他一邊拉皮一邊運刀，要確保刀面溫熱又不至於燒焦油脂，很快地，背皮已被展開至兩側，但被四肢頂住了。

「解肢！」士慶反過頭去，用溫水清洗刀刃上的血跡，免得血跡乾了會影響刀刃的銳利。

待他回過頭來時，那人已被斬去四肢，變成一根肉筒也似的物體。此時，那貪官早已奄奄一息，只能發出微弱的叫聲了。而他身邊另一位待宰的貪官，親眼看著眼前的人被剝下一層皮，露出血淋淋的底層，也被嚇得面無人色，差點兒昏死過去。

那人被截肢後，士慶便能將他的皮從兩側撕開至前面，不一會兒，一張人皮只剩頸下有一層連著了。

「斬首！」士慶下令，他的幫手又將貪官反過來，取出鋸子，從頸背慢慢鋸下人頭，士慶還不住叮嚀：「小心別傷了皮。」鋸子碰到大動脈時，脖子噴出熱滾滾的鮮血，濺得劊子手一臉都是，染紅了端禮門地面的白石板。

終於，一個連著人皮的頭顱被高高抬起，劊子手在原地徐徐轉了一圈，讓現場圍觀的人能看個清楚。

張獻忠問身旁的一名領頭子道：「你覺得如何？」

那名領頭子殺人如麻，當張獻忠命令部下殺人需切下人耳做為領賞憑證時，他腰間可是掛滿了許多串耳朵，於是一連升了好幾級。他興奮地摩拳擦掌道：「謝皇上賞我們這麼精采的表演，真個百聞不如一見！」

張獻忠撫撫長鬚，笑道：「那麼中意的話，改天你也可以上去演一演！」

領頭子一時無法會意，楞了一下。

張獻忠續問道：「你那渾家是什麼貨色？是老鄉還是搶來的？你可知道她在幫你收錢麼？」

那領頭子頓時驚醒，嚇得趕忙拚命磕頭：「皇上聖明，那女人是搶來的，大戶人家的婢女，她做了如此丟臉的事，待我回家去結果了她！」

「不需費事，今晚廚房加菜，她已經被老子下鍋了，」張獻忠冷冷地說：「倒是你，今日也上去助興吧。」此時，那領頭子的兩肩已被人從後面押住，他明白是怎麼一回事後，當場屎尿橫流，軟癱在地。

那天傍晚的時分，蜀王府端禮門後的大道兩旁，插上了四根柱子，每根柱上綁了個被石灰處理過、被草料填滿的人皮，在灰沉的天空下，彷若守門的陰兵，教人遠遠望去也會不寒而慄。

人皮一天天增加，直到義子孫可望進諫，說人皮列道過於陰森，尤其列在皇宮正道上更是不祥之兆，張獻忠才將它們撤下。此是後話。

單表那日「神仙剝皮會」後，姜人龍和鄭公公被送回牢房，鄭公公便覺得姜人龍有些心神不寧。

起初以為他是看了殘酷的殺人場面而心有餘悸，但依照鄭公公在宮中多年觀人的經驗，即使姜人龍蓬頭垢面，老是看不清面貌，鄭公公還是瞧得出他心中有事。

乘守門的去解放，鄭公公乘機問他：「你看剝皮看怕了？」

姜人龍搖搖頭，小聲道：「我怕我師兄會來救我。」姜人龍毫無機心，完全據實以告。

「你的師兄？」

「今天我看到他了，就混在人群中，」他的師兄谷中鳴一臉潔白，鬚鬚全無，髮髻也梳得整整齊齊的，跟過去的邋遢完全迥異，但師兄弟倆自小相處，對對方瞭如指掌，他的身形可是打死也認得出來的，「他們綁我出去，為的就是引出師兄，這就是為何遲遲不殺我的理由！」

「噓！」鄭公公聽到有動靜，忙叫姜人龍噤聲。

守門的下來時，兩人安靜得像是從來不相識似的，各自面壁而坐，實際上卻各懷心事。

鄭公公心中不無疑惑：姜人龍是什麼人？他師兄又是誰？如果他們師兄弟真的那麼重要的話，他是不是可以利用這條資訊，來換取矮個兒的一點益處，讓自己少受一點苦？

想到此，鄭公公心中揪緊了一下：姜人龍過去跟他素未謀面，卻一來就教授他導氣之術，這些可是人家輕易不傳的心法！而且姜人龍會告訴他這些事，根本是對他毫不防備，他豈能如此回報人家？

「後來呢？」阿瑞急問道。

鄭公公被打斷陳述，一時錯愕，他盯住阿瑞的臉，在阿瑞眼中窺見一絲靦腆，便知阿瑞仍在疑心他的為人。是的，他的為人，他的為人有何不對？他只不過為了讓自己活下去而已。

可是受人之恩，必湧泉以報，這點淺顯的道理他還是懂的！他借了阿瑞的氣一用，還以超值的一百零八式少林迷陣拳回報，難道阿瑞還不懂嗎？於是，鄭公公回道：「我沒有出賣他。」

阿瑞紅了臉，垂下頭，後悔問出方才那一句話。

「可是，姜人龍在第二天就被帶走了。」

「他師兄被找到了？」

「我不知道，」鄭公公用力搖頭，「時至今日，一年多了，我依然不知道。」

「好，」阿瑞還是無法理解，張獻忠的營中有多兇險，「請告訴我，為何彩衣會在這個林中發現你？」

鄭公公忽如其來地一陣哆嗦，他忙將兩手抱拳放在嘴前，不停呵氣、不停搓揉，想驅走掌心忽然湧上來的寒意。那僅僅是幾天前的事，但仍然令他一想起來就自動心跳加速，他感到自己準備好之後，才開始說：「還是得從剝皮說起。」

張獻忠用剝皮之刑殺了好些人之後，義子孫可望建議他廢止此刑，因為成排成列的人皮插在行道兩側，令成都（已改名西京）形同鬼域，令新建立的大西國蒙羞。

平常要是有人如此進諫，張獻忠大不了隨手一怒殺之，但孫可望等四大義子是打從他發跡之初就緊隨左右，君臣之間的感情是無人堪比的，要張獻忠對他們起殺心還不容易，他們知道只要說話得宜，基本上是不可能被殺的。

不僅如此，張獻忠還認真考慮了孫可望的建議。

「你認為如何？」他問問身邊的汪兆齡。

「皇上，剝皮之刑的確過於冗長，又有好殺之名，對開國之君而言，的確不妥。」

張獻忠點頭同意。近年來，他是越來越依賴汪兆齡的判斷了。

「若可依舊剝皮，令人生恐懼之心，又不需殺人，以示皇上網開一面，豈不妙哉？」

張獻忠環顧眾人：「諸位有何高見？」

「老神仙」士慶跨前道：「那簡單，只要行『小剝皮』法就行了。」他也不想浪費時間在剝皮上，他還有許多事情要研究的呢！所以他思考過很久，要如何執行一個簡單得人人可做的剝皮法。

張獻忠馬上同意了「小剝皮」，只需依舊從後面割下一刀，將皮翻開兩邊，再把人趕走就行了。

那些被小剝皮的人，跑去人家敲門求救，但沒人膽敢收留，只能逃入山中等死，要不感染而死，也會活活餓死。

所以有長達一年多的時間，沒有再舉行過完整的剝皮之刑。他們見鄭公公沒有逃跑的意思，也漸漸不再將他關在地牢，每日還放他四處走走，以他的奇特樣貌，走到哪也有人認得出，且他再走也走不出張獻忠管轄的川西一帶。

一直到幾天前，矮個子如常來找他，他心想他又要如常被拆解關節、如常得躺上一兩天了。

但是，這日矮個兒的表情有些黯淡。

他一來就邀請鄭公公坐下，還沏了一壺茶，倒了一杯遞給鄭公公，嘆道：「你想不想知道，為何我要拆你的關節？」

鄭公公接過了茶，卻默不作聲，他仔細端詳了矮個兒的臉，才反問：「你有打算告訴我嗎？」

「你想知道，我才告訴你。」

「想。」

矮個兒的几上擺了滿滿一大盤紅棗，他拋了一顆進嘴巴，才把盤子推向鄭公公：「因為老神仙對你這種神奇的癒合力十分好奇，他要觀察你的關節是如何自動接上的，在復元的當時，『氣』是如何運行的。」

「為什麼？他知道了又如何？」自離京後，鄭公公好久沒見過那麼大顆的紅棗，他取了數顆放進袖囊，留待日後食用。

「我也不知道，但他的確不比凡人，」矮個兒道：「你可知他是如何結識皇上的嗎？皇上又為何叫他老神仙的嗎？」
鄭公公當然不知道。
「聽說——當時我仍在順天府，尚在錦衣衛——有一次攻陷某城，依例屠城後，有人在次日清晨發覺許多死人的天靈蓋破掉了，腦袋瓜不見了，頭空了，就有守卒報告，昨晚似乎有人在死人堆中走動，彎著腰在切東西，他們感到害怕，不敢上前質問。」
「那個人是老神仙？」
矮個兒搖搖手，「皇上令人晚上嚴加守備，一見可疑的人馬上逮到。是，那人就是老神仙，他被逮時，口角還有血跡沒抹乾，手中還捧著個豆腐般的腦子。你猜皇上怎麼著？」
鄭公公放下手中一直沒動過的茶，搖首表示不知。
「他當場令人斬了老神仙的腦袋。」說了，矮個兒興奮地盯著鄭公公，看他怎麼反應。
鄭公公遲疑地問道：「斬斷了？」
「斷——！能不斷嗎？問題是，第二晚又逮到一個人在偷死人腦袋，抓捕回來，依舊是老神仙。」
鄭公公聽了，屏息等待下文。
「皇上覺得此人是異人，或能幫助，便留了他下來，不管他想怎樣，都不阻止。」
「謝謝你告訴我，」鄭公公說：「但你為何要告訴我？」
矮個兒舔了舔唇緣，道：「因為老神仙想知道，若是把你剝了皮，是否也能長回去？」
鄭公公明白了，明年今日很可能會是他的忌日。

他再舉起几上的茶杯，很平靜地說：「既如此，我還有兩個小小的問題。」

矮個兒搖搖頭，「兩個嫌多了些，不過今天特例，請問吧。」

「你對我的師父的身世似乎瞭解很多，我身為徒弟，反而一點也不知道，可否告之？」

矮個兒蹙眉道：「那可說來話長了，也好，了你心事，我長話短說好了。」

於是，矮個兒把王用的家族背景，獨門武功「探花掌」、祕技「梅花穴手」等等隱密背景都交代了。鄭公公才知道師父還有沒教過他的武功，也終於確認他長年所習的套路名叫「八仙迷陣拳」。

「好了，第二個問題呢？」矮個子催促道。

鄭公公嚥了嚥口水，「你是誰？姓什名誰？都一年了，我還不知道。」

矮個兒聳聳肩，道：「你很可能快死了，知道這些又有何用？」

鄭公公半低著頭，心中有萬萬千千的算盤在打轉。

「何時要剝我皮？」他直接問。

矮個兒不安地轉了轉眼，不太高興被他料中了，「老神仙隨時就到。」

這一天果然來臨了。

折騰了這麼久，反正哪一天都沒關係了。

「好吧。」鄭公公才剛說，持杯的手上，中指迅速伸至杯下，奮力一彈，熱茶直朝矮個兒眼睛潑去。

矮個兒無時無刻不在防備，他一手擋開杯子，另一手瞬間暴長，伸向鄭公公的手臂。

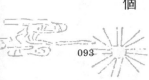

鄭公公在彈杯之際，整個人同時反彈而出，但依舊來不及抽離左手腕，還是被矮個兒碰到了，在矮個兒三指調撥下，手腕無聲無息地脫解垂下！

鄭公公憤然皺起鼻子，忍著疼痛，立刻逆著腕關節脫落的方向反手一揮，關節立時接回！他趕忙將救回的手抽回，成功彈脫出去，奔向營帳入口。

矮個兒當場楞住，隨即咬牙道：「好傢伙！藏一手！」

鄭公公可沒藏一手，這是他從重複不休的痛苦中反覆磋磨，才領會出來的。他留意到矮個子的手法，也注意到每個關節都有其獨特扭轉的方向，更發現關節脫臼之後仍有韌筋在裏頭緊緊拉扯、連接著兩端。

於是，在每次被拆解之後，他便試著輕輕移動肩膀，尋找接回關節的方法，待肩膀接回去之後，再試肘關節，繼而腕關節、指關節，日久磨練，已經熟能生巧，甚至有本事自解自接。

這就是姜人龍所教他的：輸，是為了贏！

鄭公公不敢浪費時間，足踏「仙人步」，拚命朝最接近營區外緣的方向奔去，他擔心要是矮個兒作喊起來，營中上萬軍兵聞聲而出，縱有一百個他也逃不掉！

矮個兒大概是自尊心作祟，他沒喊叫，而是沉著臉緊追過來，他人雖矮，腳下卻飛快，身形輕捷，顯然習過輕功。

鄭公公從未見過矮個兒做出攻擊式的招式，他的「蓮花易筋手」甚至不能算是一種武功，而是一種專門制止對手動武的「反武功」！但從矮個兒動作之快、又不畏懼他吸取元氣，以及對各路武功如數家珍來看，他必然身負一定程度的內功！

他們經過一個又一個營帳，為了拉長跟矮個兒的距離，鄭公公突如其來地拐彎，他心想矮個兒腿短，或許轉彎不會比他快。不想鄭公公打錯了算盤，在拐了兩三個彎之後，不知何時，矮個兒竟已到了他後方！

鄭公公才剛心中一寒，矮個兒已撲身上前，兩掌齊出，從兩個不同方向擊打他的右肩，鄭公公的一條右臂竟馬上反轉，變成垂掛在後頭搖晃，絲毫使不上力！

他一跺腳，停止奔跑，矮個兒冷不防有此一著，不慎超過鄭公公前頭，鄭公公從他後面沉腰立馬，用完好的左掌使出一式「暗箭傷人」，猛擊矮個兒腰椎！平常人受此一擊，必然下身癱瘓，但矮個兒有本事借力，他腰椎一受攻擊，他也順著力道往前彈出，霎時間化解了部分攻擊力，但還是在腰椎間浮現了一絲刺痛。

鄭公公乘機逃去營帳後面，脫離矮個子的視線，趕緊用力把上身往左後方一擺，垂脫的右臂順勢盪到面前，他忙伸出左手將其接上。

這麼一息間的磋跎，矮個子已迸了過來，直殺到他眼前，兩手伸向他——這一招他領教過！這一招是為了同時拆下他雙臂！鄭公公不等他招式使老，整個人擦足跌地，左肘著地，使出殺著「醉仙敬月」，右手三指如握杯狀，直扣矮個子喉結，右腿由下往上踢向對方丹田，此式封鎖上下二結，要人立馬斷氣！

矮個兒見機不可失，立刻改手攻擊伸向他喉結的右手，欲握住鄭公公右腕和右肘，要來個一石二鳥！但腳比手長，他兩手未至，丹田已被鄭公公一腿踢正，整個身子飛跌出去。

「來人呀！」矮個兒不再顧面子了，他在落地之前放聲尖叫，頓時震動軍營，一大堆軍兵紛紛手執兵器，翻帳而出。

鄭公公沒有遲疑的機會，軍營外緣已經進入視線了！他還需要一點點時間！

於是，他深吸一口氣，腳下如箭，飛奔向邊緣，一有武器擋在眼前，他正眼不瞧便反手擊去，一有人影掠過眼角，他便隨手攻擊，每一攻擊，便感到一陣暖流從對方的皮膚灌入身體，一點一點地吸取精氣。

「抓住他！抓住他！」鄭公公聽見矮個兒的聲音遠遠拋在後頭，他不要回頭，眼中只直直瞪住軍營邊緣的木欄，恨不得馬上超過它！

忽然，後頭傳來一聲尖聲，淒厲得懾人心魄，如閃電般直迫他後頭！鄭公公心底一寒，趕忙側身仆倒，只見一枚響箭飛擦過他肩上，飛馳到木欄之外，落地止聲。

這麼一慢，數名士兵已撲上他身體，用體重緊壓著他，他也用手抓緊士兵，他們的精氣頓時一古腦兒灌入鄭公公體內，那麼一瞬間，軍兵們一個接一個軟倒，但仍然重壓在他身上，此時矮個兒才大叫：「小心！別碰著了他！」

其餘士兵不敢怠慢，忙取出繩子，將鄭公公兩手纏住了，從兩側遠遠地拉緊，不讓他移動。

矮個兒憤怒地大步走向他，毒辣的眼睛上下打量他的關節，口中道：「這廝！我要用好久沒用的『大裂解手』，方消我心頭之恨！」

鄭公公瞟見他身後站了個拿著大弓的人，手臂和臉上滿佈紅斑，猜想這就是剛才射箭的人。那人兩手抱胸，正饒有興趣地望著他。
矮個兒兩手指節大動，像在撥弄琵琶的琴弦，他雙目不停在鄭公公全身各處關節游動，最後停在鄭公公的脖子上，嘴角浮現竊笑。
他兩唇一緊，目怒兇光，雙手立刻如轉輪般運行，朝鄭公公身上十二大關節運手，繼而解開他背脊腰椎、胸椎，最後是神來一筆的頸椎，咔的一聲，矮個兒止手，退後兩步觀看自己的成果。
鄭公公依然佇立不動，橫在他眼前的，是兩個七零八落的士兵，像沒關節的布偶般疊在地上，而纏住鄭公公兩手的繩子已鬆脫在地。
「怎麼回……？」矮個兒錯愕當場，一句話也說不完。
鄭公公不待他反應，搶過倒地的士兵腰際的匕首，用力沒入矮個兒心窩，手中還感到刀尖割過肋骨的摩擦振動。
士兵們大聲叫喊，鄭公公反身便跑，他終於跳出木欄，奔向樹林，後頭沒飛箭射來，因為一群追捕他的士兵擋住了射手的視線。
他沒命地飛跑，竄入林子，只想讓自己跑得越遠越好！
不，事情沒那麼簡單！剛才矮個兒所謂的「大裂解手」的確傷了他！雖然他及時將矮個兒的功力轉移到旁人身上，但他依然感覺到全身的關節正蠢蠢鬆動，矮個子留在關節裏頭的內力仍在作用！仍在一點一滴地努力扯鬆他的關節！
鄭公公奔跑得一身冷汗！他奮力利用剛才吸來的精氣抵制著矮個兒的內力，不令關

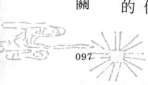

節脫臼！但他也感覺到體內的力量正如米袋穿孔般逐漸漏失，不知他的關節還能撐到什麼時候?!

他盡其所能地撐住那一口氣，支持膝蓋關節順利擺動，不令它在奔跑時脫落。

他不敢讓自己腳下停止，他知道「仙人步」能讓他跑得比平日快個三四倍，他要將自己送到一個安全的地方，才敢停步，否則即使不落入人手，也必落入獸口！

他留神腳下任何一個可能絆倒他的凸起，最怕的是躲在草下的石頭，抑或一塊隆起的樹根。

他好不容易翻過山頭，但他感覺到所有四肢的關節已然鬆動，兩腿的運動再也無法順暢，肩膀的關節互擊發出咔咔聲，他將氣集中在兩腳，於是，兩臂首先脫臼，腕、肘、肩三處同時解開，掛在飛奔的身後搖擺。

又撐過了一刻鐘，他覺得腳也快支持不住了，於是他迅速四顧，找一個落葉堆或任何可以暫時把他藏起來的地方。

但是，他來不及了。

腳踝關節驟然脫開，他在仆倒的當兒，四肢終於全部分解，他整堆地撞到樹幹上，再反彈到地面，癱成一堆。

他藏在衣袖中的幾顆紅棗滾出，正好滾入他的手掌心。

然後，是一片靜謐。

接下來，就要交給命運了。

阿瑞聽了鄭公公的故事，連呼吸都變得急促。

他實在無法想像，闖入張獻忠的營中，比他當年闖進長生宮要困難幾百倍！別說進去難、活命難、逃出難，根本無法想像要如何才能把彩衣給救出來。

要救彩衣，恐怕只有死路一條。

「要救尊夫人，」鄭公公冷靜地說：「我是去定了。」

阿瑞相當錯愕，鄭公公有何理由要去？要去也是他去！他跟彩衣好不容易結成連理，又好不容易將為人父母，豈可讓這幸福輕易被人破壞？鄭公公是何許人？他為報恩嗎？或為當年害慘了彩衣而謝罪？他是東廠惡人，殺人不眨眼，他沒必要！

但鄭公公所想的不同。

他的人生向來沒有什麼意義。

他跟親人完全斷絕了連繫，因為他是被父母拋棄的。

他在宮中差點死去，被師父所救，但待他如親父的師父也老早入土為安，化為蟲蟻之食了。

他為朝廷爪牙，致力於排除異己，而這他所倚賴的朝廷也滅亡了。

不管當下他想做什麼，都無得無失，無拖無欠了。

他只是單純地想報恩而已……嗎？

不。

鄭公公的腦中浮現了一張人臉。

姜人龍。

「你去不去？」他再次問阿瑞，「你若不去，我單槍匹馬也會前往的。」

阿瑞道：「我的妻子，我當然去救。問題是……」他打量了一下鄭公公，「你剛逃出來，有何把握能夠來去自如？」

鄭公公笑道：「我沒有把握來去自如，不過，如果你我同心協力，或許在咱倆都死去之前，能幫助尊夫人脫逃。」他瘦如無常鬼的雙頰，一笑之下，愈加猙獰。

阿瑞對他的笑臉感到疑心，不知鄭公公在安什麼心，不過除了相信他，似乎沒有更佳的選擇。

「好！」阿瑞站起來，「我們走吧，你帶路！」他繞著地穴而行，取下掛在地穴四周的水囊、濾水筒、肉乾條等物，放進布袋，交給鄭公公。而他自己呢？他剛回來，行囊都尚未解開，無需再做準備。

他找出紙筆，磨開墨條，寫下兩張紙條，一張是給師父柳嵐煙的，教他異獸糞便的使用法，如何治療聚在體內逐之不去的寒氣；另一張給外公符十二公，約略地寫下了事情經過，文末寫道：「此去恐怕無回，孫兒不孝，無法照顧阿母，還請外公見諒。」

鄭公公見阿瑞對竹筒小心謹慎，不禁好奇問道：「那是何物？」

「這是治療家母陰寒之症的單方奇藥，」阿瑞嘆道：「家母之疾，正是因為當年在長生宮被你所傷，至今仍會不時全身發冷。」

鄭公公聽了，默然不語。

阿瑞走出地穴，將字條分別放進外公和師父的地穴去了，又留戀地回眸瞧了兩眼，才對鄭公公說：「日已西斜，晚上趕路方便嗎？」

「何必多慮？」鄭公公笑道：「當下便是良辰吉時。」

胚胎誌

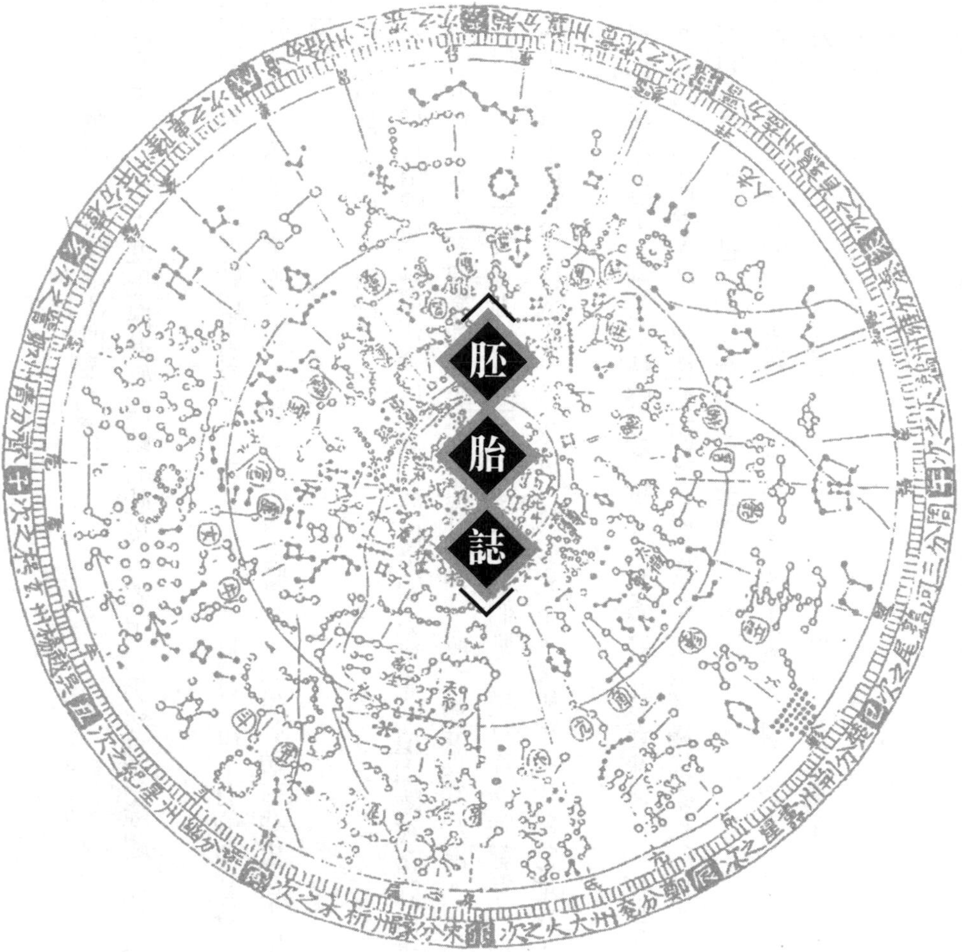

彩衣在陰暗中驚醒，全身冷汗泡透了衣衫。

她醒來後的第一件事，就是撫摸她渾圓的肚皮，確定它仍然高高隆起，才放心地吐出一口氣。

她圍顧四周，看見地上或躺或坐著幾位孕婦，有的在低聲抽泣，有的似在昏睡，生死不明。黃昏的餘暉正從牆上的空隙穿入，她把眼睛湊近牆孔，看見外頭有些模糊人影，其餘則什麼也瞧不清楚。

不管怎樣，她都得開始想辦法！

今天一大早，她有預感阿瑞會在今日回來，所以天還未透亮，遠山剛被魚肚白描上邊時，她即已爬出地洞，想乘露水未揮發前採集一些新鮮蕈類，煮一鍋鮮美的好湯。

她哪會料到，這麼早的天，山上竟已有許多人，他們應該是打從昨晚就露宿在此，分頭睡在不同的樹下，身上僅披了件薄衣，在灰沉沉的晨光下，像極了一片尋常地衣，根本不會留意到他們。

所以當彩衣拿著小鏟子，刨去一株野菇的根部，打算將它拔起來時，一個男人在她身邊猛然跳起，低聲問：「什麼人？」那株蕈類長在樹根旁，樹根旁滿佈柔軟的地衣，而那男人就在兩條粗大的樹根之間歇息，彩衣竟完全沒發現。

那男人伸手欲抓住彩衣的手，大概是怕她用手上的小鏟子攻擊。彩衣大受驚嚇，但還能馬上反應，她即刻順手抓了一把泥土濺到男人臉上，男人怪叫一聲，驚動了所有的人，剎那之間，彩衣周圍忽然站起了七、八個男人。

彩衣渾身冷顫，血液頓時凍結，她本能地把手搭在腰際的劍柄上，那是恩師樊瑞雲遺下的金蟬劍，平日出洞一定片刻不離身的。

男子中有人出聲：「這小娘子有劍！」

「沒想到呀，這荒山野嶺會有用劍的人，想必還躲了不少人。」說著，他們也紛紛將手上的大刀和倭刀指向彩衣。

彩衣極力抑制著發抖，她自學習「金蟬劍術」以來，除了跟師父對劍之外，幾何真正臨敵？更何況一臨敵便是生死對戰。

周圍的人見她不出劍，開始挪動腳步，慢慢地繞著她打轉，意圖混淆她的判斷力。在未知彩衣實力之前，他們也沒敢率先出刀，以免受傷。

彩衣嘴唇發白，她知道不應拖延，久耗無益，她必定鬥不過八名男子，因此她必須殺出一條生路，速戰速決！

主意已定，她將另一手伸入腰帶，那兒藏了幾顆平日蒐集來的飛蝗石，她用極快的速度取石，悄悄彈指，石子擊中遠遠的樹幹，發出極清脆的一聲「答！」眾人以為旁邊另有他人，紛紛轉頭去看，彩衣乘此良機，抽腳要竄向反方向。

但是有一人根本不轉頭，他從頭到尾都在緊盯著彩衣，一見彩衣有動靜，便直嚷：「她要逃啦！」還同時掄刀迫向彩衣。

彩衣迅速拔劍，將劍身平掃過去，忽然，劍身像是長了手一般，抓著對方的大刀不放，那人陡地一驚，急欲抽刀脫開，彩衣使了個巧勁，令那人的大刀瞬間脫手，整把刀飛到十餘步之外。

這是「金蟬劍術」中的「陰蟬」技法之一，專門解人兵器。彩衣不放過機會，揮劍衝向那人，那人當然避開劍鋒，彩衣藉此製造了一個空隙，她足運仙人步衝過空隙，乘著掠過那人身邊之際，反手一式「含沙射影」刺傷那人右肩，劍鋒一刺、一旋、一挑，一氣呵成，立傷該人臂神經叢，令其整條右臂頓時麻痺！

此屬「陽蟬」技法，乃專求脫身之法，此式以廢人武功的方式來幫助逃脫。

彩衣脫離包圍圈，她想盡快跑回地洞，又怕施展輕功「仙人步」會傷了腹中胎氣，只不過剎那猶豫，腳步就不免放慢了些，耳後便傳來一陣風聲呼嘯，直迫腦後。

彩衣心中一驚，反身揮劍，只見來的是一把「流星鍾」，其鍊子高速飛旋纏上劍身，鍊子兩端的重鉛迴旋擊中彩衣手臂，彩衣痛入骨髓，金蟬劍差點脫手，但一念想起金蟬劍乃師父之物，便握得更緊了。

片刻遲疑，追兵便至，彩衣來不及取走劍身上的流星鍾，鍾身頗重，帶著走又不方便。她馬上把劍換手，右手伸入懷中，取出密藏繡花針，五隻纖指將細針瞄準各人，逐一射出。

何以稱這繡花針為密藏？乃因其製工細密，特別在針頭灌鉛，因此針頭沉重，飛射軌道不易偏移，且針身細小，摩擦空氣不生風聲，一刺入人皮，針頭登時沒入血肉，隨血而流。彩衣射出此繡花針，專認人頰下部位，中針者只覺微痛，不甚留意，然奔跑氣促、血流加速，繡花針便沿頸動脈血液往頭顱方向流動，直至刺入大腦之中！

這是另一位師父聶凝雪自幼教她苦練的「木人針法」，乃長生宮坤門十九手暗器祕法之一。

果不其然，最先中針的追兵跑沒幾步，突然兩眼翻白，後腳撞上前腳，一個踉蹌便仆倒，伏在地上沒了動靜。

另一個一起追來的人見同伴倒地，兀自驚奇，忽然之間，他自己也眼中一黑，上身失去知覺，下身卻仍在跑，隨即往後跌倒，仰臥不起。

一招得手，彩衣也驚惶不已，聶凝雪教她的這招救命招數，她還是第一次用在活人身上！

這兩三秒的停頓，讓彩衣有時間取下纏在劍身上的流星錘，她邊解開鍊條，邊盯著步步追近的追兵，一取下流星錘，她馬上揮鍊擊向來人，來人躲過了鉛錘，卻避不開接踵而至的第二個鉛錘，下巴登時碎裂，頭昏眼花地倒地。

「臭娘兒！」兩名追兵邊喊邊至，彩衣急忙轉動流星錘，把它扔到高高的樹上，讓它纏繞在樹枝上，一來是她不熟悉這類武器，二來不願讓敵人得到此物。她還是想使用她最稱手的金蟬劍。

她一對杏眼看準來人握刀的手腕，待追兵追至五步之前時，忽然搶上一個疾步冒險趨近，劍鋒斜斜掠過刀身，沿著刀刃，直朝對方虎口刺去。來人何曾想過有此一著？冷不防虎口一股劇痛，手筋已被挑斷，金蟬劍再一抽一撥，大刀立時飛脫！

轉眼之間，另一名追兵也被彩衣挑斷手筋，他見手腕再也握不住刀，大怒衝向彩衣，欲以力搏之，彩衣大驚，慌張之中一劍劈斷該人頸動脈，鮮血噴出，那人的脖子在清冷的早晨冒出蒸蒸血紅的熱氣，仆倒在地上。

一臉鮮血的彩衣沒時間讓自己冷靜，也顧不得胎兒安危了，要是她保不住自己的性命，胎兒也根本沒活命的機會！她重新運起仙人步，朝地洞方向跑去。

她望見地洞的入口了！符十二公在那兒做了一個只有他們一家人識得的標記，她只消將那標記依法移動，開啟奇門陣式的開口，一切就安全無虞了。

正在此時，她忽覺腳下一緊，一個流星鍾將她兩腳纏成一束，她直挺挺地仆倒，兩名追兵馬上跑到她跟前，一人踩住她執劍的手，一人將刀鋒抵住她脖子，然後仔細端詳她的肚子，道：「果是孕婦，足月了嗎？」

「不理它，送給老神仙便是。」

「好。」好字剛落，彩衣只覺後腦被人一擊，意識很快便暈成了一團糊。

待她醒來時，便在這陰冷的土室中了。

她一醒來，便要確認身上的暗器仍在。

她自小受訓在身上躲藏暗器、在身邊蒐集暗器、在無聲無息中使用暗器，她希望方才拋射繡花針的動作沒有被人識破，如此便還沒人懷疑她懂得暗器。

她眼睛環顧四方動靜，手中則不停歇地摸索身上：腰帶摺縐中的繡花針仍在、隨手撿拾的飛蝗石仍在腰囊、貼身內衣邊縫的銅珠和鐵蒺藜仍在、頭簪仍在、頭髮底下扣住的銅夾子仍在……然後，她從袖囊中取出一個精巧的針線盒，髒兮兮的外表看起來平凡而不起眼。

接著，她從針線盒中取出一小包泥。

那不是普通的泥，而是陶土混和了鐵砂的泥，包在油紙中保持濕度，準備隨時要用的。

她捻了一小撮泥，用指腹揉成泥丸，隨意扔到地上，把一包泥土全部用完。

彩衣冷靜一想，繡花針還是太過搶眼，萬一她被搜身，或是更不幸地被脫光，繡花針必定會被人發現。

她不用猜的也知道，自古以來，女人家被捉到這種地方，還能有幾種下場？

她和阿瑞恐怕緣分已盡，肚裏的孩子大概也來不及看到這片五濁惡世了，但是，只要仍然活著，她就不願意放棄繼續活下去的機會。

於是，她翻出腰帶摺縐裏隱藏的灌鉛繡花針，咬一咬牙，將細針一根根由下而上插入乳房下緣的溝部，避開穴道，深沒乳房，只剩一點露出。針身極細，十分刺痛，她可以感覺到一根根冷冰冰的細針陷在她柔軟的乳房組織中，她想不出還有什麼地方可以更好躲藏、而且能夠隨時取出的了。

準備就緒，她爬到牆邊，倚牆而坐，感受被外頭陽光曬熱的土牆，從土牆後方傳來的暖意加熱著她的背部，讓她徬徨無助的心暖和了不少。

現在，她只剩下等待了。

中午時分，安靜了許久的地洞終於出現人聲。

符十二公撥開地洞入口旁的雜草，謹慎地探頭望了望，才迅速進入洞中。

他一眼便看見地洞正中，他用來看書的一塊樹樁上，擺了他最珍愛的一本書，封面上用石頭壓了兩張紙，旁邊還有個粗竹筒，開口用油紙包住。

他拿起紙條一讀，臉色凝重地說：「阿瑞回來了。」

地洞外爬進另一個人來，他光溜溜的禿頭上，已然長出刺刺的新髮：「他還平安吧？」

「不，」符十二公拿起竹筒嗅了嗅，「他又離開了，而且他去的是張獻忠那邊，還有一個太監同行。」說著，他將兩張紙都遞給那位出家人。

出家人讀了後搖頭說：「那可不行，他一定會碰上士慶。」他將紙條交回給符十二公，道：「不特此也，進入張獻忠營中，他要不是不知死活，就是不打算活了。」

「如果我去呢？」符十二公抱著一線希望，「張獻忠曾經召我入營，想要我幫助他們。」

「他們早以為你死了，忽然間冒出來反而不好。」出家人再次搖頭，「況且，張獻忠不會稀罕你，他手下的奇人異士太多了。」

符十二公沉默了很久，他在回想這幾日發生的事，自從都江堰二郎廟一役之後，他跟這位法號白蒲的出家人便時有聚首，這趟就是約好了去研究地形，沒想到一回來竟發覺出了事，他還沒去找女兒翠杏和柳嵐煙，不過從阿瑞留下的訊息來看，他們也是不知所蹤。

符十二公說：「我那孫媳婦，已經懷胎八月，你認為如何？值不值得去救？還是她必死無疑？」

「你比較關心你的孫子，而不是孫媳婦？」出家人一語道破他的心思。

「我不否認。」符十二公道：「我這後半生最椎心之痛，就是女兒和外孫。」他重重地嘆了一口氣，「我已經很老了，不想抱憾而終。」

「可是你還有個未出生的曾外孫。」

符十二公別過頭去，「未出世的，能算數嗎？」

出家人眼神一亮，道：「為何不能？」

符十二公聽得出他尚有下文，便等他說下去。

但是，白蒲沒再說下去，反而趺坐在地，半閉雙眼，整個人寂然不動，彷彿在短時間內變成了一尊塑像。

符十二公知道他道行高深，隨時隨處皆可「入定」，兩人久識，早已見怪不怪。符十二公於是不打擾他入定，爬出洞外去尋找翠杏和柳嵐煙，看看他們回來了沒。

還沒，兩個地穴都沒人，他們究竟去了哪兒？從阿瑞的信中，可以知道阿瑞也沒碰見他們。

這下子，符十二公也開始擔心了。

他很想拔腿跑去張獻忠的「御營」，在半路上把阿瑞拉回來，要他放棄彩衣。但他知道，以他的腳力，他是絕對追不上的。

來了。

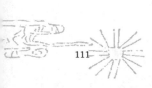

彩衣知道該來的人終於來了。

那男人一身白潔，正值壯年，樣貌還算俊美，但久居道觀的她，看慣了氣質清靈的人，此人雖然貌似超脫，卻總覺其眉宇之間有一股黑陰之氣。

那男人站在她們一眾孕婦面前，仔細地一一注視她們，女人們十分恐懼，顫抖個不停，害怕接下來不知會發生什麼事。彩衣原本用堅毅的眼神望著他，為了不要顯得自己突出，惹禍上身，便也微微低垂下頭，偷瞄來者。

男人指了指一個女人，他的隨從馬上挾起她，但女人已經害怕得腿都軟了，站都站不起來，根本是被人拖著出去的。

經他一一篩選，最後室中只剩下三名女子，包括彩衣在內。

那男人定睛凝視彩衣良久，臉上竟微微浮現一抹紅暈。

彩衣心中不禁大奇，為何那男人會臉紅？

「好生伺候她們。」男人拋下了一句話，便回身離去，旁邊馬上走近數名隨從，看守她們三人。不久，室外走進幾名年長的婦人，面上帶著僵硬的微笑，服侍她們站起，然後那些隨從忙著搬進些棉被、軟墊、交椅之類的，還有香噴噴的食物。

彩衣不知道那男人葫蘆賣的什麼藥，有戒心地不敢亂動食物，另外兩名孕婦倒是睜大了眼觀看她們從未吃過的美膳，忍不住便動手吃起來。

那幾名被帶出去的孕婦怎麼樣了？為何她和另外兩位會被留下？論美貌，另外兩位孕婦並不出色，有一位還頗為肥胖且滿臉痘疤。

看來那男子注重的不是美貌。

那他要的是什麼？

彩衣的肚裏有東西頓了一下，是嬰兒在踢，近來她常常能感覺到，肚裏的小生命越來越活潑，彷彿巴不得趕緊出來似的。

彩衣感到背脊一陣沁涼。

莫非他要的是孩子？

是出生的孩子？抑或未出生的孩子？

不管怎樣，她只有兩條路走：逃出去，或自己尋死。

任人擺佈，從來不是她的選擇。

服侍她們的婦人取來幾套乾淨衣裳，對一旁的隨從揮揮手，表示要他們迴避，因為要更衣了。

隨從們知趣地離開了，服侍彩衣的婦人先取來溫熱的濕布，要為她擦去今早交戰時，臉上殘餘的血跡。彩衣馬上逮到機會問那名婦人：「大嫂，我們在哪裏？」

婦人搖首不答，她幫彩衣仔細弄乾淨血跡後，逕自上前為彩衣寬衣解帶。

彩衣緊執她的手，阻止她繼續動手，貼近她耳邊問：「妳小聲告訴我，我在何處？」

婦人輕嘆口氣，把臉轉向她，張大嘴給她瞧。

婦人口中有幾顆蛀蝕了的黑齒，還有幾個地方空空如也但牙肉平滑，但是她的下方門牙顯然是被敲斷的，斷面參差不齊，而且後方應該有舌頭的地方，空無一物，只剩一片結痂的厚疤。

彩衣猛一轉頭，看看其他服侍的婦人，她們也給她瞧看黑洞洞的口腔。

她推開她們的手，拒絕換上新衣，婦人們見狀，紛紛發出口哨聲，數名全副武裝的男子立刻闖進來，厲聲問：「啥事？」

婦人比手畫腳，說明彩衣不願更衣。

「妳這娘兒最好識相點！」為首的男子指住彩衣說：「要不然，就老子替妳更衣好了！」

彩衣馬上低聲下氣且語帶顫抖：「小女子不敢，小女子不敢……」男子們滿意地出去了。

服侍的婦人見她屈服了，便粗魯地拉她一把，硬要將她的外衣扯下。

彩衣二話不說，兩手拇指壓去婦人下巴兩側的人迎穴，瞬間阻斷頸動脈血流，婦人霎時昏絕。

其他婦人見狀，張嘴想叫，卻只能發出啞啞聲，彩衣飛身過去，弓起食指關節，各朝兩人眉心一記重擊，兩人頓時淚水直流，無法自主，彩衣再用相同手法，令她們一一暈倒。

兩名孕婦口中塞著食物，目瞪口呆地觀看著這一幕。

彩衣不打算理睬她們，外頭尚有天光，應該還有逃走的希望。她踱到門口，正打算推門察看時，兩扇門從外面咿呀一聲打開了，那名俊美的白衣男人就站在門外，滿臉堆笑地望著彩衣。

「妳果然沒有令我失望。」男人道：「妳有本事折損我們六個人，自然有逃走的打算。」

彩衣不打算多說廢話，舉起膝蓋重擊那人下陰，沒想到，她並沒聽到一點慘叫，她的膝蓋的確頂住一件柔軟事物，還流出液體沾濕了膝蓋，可是那人依然笑著面對她。「妳果然會盡力保護妳的兒子。」

兒子？他怎麼知道是男的？

彩衣心中一陣寒慄，立時出拳捶去男人的胸骨乳突處。師父教過，女人家體力終究不比男人，近距面敵時，應毫無保留地直擊對方致命處，這胸骨處在重擊之下，心臟會頓然停止跳動。

但是，白衣男人還是無動於衷。

他一把抓住彩衣的手，整張臉挨近彩衣的臉，彩衣甚至可以嗅到由他口中冒出的腐敗氣味，很臭，而且還不是普通的臭。

「妳要殺了我？歡迎。」男子輕聲說：「不過，我沒有多少時間可以浪費。」

彩衣用另一隻手拔出髮簪，奮力插下去，不過由於男子比她高出一些，她只插進了鎖骨之間的凹陷，一股血水隨之潺潺流出。

男子緊握彩衣在他胸前的手，慢慢把彩衣的手拔起，她手中的髮簪也緩緩從傷口拉出，帶出更豐沛的血流。他向身後的隨從甩了甩頭，幾名兵丁擁入，將坐在地面吃飯的兩名孕婦拉起，她們大吃一驚，彷彿從天堂直落地獄，口中還含著雞肉，就被硬拖了出去。

「送去大房，留住明晚宴席來用！」男子吩咐道。

彩衣恨恨地直視著他，他則一臉不在乎地用手指堵住胸口的血洞。不久，血水竟然不再繼續湧出。「妳道明晚宴席要這些孕婦何用？」

彩衣緊咬下唇不答。

「老萬歲近來作興『射胎元』，妳猜是啥玩意？」這個「射」字是「猜謎」之意，無論如何，聽起來都絕對不會是好東西！「妳應該猜到啦，老萬歲會對猜中胎兒男女的部下賜酒賜財寶，大夥兒都趨之若鶩呢！」言畢，那男子不禁得意地乾笑幾聲。

彩衣極力掙扎，完全掙不出男子的一雙手。

「不過，我不會這麼對待妳的……」男子說著輕輕推開彩衣，朝門口呼喚：「來人呀！」

「是！老神仙！」門外有一名年輕男子應答，他臉上幾道刀痕，還有遍體紅斑，教人很難不留意。

「給我好生照顧這小娘子，要是有什麼閃失，傷了她腹中胎兒，我就抽了你的筋。」他輕描淡寫的語氣，教人不寒而慄。

「是！老神仙！若有閃失，甘心受罰！」

「甚好。」老神仙撫著胸前洞口，反身離開。

幾位兵丁將服侍的婦人也抬出去後，年輕男子在門外說：「我會在外面看守，娘子不必拘束。」他剛要將門合上，又忽然止住，再掀開門，道：「娘子要是有何吩咐，為了方便招呼，請叫我羅剎鬼。」

距離成都城南門五里外，原本有個水濱小村，自從去年張獻忠進駐，整個小村已被改造成一個大寨也似的堡壘。張獻忠所住的「老營」居於正中，體積最大，四周有虎威、豹韜、龍韜、鷹揚四個「宿衛」大營包圍，外圍又有一百二十營兵分成十個大營，層層同心圓，包圍著中央五營。

成都城裏有蜀王府，格局與皇宮不相上下，張獻忠不去住，卻搬到城外住，傳說是因為他坐在王府殿上時，見有一高大的白衣人影用箭射他，他一時頭暈目眩，掉下王座，從此不敢再坐。但也可能是因為他長年居住在軍營，已經不習慣土石為壁的房子，所以才在城外另闢一地，算是史上罕見的「軍營式皇宮」。

因為張獻忠，這塊地區，到清初仍留有「御營壩」之地名。

一大早，清晨的微寒尚未褪去，營地門外便來了兩個人，一身粗衣，風塵僕僕，顯見是長途跋涉而來。

一個是年少漢子，長得不高，腰間插了兩把庖刀。

另一個年齡難以分辨，他陪侍在漢子身邊，駝背不輕，一張臉像被烈火燒過，臉皮像熔化了般結成一團。

守門的士兵見兩人形貌詭異，揚刀上前喝道：「呔！幹什麼的？」等閒這些狀況，他只消把接近御營的不速之客宰了便是，不需多費唇舌，今天他會問一聲，算是大發慈悲了。

「這位大哥，」年少漢子必恭必敬地說：「我乃廚子，來自廣東佛山一味堂，不知御膳房有沒有缺人？還有勞大哥通報一聲。」

「一味堂？沒聽過。」士兵疑心地打量他們，其實他心裏馬上想起，今晚有大宴，廣請過去一同征戰的領頭子們，聽說廚房的確是人手不足。

「大哥沒聽過？」漢子一臉訝異，「佛山地方最有名的三大館，人言道：一味、月華、十指動，咱家一味堂可是名列首位，無人不曉的呢。」

他身旁的駝子忙打圓場道：「人家天府之國，可能不識咱家南蠻子的菜色呢。」那駝子的聲音十分沙啞，一時還不易聽得明白。

士兵考慮了一下，便叫其他士兵看守著，他得進去找個能決定的人來。

不久，那位士兵又出來了，領著他們進去，穿過一層又一層營帳，一直進到接近中間的地方，那兒架起了一大片天幕，二十餘個用土堆成的爐灶上，擺了偌大的鐵鍋，冒著蒸蒸水氣。周圍有上百名男女正忙碌地殺豬宰羊、切肉、煮食，忙得不可開交，一角還綁了幾隻待宰的畜牲，神眼呆滯地一動也不動，麻木地望著已被開膛破肚的同類。

蒸氣之中冒出了一個中年人，他雙手沾滿了黏黏的、紅白相雜的東西，一面盯住新來報到的兩人，一面走近他們，「誰是一味堂的人？」

「我追隨馬老師傅好幾年，我叫阿瑞。」年輕的漢子說著，拍了拍腰間的庖刀，「這兩把刀也是馬老師傅所賜。」

「他呢？」那中年人瞥了一眼駝子，皺了皺眉頭。

「他是入門不久的新手，不慎被一大鍋熱油燙傷了身體，我見他可憐，所以……」

中年人阻止他再講下去：「我們只收有用的人，諒你那馬老師傅是廣東第一把交椅也好，來到我們這邊，沒用的人就請他回老家。」中年人見他是個駝子，行動想必遲緩，營中不留殘障之人，所謂「回老家」，就是殺了的意思。

「別瞧他這模樣，」阿瑞慌忙說：「他殺起豬來可是一絕，沒人能比他快。」

中年人揚了揚眉，這才好好地打量了駝子一番，「這倒有意思。」他抿了抿嘴，彎彎手指叫他們跟著進去。「既然你敢打出馬老師傅的名號，總不能不試試看你的手藝。」

中年人擺好了菜和肉，叫阿瑞動刀，阿瑞不敢怠慢，趕忙表現他在一味堂習來的種種「刀章」，計有十一種，名曰：斬、劈、拉、敲、刮、撬、拍、劇、批、改、雕。又依握刀角度分為斜、平、企三種刀法，這「企」乃粵語「立」之意，亦即最常見的刀法。

阿瑞從腰間抽出兩把刀，一把是刀身較薄的「片刀」，專以切肉，一把是厚重的菜刀「文武刀」，用在斬劈及切菜，功能最多。兩刀是他從一味堂攜出，陪伴多年的鋼刀，用起來特別順手。

以此二刀，阿瑞便可切出丁、絲、球、片、茸、花種種不同形狀的食材，以配合不同的火候，不同的排盤。

考過了阿瑞的基本功之後，中年人滿意地點點頭，算是過關，至少眼前這年輕人的確是學過藝的廚子，而非冒充的假貨。

「到你了。」中年人指指駝子。

「他切菜不在行。」阿瑞馬上替駝子說話，「你瞧他縮頭縮尾的，提刀也不順，不如叫他殺豬好了。」

中年人伸了伸下唇，道：「也行。」

他領著兩人穿過料理區，來到旁邊的豬欄，此處面積十分寬大，通風良好，還挖有通去河流的溝渠，用以排放豬糞和豬血，以免污染其他各營，又可避免營地內臭味四溢，可見此地曾被下足功夫規畫過。

豬欄中圈養了幾百頭豬，互相推擠、不愉快地嘶叫，一見中年人出現，豬群間立刻流過一股懼意，頓時安靜了下來。

「挑一隻殺給我看吧？」

駝子應了聲「是」，便跨進豬欄，豬兒感受到殺意，馬上不安地騷動起來，紛紛往豬欄的角落拚命推擠過去，希望遠遠避開這位劊子手。

駝子也不多廢話，他走向一隻最接近他的大豬。牠因為擠不進豬群而被隔在外圍，一見駝子迫近，牠用前蹄把擋路的同類踢得更重了，口中尖叫慘號個不停，意圖逃離步步趨近的鬼門關。

突然，大豬停止了嘶喊，牠沉重的身軀軟倒下來，像堆在地面的一團肉山。

駝子把按在牠頭上的手掌移開，若不留神看，不會察覺駝子的掌心還留有一抹不顯眼的紅暈，從掌心吸了進去，轉眼不見。

中年人大為吃驚：「我沒瞧明白，你耍了什麼手法？」

駝子沙啞地回應了幾個字，中年人一個字也聽不明白。

算了，這個營地裏不少奇人異士，還有什麼好出奇的？只要有好本事，把他們留下，準沒錯的。

中年人令人把死豬拖去料理區之後，才自我介紹起來，「我是御膳房的總廚，那些兩百個廚役全聽令於我，你們自不例外。」

阿瑞唯唯諾諾，倒是駝子忍不住說話了：「在下也在順天府御膳房待過，不知包令喜你可認得？」

中年人停下腳步，不屑地回道：「包令喜是前明北京的御廚總管，我是南京御廚總管，跟他只聞名不曾見面，日後你要是見著他，便說盧三刀向他問好。」

原來明朝剛立國時的國都在金陵，後來燕王朱棣逼侄子建文帝退位後，登極改年號永樂，還大殺異己，冤氣沖天。久之，便覺得住在金陵不安，遂遷都到自己當初崛起的北平，定北平為都，金陵反而成了陪都，因兩京一南一北，故金陵俗稱南京。

皇帝不在南京住，但南京依然有一套完整的宮廷及官員系統，有點像北京的備胎，因此也有另一個御膳房、另一批御廚，但幾乎都沒服侍過皇帝。駝子打出北京御廚總管包令喜的名號，自然引起盧三刀的不悅！

不過，聽了盧三刀這麼一說，駝子不禁心中大喜，才知原來眼前此人大有來歷，絕非吳下阿蒙，他只不過祭出包令喜的名字，便摸出這人的名頭了。

同時，駝子心中也不勝感慨，張獻忠營中有錦衣衛的包打聽，又有南京來的御廚，看來不知還有多少前明遺臣，甘心在為張獻忠服務呢！

「今晚老萬歲大張宴席，申時初刻開席，要連醉三天三夜，咱們可有得好忙的，」盧三刀告訴他們，「要是有什麼不周到，老萬歲可會要你項上人頭的。」

「哦？今晚是個什麼宴席？」阿瑞奇道。

「呵呵，今晚是老萬歲一年一度的壽宴。」

她不知道她身處何地。

即便知道，她也不知道此地的地圖，即使逃出了眼前這扇門，她也不知道該如何繼續逃下去。

服侍她的婦女被割了舌頭，但是，門外那個面目猙獰的男子，是有完整的舌頭的！

彩衣想了一個晚上，才決定把桌子上的食物吃掉，因為保持體力很重要，而且她也不能讓腹中的孩子挨餓了。那位老神仙有叫人換新的菜餚過來，免得她吃到不新鮮的食物，彩衣也猜他不會下毒，或放進一些什麼奇怪的東西，因為看來那人還滿「珍惜」她的。

然後，她敲斷一根湯匙，利用瓷器裂口鋒利的表面，將木筷子拆斷，然後將其末端削尖，四段都削尖。

在她眼中，無一物不可做暗器。

削尖了木筷子之後，她將兩段插在草鞋側邊，兩段分別藏在掌心摺皺中，一如今日變魔術者的手法。

準備就緒，她開始發出呻吟聲。

不久，羅剎鬼果然敲門了，他在門外低聲呼喚道：「小娘子，妳有何事？」

彩衣繼續努力地發出呻吟聲，她撫抱著隆起的肚子，咬緊牙關，極力扭曲臉孔的肌肉，令自己流出顆顆冷汗。

羅剎鬼砰的一聲衝進來，一見彩衣抱著肚子，口中不禁一聲「糟！」走到彩衣面前。在採取任何行動以前，先觀察她，這是探子的習慣。他見彩衣的表情痛苦，豆大的汗珠凝在臉上，滿臉潮紅，羅剎鬼十分尊重她，碰也不碰她一下，輕聲道：「我去找胡神醫！」

羅剎鬼正回頭，彩衣從後面一把抓住他的手。他從沒碰過女孩子，感覺到從彩衣手心傳來的暖意時，他一時慌張，正要撥開她的手，不想彩衣從背後抱過來，一根尖尖的東西已經抵住他的下巴，另外一根壓在他的頸動脈，已經稍微壓了下去。

只聽彩衣的聲音從後方傳來，「回答我，我在何處？」

羅剎鬼動彈不得，他注意到，彩衣的姿勢十分巧妙，他的任何動作都可以使彩衣手上的利物刺穿脖子。

他決定回答彩衣：「在成都城外。」

彩衣的木筷子壓得更用力了，羅剎鬼可以感覺到刺痛正在擴大。她再問：「講清楚一點，城南城北？幾里？」

「城南五里。」他緊接著說下去：「我勸妳別想逃，妳不可能逃出去，而且會殺害三條人命。」

「哪來三條？」

「妳、妳腹中胎兒，還有我，」羅剎鬼指指自己的鼻子，「妳剛才聽見了，老神仙說會抽我的筋，他說到做到。」
「那麼你帶我出去。」
「我不會答應，」羅剎鬼道：「那還是得傷三條人命，現在如果妳敢殺我，依舊三條人命。」
什麼意思？彩衣一雙杏目四下搜看，沒見到什麼可疑的東西。
「妳不信？」羅剎鬼猶在說著，彩衣便感到一陣涼風掠過耳邊，接著便有一股熱液流下耳後。
彩衣大吃一驚，羅剎鬼被她挾持著，難道還能發射東西？發射了什麼東西？從何發射？她完全找不到痕跡。莫非此人也識暗器？而且比她高明不成？
「妳明白了嗎？妳一旦殺我，我也會同時殺了妳，數數看，是否依舊三條人命？」
彩衣不想放棄，至少不想這麼快放棄。
彩衣心亂如麻，忍不住眼眶發熱，哽咽道：「那……那個老神仙，究竟想把我怎樣？」
羅剎鬼沉默了一下，說：「其實我也想知道呢。」
彩衣不禁楞住了，手中利器也下意識放鬆了一些。
「他殺了不知多少婦女，從未手軟，我也不知道他如何、為何殺她們？但他對妳實在太好了，好得不尋常。」羅剎鬼頓了一下，他沒說的是，其實他是毛遂自薦要來保護彩衣的，「我相信他不會殺妳。」
不殺，或許比被殺來得更為痛苦，彩衣心中掠過好幾個可能，但她一個都不願多想。「如果……如果……我寧可死！」

羅剎鬼把兩手平攤在地面，表示他不會做出任何攻擊：「妳要不要我答應妳，萬一妳有需要，我可以幫妳死？」

彩衣猶豫了一會，才將筷子尖刺緩緩移開羅剎鬼的脖子，然後退到房間的一角，伸手抹一抹耳後，看看抹在手上的血跡。「我剛才見識過了，你的確能隨時殺我。」

羅剎鬼摸摸自己的脖子，「妳需要嗎？」

「如果你是仁人君子，請答應我。」

羅剎鬼緩緩點頭，表示達成協議：「妳且稍息，我出去了？」他步出門外，輕掩上房門。

良久，彩衣才驚愕地抬起頭來。

她不解的是，此人似乎在幫她，但萍水相逢，為何會幫她？此人另有目的！是何目的？

她站起來，走到方才挾持羅剎鬼的位置，擺擺頭，摸摸耳後的傷口，手指指去後方，再沿著手指的方向搜尋，終於在土牆上找到一塊十分不起眼的東西。

那是一小枚壓扁了的柔軟金屬，放在掌心還有點沉，它在變扁之前，鋒利的邊緣曾經在彩衣耳後割出傷口，隨即以極高速撞上土牆，被自己的重力加速度產生的重量壓成一枚鼻屎般的碎片。

彩衣心底寒了一陣，又暖了一陣。

寒的是因為她剛剛差點沒命。

暖的是因為她有了一個可以幫助她的人。

她深吸一口氣，輕柔地撫摸肚子，「小阿瑞呀……」她假設是個男的，反正她也不知道，「你可別抱怨娘，這裏還不是太平盛世，或許……不出世也好。」

羅剎鬼坐在門外看守，他的任務是確保彩衣活生生地在裏面，而且沒有其他閒雜人等進入。

所以，今晚張獻忠的壽宴，他是不克參加的了。

這裏是御營區中少數的真正土房，是原本的小村中的民宅，看來還是一戶比較有錢的人家，搞不好是掙了好幾代的地主或富農，否則怎麼會有雕花鏤空的木門呢？不過無論他們努力了多久，這一切都在張獻忠大駕光臨的當兒瞬間結束了。

是的，很多事情都被大王……不，是被老萬歲結束了。

記憶中，小時候都是四處旱災，也難怪會天下大亂，來自各行各業的人們匯集成盜賊，讓天下亂上加亂。

可是，姜人龍曾經告訴他一個理論。

大王……（他還是習慣稱呼大王，畢竟他如是稱呼十多年了）說不定不是製造混亂，而是結束混亂的人。

他引起最大的動亂，一次清理，然後功成身退。

去年都江堰一役，自稱「都江堰總工頭」的姜人龍雖然戰勝了他們，依然答應投降。他們六個哨隊的探子死傷慘重，僅餘五人不到，連領頭的白額狼都被老神仙士慶弄成了活尸。姜人龍向他們證明了他的實力之後，出人意表地，竟選擇被他帶回營來，好會一會張獻忠。

條件是保存二郎廟。

羅剎鬼是個守信用的人，這一年來，他盡量不提、也不讓人提起二郎廟，好令人慢慢淡忘掉它。

在押送姜人龍回營的過程中，姜人龍與他私底下徹夜長談，告訴他一個荒誕不經的故事：一個在京城國家道觀「朝天宮」的年輕道士，在守庚申之夜不小心墜入夢鄉，在夢中抵達天庭，偷聽到玉皇上帝派遣凶星下界，殺盡應劫人口，然後還有太白金星應諾會在旁輔助，以免錯殺無辜之人。

這個夢的證據，在於第二天早上，在京城厚厚的雪地上出現巨大足跡，有巨人腳印，也有巨馬蹄印，教人觸目驚心。

那個年輕道士就是姜人龍的師父范羽。

范羽收了姜人龍和谷中鳴兩個徒弟，為的就是要找出這名凶星。

不過，凶星或許不只兩個，因為雪地上的足跡不只一人。

「天下大亂到了最後，只剩張獻忠和李自成兩大股勢力，」范羽曾經推論說，「先前還有高迎祥、滿天星、混天王、活曹操等等數十人，都像跑龍套的一般下台了，其餘如川北搖黃賊之類，大概還不算有資格在天庭列名的凶星吧？」

而今兩大凶星，李自成已見敗勢，自韃子攻陷北京後，李自成便下落不明，甚至傳聞已死。韃子在北方勢如破竹，半壁大明江山已在其手，眼看建立新朝，只是時間問題。

「所以，」姜人龍告訴羅剎鬼，「要是剩下的這一個凶星也『功成身退』了，天下之亂是否會更快平息呢？」

這就是范羽的觀點。

天數有定，治久必亂，亂久必治，此陰陽消長也。雖然大亂不可免，但可以「調整」，若凶星不在了，這一段亂世是否可以提早結束呢？

「你向我投降，莫非是想殺了大王？」如果他回答「是」，羅剎鬼並不驚訝。

「不，我辦不到。」姜人龍道：「但總得有人去做，是嗎？」

羅剎鬼向他的義父——孫可望將軍——報告了這件事。

「夜夢天庭，孛星降世……？哼！」孫可望嗤之以鼻。

他「哼」得很小聲。

雖然他貴為張獻忠「四大義子」之一，為了明哲保身，還是得提防有心人偷聽，跑去向張獻忠報告，起了疑心可就不妙了。

其實他相信姜人龍的說法，而且他特別在意的是故事的最後一段。

說真的，他從十多歲開始就跟隨張獻忠東征西伐，如今也三十出頭，有妻有子了，心裏對連年征戰甚感厭倦，可張獻忠似乎都沒有安定下來的意思，只管一古腦兒地殺人。要不是他極力爭取，蜀都幾百年傳承的能工巧匠早就被殺盡，土地沒人耕種了，錢幣沒人鑄造，市場活動也完全停頓了，這個大西國根本就撐不過幾個月，而甭說今年是第二年了！

他所跟隨的根本是個瘋子！

瘋子的證據是：不久前開科取士，四川士子們紛紛應考，也果真選出了一位才貌雙全的狀元，年未三十，還善騎馬弓箭，張獻忠高興地賜他美女豪宅家丁，還每日召他進營。

沒想到，有一天張獻忠突然皺眉說：「這驢養的，咱老子愛得他緊，但一見他，就心上愛得過不的，老子有些怕看見他，你們快些與我收拾了，不可叫他再來見咱老子。」所謂「收拾」，即殺全部，因此狀元連同美女家丁盡數斬殺，一個也不留。

孫可望是在營中讀過書的，他知道這種做法根本是在斷絕人材之路，根本不是一個有長遠之計的做法！

不過……其實，他也在懷疑一件事。

他抬眼望望羅剎鬼，看看羅剎鬼有沒有瞧中他的心事。

羅剎鬼自小被他收養，情同父子，即使如此，他心中有許多盤算，還是不方便告訴羅剎鬼的。

如果，姜人龍的故事是真的，那麼孛星還未必會是張獻忠。

在他心目中，至少應有三個人選。

現在，羅剎鬼就正在其中一個人選那兒……

孫可望在他自個兒的營帳中來回踱步，沉思著一個他許久以來一直在思考的問題：人生在世，什麼是最重要的？

在多年史書的薰陶下，他開始在意起未來他在史書中的評價。

「孫可望，張獻忠手下，殺人如麻……」會是這樣嗎？

張獻忠的大西國是不會長久的。

這句話，他只能悶在喉頭。

姜人龍只告訴羅剎鬼這個故事，因為他覺得羅剎鬼與眾不同，至少，是個懂得思考的人。之後，姜人龍就被張獻忠囚禁在地牢，以報他滅了好幾隊探子之仇，要讓他兩手懸空吊著，消耗而死。

羅剎鬼力薦姜人龍是個不可多得的人材，希望留他一條活命，但張獻忠聽了，只是指指身邊的汪兆齡，說：「人材嘛，老子有一個軍師就夠了，需要這麼多幹嘛？」

尋常人被這麼一吊，不消十日便成死屍，姜人龍雖然氣息微弱，卻一直在理直氣壯地活了好幾個月。

汪兆齡於是獻計：「此人乃道士，本來就想修成仙人的，臣聞道士有辟穀之術，能多日不飲不食，此人或有此術。臣深感好奇，他可以耐得幾日？最終得成仙白日飛昇否？」

「你想怎樣？」張獻忠也被他挑起了好奇心。

「臣提議，把他裝入一個大箱子，埋進土中，僅有一管子容空氣進出，每日派人聽聞，看他幾日斷氣。」

「這好，這好。」張獻忠聽了，忍不住高興地直撫掌。

羅剎鬼聽說了這件事，特地在姜人龍被活埋那天前往關心。

他看見虛弱的姜人龍被解開枷鎖，被人抬進一個埋在土中的大木箱，姜人龍的手被銬得脫了一層皮，手腕一圈腐肉，有許多白色小蟲蠕動著。羅剎鬼看了也不禁動容，畢竟此人跟他的師兄谷中鳴都是他的好對手，在數番交手中，他也不禁油然欽佩，而今落得這種死法，實在教他不勝唏噓。

姜人龍毫無反抗地進入箱中，沒有被給予一滴水分或一丁點食物，就被合上蓋子，蓋子上果然插了一根竹管透氣，接著箱子被掩土埋起，泥土約有一臂長度的厚度，不算太深，但虛弱的姜人龍肯定推不開。

箱子就被埋在校場旁邊，每刻都有兵卒經過，不怕姜人龍逃脫。

羅剎鬼見沒什麼人在周圍時，曾走近竹管，聆聽地底下的聲音。

沒有聲音，連呼吸聲也沒有。

四川天候多變，午後常雨，那天就下了一場雨，羅剎鬼還暗自高興，期待有些雨水能打進竹管，或滲透泥土，讓姜人龍稍可解渴。

一個月後，羅剎鬼放棄了。

他想，不可能有人能在這種狀況下活過一個月的。

在某次練兵時，那根竹筒被練習衝鋒的兵卒撞掉了，彈開遠遠的，就再也沒人留意地底下被埋了個人，久之也沒人記得何處埋過人，或是否曾經埋過人了。

只有羅剎鬼一直記得。

他喜歡坐在軍營中央的丘陵上眺望四野，頭頂藍天，望著大片翠綠風光，數條河道蜿蜒而流。他有時會生起這種想法：姜人龍被關在木箱，彩衣被關在房間，他被關在軍營，即使踏了出去，依然被關在天地之間，隨波逐流，無法在亂世中自主。

此時，他陷入沉思，沉醉於沉思。接著，他越來越喜歡沉思。

白蒲睜開眼睛，看見斜照的陽光投進地穴洞口。

他揣測自己入定有多久了？一個時辰？抑或兩個時辰？還是第二天了？

符十二公在一旁守候了許久，他一邊在等白蒲出定，一邊在研究設計新的奇門陣法。一見白蒲開眼，他急急忙忙走去水缸，掀開蓋子，舀了杯水遞給白蒲。

「你回來啦？」符十二公期待地問。

白蒲拿了水，雖然嘴唇乾得起皺浮現白膜，但他並不急著喝。「你可知道，你的孫子和孫媳婦會不會有命回來，關鍵在那個孩子？」

「哪個孩子？」

「肚子裏的孩子。」

符十二公大惑不解。

雖然他跟眼前這位出家人相處已有些時日，他仍然完全摸不清底細，只不過符十二公知道的是，聽他的準沒錯。

「你想救你的外孫，而我呢，其實也想幫士慶改邪歸正。」白蒲神色平靜，一如往常，一點也不像在談條件，「有件事，我得先跟你商量好，必要時，你得助我一臂之力。」

「這是當然的，可要怎麼幫？」

「你可能得殺死我。」

符十二公倒抽一口寒氣，「什麼道理？老夫豈可殺你？」

「沒關係的，你也知道，生死只是轉換的契機，雖然不是每個人可以自在來去，但我還有把握做到。」

符十二公壓根兒不想搞懂他的禪語，「老夫不懂你在說啥，告訴我一個殺掉你的理由！」

白蒲側頭沉思了一會，「貧僧很想告訴你，且讓我先想想，該如何解釋才好。」

申時初刻，亦即現代的下午四點，午後悶沉沉的空氣還帶著橘黃色的溫熱，張獻忠的壽宴已經人聲鼎沸了。

壽宴地點就在廚房旁邊，同樣搭起棚帳，四面通風，只有張獻忠的座位有屏風遮擋，四周還圍了一圈士兵。

阿瑞和「駝子」各自被分派去不同的部門，阿瑞專門切肉，鄭公公專門屠殺，他們被人帶領去工作的地方時，果然一路上看見滿是忙碌的廚役。

有殺雞殺鴨的、宰牛屠羊的，有專擅分解畜牲的，有挑水擔柴、負責生火、看火的，都算是最低下級的廚役。

負責調理食物的才算是中級廚役，他們有搗動大鍋的、專門燒烤、觀察蒸籠的，也有在不停翻炒的，揉麵糰的、烤餅的、調醬的、排盤的。最高級的廚子決定成品色、香、味是否合格，在食物被端離這裏之前，必定經過他們這關。

看來盧三刀所言「兩百廚役」，果非誇大之詞。

阿瑞一到達定位，眼前便被放上一整頭羊，脖子上深深一道痕，長舌吐出，雙眼半閉，死不瞑目。

「羊腿分開，別切塊，」阿瑞的上級看也沒看他，只管吩咐道：「其他照例。」

何謂照例？阿瑞忙問：「肋骨和肉要分開嗎？」

「留著留著，煮湯用。」

「腰肉要切塊切丁？」

他的上級瞪眼道：「你新來的嗎？」此人身材不高，年紀尚輕，也跟阿瑞差不多，但他手臂硬如鐵棍，肌肉隆起，如同一塊塊堅硬的石頭，整個人鐵打的也似。

「師傅，我確是新來的，還請麻煩您告訴仔細。」

「原來如此。」他的上級這才緩下臉孔，「打哪來的？」

「廣東，一味堂。」阿瑞的確在廣東待過兩年，此時他滿口廣東腔，教人聽不出他是四川土生土長的漢子。

他的上級聽了，忍不住揚了揚眉，「一味堂嘛？」對他也較為親切了起來。

交朋友是好事，如此方能打聽到消息。

來此之前，鄭公公特別交代他：「此去有三急三急不得，你千萬要聽我的話！」

「何謂三急？」

「打探彩衣生死下落，是為第一急要事。」

這一點自然，阿瑞如此忖著。

「不過，第一急不得要事也是打探彩衣之事。」

阿瑞訝道：「為何？」

「如果操之過急，痕跡太露，就不免惹人疑竇，不但救不了彩衣，還可能害了你我性命。」

「我得沉著氣。」阿瑞點點頭。

「對。」鄭公公慢慢說：「第二急要事，當然是救彩衣。不過，第二急不得……」

「也是救彩衣，要從長計議，不能貿然行事，否則白白送命。」

「甚好。」鄭公公迸出了一個笑容，「第三急要事，要打探逃走的路線，營中守備森嚴，要硬闖出去？藏著出去？還是其他方法？」

這一來，阿瑞就費解了，「急不得呢？」

「萬一逃不了，別急著灰心，也別急著拚命，即使天羅地網，只要有一隙存在，也有活命的機會。」鄭公公道：「我就是這樣子，才三番四次活下來的！」

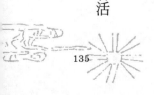

阿瑞一邊回想鄭公公的話，一邊冷靜地分解羊屍。他師承一味堂龔師傅的解牛祕訣，手勢和刀勢並用，利刃在骨肉交接之間游動，一點也不見費力。

他的上級注意到了，不免走過來關切，「刀功不錯！不愧是一味堂出身。」

阿瑞應諾了一聲，他沒說破的是，他在一味堂學習刀功甚速，全因為自幼在長生宮習武，是以將劍術運用在刀功上，心領神會。他故意說道：「牛羊豬這類大畜牲，雞鴨鵝這類飛禽都不難，在廣東，狗、貓、蛇、猴也是有吃的，只有一樣，我沒切過。」

「你在說人肉嗎？」他的上級輕蔑地嗤道。

「久聞這兒有吃人肉的，有機會也給我練練刀才好。」阿瑞邊切肉邊輕描淡寫地說。他的上級端詳了他許久，似乎在觀察他說的是不是真心話？阿瑞故作冷靜，不敢轉頭接觸他的目光。

終於，那人小聲道：「你可知道，吃人肉並不是一件好玩的事，是迫不得已而為之？」

「人不膽大怎吃人肉？」阿瑞回道。

那人搖搖頭：「吃人肉不需要膽大，只要餓瘋了就行。」

阿瑞心中頓然大悟，難道傳說張獻忠部下吃人，其實是因為軍糧不足？

在這場壽宴中，這個御廚房少說也要殺兩三百頭豬、一百頭牛。阿瑞在大酒樓待過，懂得計算每日進糧，如此計算起來，營中軍兵萬人，的確無力供給每日所需。

再者，他前往川北尋找異獸糞便時，一路上皆見農田荒蕪。也難怪，種田的人要不是被殺了就是轉行當強盜去了，即使種得了田，軍兵也會在收割季節時搶割稻米，農民白費心血，又怎會下田？只有幾處地方，道是有張獻忠麾下將軍在守護的，才插得了秧、灌得了肥、割得了稻。

軍民無糧，張獻忠這個大西國將何以為繼？

阿瑞轉頭望向他的上級，展眉道：「我看未必，我在路上見到數具死屍吊在樹上，皆是年輕女子，只有大腿肉被割下，如果說餓瘋了，怎麼還那麼挑食？」

那位上級更仔細地打量起阿瑞來了，眼神銳利得像要看穿他的身體一般，「身為一個新來的人，你似乎比別人多事許多。」那人回身要走，指住他說：「小心慎言。」就去察看其他人的進度了。

阿瑞冒出一背冷汗，他太操之過急，差點壞事，不知道自己露出馬腳沒有？

他移了移腳，感覺一下紮在纏腿布中的小藥瓶，裏頭裝了龔師傅予他防身的「無腸散」，他有打算隨時派上用途的。

薑是老的辣，久混宦海的人畢竟在語言上比較仔細，那邊廂，鄭公公已經打聽出彩衣的消息。

殺了幾頭豬後，來拖走死豬的屠夫也開始對這「駝子」另眼相看了：「還是你行，兩手乾乾淨淨，不沾一點血。」

鄭公公嘿嘿兩聲，刻意弄沉了嗓子，道：「殺豬比殺人容易多了。」

「你還殺過人？」

「你看我這弄法，殺人還不容易嗎？」鄭公公引出話頭，「依我看，殺女人又比殺男人簡單多了。你們這些老哥殺慣人的，我說的對不？」

「恐怕不對，」拖死豬的屠夫神祕地笑著，挨近鄭公公小聲說：「我聽說幾天前，他們為了捉一名女子，竟死傷六人之多！人言道：路上婦女小孩不可輕取，看來真有道理。」

「呵，什麼女子？恁般了得？」

「我也不得個仔細，只聽說還是個孕婦，你說咱們羞不羞家？」說完了，見有工頭督促著進度，屠夫也不敢多說，便把死豬一把扛上肩而去。

這下反而是鄭公公心急了。

他期待那屠夫快快把豬解體了回來，手底下也由不得分了心，一頭豬竟還沒死透，踉蹌地立起四蹄，要走向屠場門口。鄭公公忙上前握住豬腿，先軟倒牠後腿，再上前扣住牠後腦，豬兒才了帳。

他猜想那屠夫是將豬兒拋去清出內臟，大剖幾塊，再交由阿瑞那邊去切成小塊的，內臟另有人處理，估計再過不久就要回來。

「駝子！」有人叫他，「大豬殺夠了，該預備乳豬了！」

有人拖來十幾隻未斷奶的小豬，只有三七至六七天齡，還發出鏘鏘叫聲，嚷著要媽媽，肚飢要吃奶。

鄭公公見了，忽然一陣心酸，小時候離開母親的那一幕湧上心頭，眼眶霎時濕了起來，他盡力制止淚水溢出，輕輕地抱起一頭小豬。

小豬瞇著眼望他，抬高鼻子，一邊尋找母親的體味，一邊不安地喘著氣，口中發出呀呀聲，希望這聲音能吸引母親進來，給牠一片溫暖的依偎，但牠所索所求久久未至，令牠不禁困惑自己身在何處？為何身邊不是媽媽溫暖的肚皮？那擠壓著牠身體兩側的粗皺東西是什麼？

「遇到我是你的幸運，」鄭公公很小聲地說：「不痛的。」

他閉起眼，把手心輕蓋到小豬扁平的頭上。

不過一盞茶工夫，地上橫陳了一整列小豬的屍體，個個眼睛半閉，呆滯地張口吐舌，安詳地不再期待母乳的滋味。

待人把牠們全部運走後，鄭公公託言要解手，於是找了個角落，安靜地痛哭一場。

宴會會場響起了歡笑聲，校場上守備的士兵不禁羨慕地昂起首，遙望聲音來處，巴不得也能酌一杯酒喝，分一塊肉吃。

羅剎鬼沒那個心情。

他等了一年，就專等這個時刻。

他拜託哨隊中信任的老吳和老探子守住彩衣門口，便兀自走到校場來，乘著天色未暗，尋找活埋姜人龍的那根竹管所在。

不到一刻，他便找到了。

羅剎鬼取出一把小鋤頭，剜開竹管四周的表土，他心裏尚有一絲期待：在竹管的另一端將是一個偌大的開口，將會露出姜人龍奄奄一息的臉。因為老神仙說過，道士會辟穀之術，會龜息什麼的，說不定事隔一年，姜人龍依然活著。

不過他也知道，這不過是僥倖的想法，世間豈有真仙人？即使是大王極為崇敬的老神仙，在他眼中也不過是個懂得異術的凡人罷了。

他慢慢地挖土，以免弄鬆了竹管，生怕姜人龍萬一真還活著，呼吸不到空氣怎麼辦？四周的守兵見他在校場邊緣挖掘，也沒人來阻止他，或上來詢問他在幹什麼？當然，營中誰人不知羅剎鬼是孫可望將軍的養子？說不定他日也是大將軍一個，所以沒人膽敢來質問他，他也樂於沒人來打擾。

挖了大半個時辰，天色已暗了下來，泥土下終於露出了木箱的頂部。羅剎鬼心中一陣欣喜，恨不得馬上打開蓋子，但四邊仍有壓住箱子的泥土，他趕緊加快速度清理。

為了避免有屍臭沖出，他事先用張布掩住鼻子，把布在頸後打了個結，再將箱子上方的泥土撥走，小心翼翼不讓泥土掉進插著竹管的洞口。

「是死是活，有個交代。」他口中喃喃自語。

他對姜人龍惺惺相惜，當初也曾試圖保他性命，不希望他死得如此悽涼，至少也要好好地下葬。

該打開箱蓋了！他將手指扣到木箱頂蓋，回想長期以來內心的煎熬，而答案就近在眼前！他感到心跳越來越快，忽然，他的喉嚨竟緊張得在瞬間完全乾掉，乾得整個口腔都緊繃起來。

他慌忙拿起身邊的水囊，但水囊裏沒剩多少水。雖是秋季涼天，他剛才挖掘時仍然流了不少汗，所以不停在喝水，他喝乾了水囊，迅速打開蓋子。

三天前才剛月圓，此刻日已落，月未升，校場一片黑暗，只有守卒點起的微弱火把。火光陰森地拉長了影子，在地面上亂晃著，羅剎鬼一點也看不清楚箱子裏頭的光景，只覺箱中彷彿有東西在動，由不得在頸背湧上一股寒意。

他跑向守卒，要借火把一用，卻見到幾位守卒乾巴巴地眺望壽宴的方向，全都困惑地皺起眉頭。

羅剎鬼也抬頭望去，心底也抹過一絲詭異。

太安靜了。

不應該安靜的壽宴，太安靜了。

為什麼安靜？眾人都不禁如是心疑。

羅剎鬼沒想太多，他取走架上火把，跑到活埋姜人龍的地方一照，果真沒錯！箱中有東西在動！而且很多，在交纏著、滑溜溜地蠕動。

羅剎鬼感到毛骨悚然，硬著頭皮將火把伸進去，火光的熱氣使得箱子裏頭更加騷動起來，像一團發亮的烏雲般翻滾！

「那是什麼？」羅剎鬼驚愕地退後一步，再伸長手臂將火把靠近地面箱子的開口。

他感到心跳沉重地撞擊胸口，緊得他喘不過氣來。

因為他害怕姜人龍隨時會從地底迸出來。

火把的光線爬進箱中，照出一對閃著紅光的眼睛。

羅剎鬼倒抽了一口寒氣。

切完牲肉之後，阿瑞的工作暫告一段落，他被分配到一碗混雜了小米和砂石的粗米飯，被叫去一旁休息，不許四處亂走。

阿瑞留神四方，聆聽動靜。

天色近晚，四周沉了下來，廚房區內四處點亮了火把，免得因視線模糊而出差錯。

忽然，一個老婦神色不寧地闖進來，四處打量了一下，便抓住一名廚役問道：「盧師傅好了嗎？」

「好了啥？」廚役正忙，不耐煩地回問。

「老神仙吩咐的那個。」

一聽是「老神仙」，該廚役馬上肅然起敬，立刻擺下手上的工作，在腰布上擦走手上的穢物，道：「我去問問。」

阿瑞也豎起了耳朵。

鄭公公曾經告訴他，為何彩衣現在不會死卻非死不可。

因為他偶爾聽到老神仙說，要找一個聰明賢淑的年輕孕婦，找到了就要好好養住，直到生產為止。

他當時是被拆解了關節，正無助地躺在地面，而矮個兒完成了工作，則和老神仙在一旁邊喝茶邊閒聊。

「嘿嘿，」矮個兒不懷好意地問道：「老神仙對年輕孕婦特別有興趣呵？」

「不是這樣的，」老神仙面露不悅，「在下向來對女色沒興趣，你不是不知道。」

矮個兒皺眉道：「老神仙不說也沒關係，只是……」

「既然不說也沒關係，還請別再問了。」老神仙斷然說道：「幫我留意一下，好嗎？」

然後就沒再繼續這個話題了。

鄭公公將這段對話源源本本地轉述給阿瑞聽，因此，當阿瑞聽到「老神仙」這個名號時，立時猜到三分，忍不住繃緊神經。

那老婦才等候了不久，盧三刀竟親自出來說話：「她要是不吃，我也沒辦法，老神仙又沒告訴我那女子的家世，或是何方人氏，教盧某從何猜起？」

那老婦道：「你們男人當然不知，大凡女子有了身孕，口味都會改變，多數都會比平日厭惡葷腥，所以應以清淡為主。」

聽到這兒，阿瑞心中更有八分確定了。

「我們這兒都是畜牲，何來清淡？可真教盧某為難！現在又在忙著老萬歲壽宴……」

「不難，不難，」老婦說：「只消清粥加上些菇呀、薯呀之類的……」

盧三刀若有所悟，「也是，都乃清甜之物。」

「可不是？說到這些菇薯，此地俯拾皆是！」

「話說的是，可是誰能摸黑採菇去？」

阿瑞忙不迭擱下飯碗，舉手道：「小人世居此山，深知各處山菇生長之地，需不需小人幫忙？」

盧三刀見是阿瑞發言，疑心道：「你不是來自廣東嗎？」

「小人實乃四川人氏，幼居此地，久未歸鄉，要不是廣東遭了兵火，也沒機會回來，只不過……」阿瑞假裝傷心地垂頭，「人事已非，回來也沒用……」

盧三刀和老婦轉頭來凝視他良久，才說：「需派個人跟住他去才好。」

老婦小聲問：「為什麼？」

「新人。」盧三刀一說，老婦就明白地點個頭。新人不可靠，出了亂子可不好交代。

阿瑞權衡利害，不敢造次，兩名兵丁拿著火把，跟著他走出營地，在周圍的山林很快找到了野菇，再乖乖地回到營地。

阿瑞知道彩衣的喜好，他將野菇切成容易入口的細絲，將其化在粥中，綿細爽口，是彩衣最愛的吃法。接著，只消把現成的白飯煮爛，再把菇絲撈進去燙一燙，就是一碗速成的香粥了。

他把香粥給盧三刀嘗了一口，盧三刀蹙眉道：「清爽是清爽，我只嫌太淡味了。」

老婦也來嘗了一口，頷首道：「這才是婦人家的滋味！我得乘熱送去才是。」說著，便要匆匆接過碗去。

阿瑞忙制止道：「夜冷，粥涼得快，待妳送至，說不定早就冷了。」阿瑞轉身去另外找了個碗，扣在碗上，又從腰囊取出一個紅色的殘舊香包，撕開成方巾，墊在碗下，口中說：

「免得大娘燙手。」才遞給老婦。

老婦見他貼心，心中十分受用，朝他笑了一個，才扭扭擺擺地離去。

阿瑞目送老婦離開廚房區，事實上，他緊盯著的是老婦手上墊底那塊紅巾。

其實那是彩衣的香包袋。

當年他在長生宮，跟彩衣鬧著玩時，偷偷藏起來故意不讓彩衣找到的香包袋。

沒想到，不久之後他被師父判予「五絕之罪」，在業師柳嵐煙暗助之下，連夜逃亡，他根本來不及告訴彩衣，她心愛的香包其實就躲在菜園子古松的枝幹中……一直到三年後，他才重回長生宮、取回香包、救出彩衣……

這香包對他意義重大。

意義重大得值得被撕裂，被墊在熱粥底下，去確認它原本真正的主人。

午後的沉悶逐漸褪去時，彩衣也聽見宴會的吵鬧聲了。

觥籌交錯的鏗鏘聲，在她耳中彷彿是一波波殺戮的聲音，聽得她寒毛豎立，忍不住擔心起自己未知的命運。

門外傳來腳步聲，她聽到一個老女人跟守門者交談了數句，大門便呀的一聲推來，步入一位臉帶笑意的老婦，手中捧著個大碗，口道：「小娘子，這是御廚特別準備的，您看合不合胃口？」

自從上次她傷過三名啞婦之後，便換了個有舌頭但不多話的老婦人來伺候她。

老婦人面色比今早和善，今早她又不願進食，弄得老婦十分為難，又不能生氣，所以弄得場面很是僵硬，後來轉念想想，這婦人也非心甘情願在此營中，何必為難她？所以彩衣見她進來，也對她報以和藹的微笑。

老婦鬆了一口氣，笑得更開心了。她將大碗放在桌上，取走倒扣在上的碗子，便抽走碗下墊底的紅布。

彩衣心底大大震動了一下。

紅布上的五毒圖，由五色線縫成的蜥蜴、蜘蛛、毒蛇等圖案，在她眼前掠過的當兒，她的後腦勺霎然整片酥痲。

接著熱粥衝上一股野菇的香味，她覷見粥粒中隱然若現的菇絲時，她的心臟剎那加速跳動，連呼吸也瞬時急促起來。

「咦？這方布好別緻，」她指指老婦手中的紅布，「借我瞧一眼行嗎？」

老婦本來就把那塊漂亮的布當成是自己的了，生怕彩衣要走了那塊布，還猶豫了一陣，才慢慢地遞過去。

彩衣將布擺在掌中，翻看一番，道：「咦？這本來是個香袋呢。」說著，將布湊到鼻前嗅了嗅，點頭說：「沒錯。」

「小……小娘子喜歡嗎？」老婦不捨地說。

彩衣微笑著把布遞回給她，低頭舀了一匙粥，輕輕吸入口中，淚水便情不自禁地溢了出來。

老婦見她流淚，慌了起來，「小娘子別哭，會連累老身的。」她不時望向門口，生怕守門的人進來責問。

「這碗粥……好好喝。」彩衣邊吸鼻涕邊想辦法編故事，「讓我想起老家……」

老婦連忙安撫她的背部，想令她停止抽泣。

彩衣的心中放下了一塊大石，又壓下了另一塊重石。

阿瑞來了！

但，阿瑞因她而陷入險境，怎麼辦？

她先盼阿瑞來，現在又擔憂阿瑞果真來了。

她心慌意亂，快快吞完阿瑞特製的菇絲粥，將碗遞還給老婦，但最後那口粥很難嚥下，因為她內心緊張得喉頭收縮……

時間不多了！

彩衣必須把握時機，留下訊息傳給阿瑞！哪怕是一丁點兒微細的訊息也好。

「這碗粥很好喝，」她很平靜地說：「我可以不可以要多一碗？」

老婦高興得展開了眉，直說：「有！有！我這就去再幫妳舀一碗。」

「不過，」彩衣忽然一副有心事的表情，「如果再加多一味，應該會更好吃。」

「小娘子想加啥？老身盡量試試看。」

彩衣失笑道：「只怕強人所難，如果能加點碎螃蟹肉，只要一丁點就行了……」

「螃蟹嘛……」老婦極力回想，方才在廚房區有見到螃蟹沒有，她是吃過河蟹的，秋季也是產季，只不過地點不對，她被擄來之前的那個鎮上倒是有的，「老身得去問問大廚。」說著便要動身。

彩衣叫住了她：「不是大廚，不是大廚，您千萬要說清楚給煮粥的人聽，是碎螃蟹，螃蟹的碎肉，」還特別彎起拇指和食指強調：「一丁點兒就好。」

羅剎鬼倒抽了一口寒氣。

黑暗的洞穴中有一對冷酷的紅色眼睛正凝視他，這洞原本是用來活埋姜人龍的墓穴，如此，這雙還會是誰的眼睛呢？

紅眼慢慢迫出洞口，一個三角形的小頭，額頭反映著火把的橙光，伸出洞外，朝羅剎鬼吐出細長的舌頭。

是蛇！是一條大蛇！

這下他總算看清楚了，洞裏頭是成堆成堆的蛇在蠕動！每條都有手臂般粗大！

「怎麼會有蛇？」他心中大驚，「姜人龍呢？在底下嗎？」

他腦中掠過姜人龍忽然從蛇群中迸出來的影像，不禁打了個冷顫，心中不斷為眼前所見尋求解釋：聽說怨毒會令人化成蛇，那些蛇是姜人龍所化嗎？或者，箱子底下原本就是蛇窩，難道姜人龍被蛇吃掉了嗎？

羅剎鬼將火把朝蛇頭掃了一下，大蛇畏懼地縮了一縮，便悻悻然鑽回洞裏去，彷如連鎖反應一般，其餘的蛇群懼火，也紛紛爭先恐後地往地底下鑽去。

不過一會，地底的木箱中竟赫然一空。

羅剎鬼耳邊拂過寒濕的秋風，把遠處壽宴傳來的喧鬧聲吹得朦朧不清，只有心臟怦然撞擊胸膛的聲音，在昏暗的火光下特別地響亮。

他將火把伸入洞中，火光徒然地掙扎著，拚命想擠進深處，雖然仍是看不清楚，但的確連一條蛇的跡象也沒有了。

剛才還在瘋狂蠕動的蛇群，彷彿在瞬間蒸發得無影無蹤了。

他無法將火把伸得更深入，因為火焰會向上燒傷他的手。

要解決心中的疑問，他只有一個辦法。

進去。

羅剎鬼緊閉雙唇，直瞪洞穴許久。四周靜得可怕，原本應該熱鬧的壽宴那邊，依然靜悄悄的，只有耳語似的窸窣聲，不知發生了什麼事？

終於，他伸出右腳。

但在腳尖碰到洞緣的那一刻，他忽然猶豫了一陣，換成伸出左腳。

三百多年後，在人類歷史上某個偉大的一刻，也曾做過相同的考量：因為據說萬一遇險時，左腳比較容易抽回逃跑。

好不容易，羅剎鬼的腳底碰到木箱底部時，他的半個身子已經差不多沒入地底了。

木箱埋在土中兩年餘，已漸腐爛，腳底下濕濕的一片朽木，踩上去有些軟中帶實。

奇怪的是，木箱中涼涼的，似乎有風在吹拂腳跟。

羅剎鬼正在困惑的當兒，一聲悽厲的慘號劃破了濕冷的夜霧，將方才沉默已久的壽宴又煮沸了起來。

羅剎鬼大驚，趕忙朝壽宴的方向瞧看。

守卒們倚著長槍，屏氣凝神觀望壽宴方向，那兒燈火通明，是整個營地最光亮的地方。

守卒們等待著……

果不其然，接下來是第二聲哀嚎、第三聲……

一位守卒喃喃道：「老萬歲開始殺人啦……」

廚房區距離軟禁彩衣的土房有好一段路，加上必須繞過幾個營地，東繞西拐的，老婦走回來，已是微微氣喘了。

老婦一回來就向盧三刀報告：「小娘子終於肯吃了，可是她要求加螃蟹肉。」

「螃蟹？」盧三刀蹙眉道：「這時節打哪生出螃蟹來？那女人是什麼人？恁般麻煩？」

阿瑞在一旁焦慮地等待回音，遠遠見老婦回來了，便湊近來聽。雖然彩衣指定要告訴煮粥的人，但老婦根本不理會，直接找有地位說話的盧三刀。

「可不是？」老婦臭著臉說：「還特別說要碎螃蟹肉，碎螃蟹肉呵，那麼挑，也不知自己會有什麼下場？說不定明天老神仙就剝了她腹中塊肉來下飯。」

「請問大娘，」阿瑞越聽越心慌，忍不住截道：「她……那位小娘子還愛吃嗎？」

「愛，她還要多一碗，只不過要求多多，還要我特別告訴你——」

「我？」阿瑞大吃一驚，登時頭皮一片沁涼，以為已經被識破了。

「她特別叮嚀要煮粥的人——不就是你嗎？要加一點點碎的蟹肉就好。」老婦還學彩衣做手勢。

這是彩衣的暗號！

只有他能明白的暗號！

阿瑞的腳開始不安分起來，他的右腳忍不住摩擦著左腿，因為他左腳的紮腿布裏頭藏了一個小瓷瓶，那是一味堂的龔師傅送他的道別禮「無腸散」。

「無腸」者，無腸公子也，亦即螃蟹。

「碎」蟹肉者，「散」也。

彩衣要他在粥中下藥，而且指名使用「無腸散」！

龔師傅曾說，那是他向鄉下獵戶買來的蛤蟆毒，以乾燥的蛤蟆毒液研磨成細粉，只需以指甲勾出一點之用量，便可令食者口吐白沫不止，狀如螃蟹吐沫，故名。若用二指取一撮之量，服者便迅速全身麻痺、啞口難言，但過個半日，仍會自解。若要奪人性命，需三撮之量，中毒者入口即亡，絕無搶救機會，死時還四肢扭曲，如被綑綁的螃蟹。

彩衣言明要「一點點」，是她自己要服用嗎？一指甲之量為輕微中毒，可半個時辰自解，但吐沫的模樣十分駭人，或許可以爭取逃走的時間。

那彩衣腹中胎兒怎麼辦？胎兒中毒，不就……？

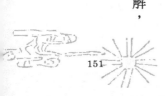

萬一，彩衣並沒看見那塊香包紅巾，她真的想吃蟹肉呢？

阿瑞排除了這個可能，兩年以來，彩衣與他四時在山中採集，不會不知道螃蟹的時令的。

無論如何，依彩衣的意就是！

「不管怎樣，」阿瑞說：「我加點鮮味去煮，舀多一碗給妳端去，若那小娘子不要吃，大娘妳吃了怎樣？」

老婦聽了，還想了一想，弄明白之後，頓時口水都快流出來了。老婦指指水缸裏游動的活蝦，「那就放鮮蝦好了。」還斜眼瞧瞧盧三刀的意思。

盧三刀沒理會，意思是默許了。

阿瑞半跪下身，假意整理纏腿布，悄悄將小瓷瓶瓶口推出布條間隙，挑開瓶蓋，抖了抖腿，搖出些藥粉沾在指甲縫中，再迅速地將瓶口蓋上，塞好小瓷瓶。

接著，阿瑞便拿起鍋子，加熱一碗粥，乘機彈了彈指，「無腸散」便混進了熱粥之中。他隨手抓了幾隻活蝦扔進粥中翻炒，不一會，灰黑的蝦子便整隻變紅，蜷曲在白粥之中，都不知是被熱死的還是毒死的。

老婦緊盯粥中鮮紅的肥蝦，彷如奶水中的紅寶石般鮮豔奪目，她在營中鎮日只有摻了米糠的小米為食，好久沒吃過美食了，心中巴不得彩衣馬上拒絕這碗粥。

把熱粥交給老婦之後，看著老婦擺著年輕時曾經風騷過的細腰，小心翼翼地步出廚房區。

阿瑞接下來能做的，只有等待了……嗎？

不，他不能光等待耗時間，他必須去找鄭公公商量，告訴鄭公公，彩衣聯絡上他了。

忽然間，阿瑞訝然，曾幾何時，他竟仰賴起鄭公公來了？

龔師傅會買來「無腸散」，不就是為了找機會對害死全村的人報仇嗎？而那人不正就是鄭公公嗎？

他得到「無腸散」後，不也曾對帶鄭公公上青城山的山伕下藥嗎？

但是，眼下他能依靠的，也真的只有這位昔日的仇家了！

於是，阿瑞舉步要步出廚房區，去屠宰區找鄭公公。

「慢著！」有人叫住他，「你要去哪？」是方才的上級廚子。

「去找跟我一同來的駝子。」

「他嗎？」那人搖頭道，「你不能去找他。」

「我得……」

「老萬歲下令，今晚特別戒嚴，沒有符牌不得四處亂走，」那人赫然瞗目，道：「違者，殺。」

「還請大哥通融，」阿瑞客氣地拱手，哀求道：「我去去就來。」

「老實告訴你好了，」那人抬起下巴，不可一世地說：「你不必去找他了。」

「為什麼？」阿瑞心中掠過一絲不祥。

「老萬歲召他去壽宴了。」

阿瑞打從心底寒了起來，雙腳突然如浸嚴冬冰河，整張臉瞬間酥麻，連話都差點說不出來了，「為為……為什麼？」

那人懷著惡意的臉色，道：「因為他殺豬了得，聲名馬上遠播，傳到老萬歲耳中，老萬歲當然想見識見識。」他的眼珠子不停在阿瑞身上打滾，觀察他的反應。

阿瑞心慌意亂，如巨浪洶湧的強大焦慮迫得他的胸口快要窒息了。

他沒剩下多少選擇了。

事實上，他一個選擇也沒有。

御營正中，高高的帳幔立起，圍起一大片區域做為壽宴的場地。

熱鬧的酒席，大盤大盤的肉塊分放在各個角落，細碎的雞骨、豬骨、牛骨撒了一地，還有下層階級的士兵躲在角落抱著乳豬的頭，貪婪地嚼食牠臉上的殘肉。

忽然，壽宴鑽進一個佝僂的男子，眾人一見他進來，喧鬧的聲音霎時間褪去。一時，壽宴靜如墓地，因為那男子的半張面孔就像被火焚過般縮成一團，加上其身形扭曲，面貌之猙獰，連張獻忠見了也不禁微微哆嗦了一下。

張獻忠不高興，因為這個人嚇著他了，而他是不應該被嚇著的。

他輕撫長長的黃鬚，好掩飾自己初萌的懼意，然後傲然指著駝子問道：「這駝子就是殺豬能手嗎？」

「回老萬歲，此人……便是。」領駝子來的高級廚子見滿席皆是殺人不眨眼的頭領們，不禁顫聲回道。

「何方人氏？何時召進營的？」張獻忠很注重營中各人籍貫，不是隨口問問。

「庖廚人手不足，今天剛召進營的。」廚子回道，然後碰碰鄭公公：「何方人氏，你自個兒回答老萬歲。」

鄭公公刻意壓沉嗓子，模仿他這些年學習來的四川口音，啞聲拱手道：「我乃四川人氏。」

張獻忠歧視地打量他幾眼，道：「看你連走路都成問題，殺豬的事罷了，殺人不知行不行？」

「老萬歲壽辰，不敢殺人，不吉利。」鄭公公啞聲回道。

張獻忠身邊有位書生立刻仰首大笑，「大王愛殺人，不可一天不殺，今日正逢大王壽宴，理應大殺特殺！」鄭公公知道，那位便是宰相汪兆齡。

張獻忠聽了，點頭稱是，「廢話少說！提上幾個該殺的人來！昨天不是有人犯了夜禁嗎？」左右馬上從帳外押進四個人來，看來根本是早就準備好的節目，一早就綁在帳外專等被殺的。

四個人一字排開，連求饒聲都不敢發出，一個個只在拚命地發抖。

鄭公公沒法，只好舉起手，將手掌心壓在一人頭頂。

他驚訝地發覺，他竟然殺不下手。

過去他抄滅周大同全家，完全沒憐恤過周家一家老小。

他屠殺廣勝鏢局時，也壓根兒沒起過半點慈悲心。

但此時此刻，他殺不下一個被綑綁在他眼前，懼怕得抖個不停且眼淚鼻涕直流不停的人。

他忽然領悟到，過去他都是命令別人去殺人，自己從未動手。原來，要親自下手奪去一條無辜的生命是如此的困難，不知以前他麾下的錦衣衛們是如何辦到那麼鐵石心腸的？

忽然之間，鄭公公略有所悟。

他忽然領悟的是，何時他還將再有機會，站得如此接近張獻忠？

這一剎那，他覺得心如止水，無得無失。他把手移開那人的頭頂，悄聲對自己說：「對不起了彩衣，這趟幫不了你們了。」

他深深運了一口氣，任氣在大小周天循環了數次之後，腳下一點，整個身軀倏然飛射向坐在虎皮椅上的張獻忠。

眾人發現他腰直背挺，原來不是駝子！不禁驚呼高叫，眼明手快地紛紛抽刀。

鄭公公兩眼直瞪瞪地朝張獻忠衝去，整個視線中只剩下張獻忠一人。

他希望，眼前這人是他最後一個必須殺死的人。

羅剎鬼不理會壽宴那邊發生了什麼事，此時他全神貫注在這個詭異的地洞。

他發現地洞中會有風是因為埋放姜人龍的木箱破了一個洞，這個洞破在側邊，正好容許一個人穿過。

他蹲下身子，用火把探進去轉了一圈，沒見到也沒聽到蛇群的動靜。

他猶豫了一陣，舔了舔舌頭，毅然決定鑽入洞中。

他將火把伸在前方開路，但狹小的地道只容他緊縮肩膀蠕動而過，根本沒有多餘的空間，但他不能放棄火把，因為擔心隨時會有蛇群的攻擊。

他滿腦子滿腦子的疑惑：誰有本事在他們營中開一條地道，還神不知鬼不覺的？莫非……莫非姜人龍有什麼奇術？他猶記得都江堰一役，姜人龍的同夥們神出鬼沒的，後來才發現他們都是在用地道。

活埋姜人龍的箱子並沒埋得很深，這麼淺的一條地道，上方的泥土不會坍塌嗎？羅剎鬼還正在想，就發覺前方的地道開始往下傾斜。

這下子，地道變得較容易爬動了，加上地道周圍的泥土十分潮濕，羅剎鬼還能稍微滑行。

他心裏頭的疑惑越來越大：到底這個地道是從哪一頭開始挖的？若說是姜人龍，他當時早已衰弱得無法走路，不可能挖掘這麼長的地道。若說是由另一頭開始挖掘，又如何能夠準確地正好挖到校場埋箱的位置呢？

是誰有這種本事？

不久，有潺潺水聲傳進他耳中，是的！這條地道是通到河邊的，校場距河不遠，方便演練水軍，這麼一來就還算合理了！

忽然，羅剎鬼發覺他被卡住了。

他扭一扭肩膀，真的無法移動分毫，他試著後退，卻發現腳後頂住一樣東西，後退的路也被堵塞了！

他心中油然生起深深的懼意，整顆心被重壓得喘不過氣來。

一塊泥土塌下，蓋在前端的火把上，把火弄熄了。

羅剎鬼陷入重重的黑暗，耳中除了流水聲，便是由自己發出，越來越急促的呼吸聲。

阿瑞望著眼前的上級廚子，只見他身材不高、秀目方臉，還很年輕，了不起二十出頭，跟他差不多。

那人也在望著他，兩人都似乎要把對方望得洞穿似的。

上級廚子首先打破了沉默，他壓低聲音：「你不如老實告訴我，你是為何要來這裏的吧？」

「我來找工作的。」阿瑞用死魚般的眼睛直盯住他，不想被他看穿來歷。

「呸！」那廚子甩頭作狀吐了一口涎，「你不老實交代也沒關係，反正你要是有啥輕舉妄動，就別想直著走出去便是。」

「你是張獻忠的人。」阿瑞說。

那廚子很小聲地說：「那得看情況。」他在胸前交叉雙臂，等待阿瑞說出真話。

阿瑞咬一咬牙，決定賭一把，「我的妻子被抓來了，剛才的粥就是送給她的。」

那廚子聽了，不禁圓瞪雙目，「你就為了一個女人？」

「是‧我‧妻‧子。」阿瑞一個接一個字說。

那廚子不置可否，「她被收在老神仙那邊了。」

「我非救她不可。」

「就算死了也沒關係？」

「死了表示我盡力了。」

「要是兩個人都死呢？」

「那我們下一世再做夫妻。」

那廚子不說話了，他凝視著阿瑞堅定的眼神，好一會，才說：「我明白了，那我得好意告訴你一聲，你所面對的老神仙是何等人。」

「洗耳恭聽。」

「他，」那廚子說：「其實不是人。」

「什麼意思？」

「我不是在比喻，也不是在假設，」那廚子說：「尋常對人管用的方法，對他是完全無效。」

「莫非你也試過殺他？」

那廚子說：「別人試過。」他取出一片符牌，說：「明知你去送死，不過既然你不怕死，我還是歡迎你去試試。」他拍拍阿瑞的肩，「走，我帶你過去你妻子那兒。」

有那麼一剎那，阿瑞遲疑了一下。

「你不想去了？」

「不，只是……你為何要這樣做？」

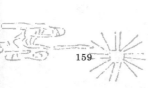

那廚子笑道：「先說好了，我只送你過去。有那麼一丁點兒可能，萬一你成功了，記得是誰幫過你這回忙。」

「誰？」

「記得我的名字，我叫雷萬仞，」他還強調了一句，「萬仞高山的萬仞。」

木門咿呀一聲打開了，步入的是那位老神仙士慶，手中還拿著一件用花布包裹的長長的事物。他一臉不高興地環顧房間，抬起鼻子四處嗅了嗅，回頭問門外：「羅剎鬼呢？」

「去小解了。」門外人是羅剎鬼的心腹，忙幫他掩護，「老萬歲那兒正熱鬧，老神仙怎麼沒去？」

士慶知道他們在蒙混，便不回答他們，轉頭看了看坐在桌邊的彩衣，眼神馬上溫柔了起來。「小娘子沒事可做嗎？」他也坐到桌旁，刻意將手中那件長長的東西在彩衣面前晃動，吸引她的目光。

彩衣對他自然十分有戒心，這人來這兒準不會有好事，因此當士慶坐來桌旁時，她禁不住移了移身子，希望離他遠些。她裝作神色平靜，其實極力在忍耐心中的衝動。

她已經在這房中的每一個角落佈置好暗器，隨時準備拚命了。

「妳剛才吃了些東西吧？怎樣？合胃口嗎？」

彩衣心念一動，開口回答了：「不知哪位廚子如斯用心，還挺好吃的。」

士慶見她語氣溫和，忍不住咧嘴微笑，彷彿放心了不少。彩衣見他一笑，心中不禁困惑，若是不知此人形跡，他的笑容算是挺俊俏的，他的舉止是優雅的，跟他之前的殘酷話語搭不上調。

士慶將手上長物拿起，道：「這是給妳的禮物。」他正要掀開包裹的花布，門外忽然傳來一把婦女的聲音，「怎麼沒關門呢？吹了風就不妙了。」聲音到門口驟然而止，那老婦見士慶竟然正與彩衣同坐桌邊，心中又敬又畏。

軍中對士慶傳言甚多，他製作的金創藥比胡神醫的還神奇，連深可見骨的傷口都能癒合。軍中傳聞，以前孫可望曾經醉酒誤殺愛妾，屍首扔去荒野，也被士慶帶了個活人回來。前陣子又聽說張獻忠誤把渾名「老腳」的寵婢斬了一刀，腸子都流了出來，士慶也費了三七二十一日把她救活。

如此異人，眾人豈能不對他害怕敬畏？

老婦滿臉堆笑，將盛粥的海碗放在桌上，道：「這是小娘子特地吩咐煮的。」老婦打開反蓋在上的碗子，一時香氣四溢，連門外的人都馬上肚子亂叫了起來。

士慶不禁揚眉，望著粥面上的蒸蒸白氣。

「真的好吃，」彩衣溫柔地說：「老神仙何不嘗嘗？」

彩衣的心臟啵啵亂跳，她臨時改變了策略，她原本想讓老婦和門外的人分食這一碗粥，現在正主兒送上門來，擒賊先擒王！無論如何，都要讓老神仙喝下這碗粥才是！

士慶注意粥面上的熱氣良久，喉頭嚥了嚥口水，忽然拿起海碗，湊到唇緣吸了一口，接著竟咕嚕咕嚕地將一整碗熱粥吞完進去。

彩衣和老婦都大吃一驚，老婦忍不住說：「這粥是小娘子的……」話猶未畢，老神仙站起來，一手夾住老婦的脖子，陰狠地說：「這碗粥有毒！是誰指使妳的？是誰要害死這女人？」

老婦掙扎著雙手，卻不敢去碰士慶，她喘不過氣，說不出話，硬是從喉頭擠出了兩個字：「冤……枉……」士慶一把甩開手，老婦跌坐在地，撫著喉頭被擠歪了的舌骨，邊咳邊說：「是一位新來的廚子，粥是他煮的……」

「新來的？」士慶憤怒非常，眼眶欲裂，「帶我去找他！我要親手殺了他！」說著，邁開大步要走出門外。

一波未平，一波又起，彩衣別無選擇。

她的手一摸桌下，兩手一撥一彈，幾顆摻雜鐵砂的陶土球瞬間彈向士慶後頸。

鄭公公迫近張獻忠，已經可以看見張獻忠臉上那條蜈蚣也似的疤痕，斜斜地爬在臉上。

張獻忠的部下們自四面八方擁上，鄭公公正眼都不瞧他們一下，經過多次的破壞和修復，他的身體已然完全重生，變得異常敏感，當刀刃迫近他五指之遙時，他便能憑藉刀風的動向，手臂有如游蛇般滑向對方手指，迅速將那人的氣在一瞬間吸空！

每個靠近他的人要不是「咦」的一聲，或是連叫聲也還來不及發出，便已癱軟在地，再也無法起來，只不過轉眼，鄭公公所跑過的路線上，已經在兩側倒下了兩排人堆。

張獻忠看得心驚膽戰，這假駝子向他證明了，他真能空手殺人！而且正朝他眼前衝來！

他不相信他會死，至少不會死在現在。

他想起二十年前初為盜賊時，便是為了逃避過失殺人的罪過，他因為太容易衝動而打死私塾的同學。

曾經，他在湖廣為盜時，帶了五、六個人，想要乘夜盜走武當山大廟上的金頂，據說真的是好沉重的一塊黃金。大廟的金頂甚難攀爬，一個不好還會滑下來摔死，張獻忠當時血氣方剛，率先爬上去。

沒想到，才剛上到屋頂，竟見到屋頂上站了個巨人，體型之大，顯然是神非人，尤其長得像他們今早在大廟殿堂看見的守護神王靈官的塑像。王靈官威風凜冽地望著他，手執鋼鞭，向他大喝道：「還不快離開？若非上帝放汝收生，定打殺汝！」

他後來逢人便提起此事，認為自己是由玉皇上帝派來人間，「奉天殺人」的，從此便肆無忌憚，想殺便殺，殺戮習慣了之後，一日不見血，心裏便有些慌，非要殺人才能安穩入睡。

眼前這廝是什麼東西？過去有多少人企圖殺他，從來沒人成功，甚至連宿敵李自成都已經下落不明，就憑這長得醜陋無比的瘦東西，想殺他？門兒都沒有！

張獻忠從虎椅站起，拔出腰間的倭刀，他最愛倭刀殺人明快了，每日都要磨刀一次，務求隨時鋒銳。他直盯鄭公公，眼神比倭刀還要鋒利，他對著衝到面前的鄭公公大喝一聲，經年累積的殺氣猛爆而出，震懾得鄭公公登時沒了殺意。

「太可怕了！」鄭公公忽然才明白，為何張獻忠殺人時，幾乎沒人敢反抗。

但他強烈的求生慾望瞬間重燃，一式「呂祖拜壽」躲開倭刀，頭上被削去了幾根頭髮，再一式「仙姑醉舞」左右展手，一手推開張獻忠握刀的手，一手直貼張獻忠的胸口。

不料，張獻忠一拳擊來，其出拳之速、其力氣之大，將鄭公公一拳撥開十步之外，鄭公公的手都還來不及沾上張獻忠半點兒！

鄭公公大受震撼！這張獻忠無招無式，就憑天生一股怪力，便輕易將他撥開！

張獻忠早已見識過鄭公公的厲害，才不願被他碰上，他往後跳開數步，拉大兩人間距，隨即喊道：「來人呀！誰斃了他，立封將軍！」

大家躍躍欲試，但見到地面橫七豎八的軀體，又畏縮不前。

張獻忠大怒，「誰要是不上的，老子全部收拾了！」

鄭公公見機不可失，施展起「仙人步」，要再次搶到張獻忠跟前。

此時，旁邊閃出一人，要擋在張獻忠前方。

鄭公公正欲攻擊此人，突然伸出的手凝固在空中，他驚駭莫名，此人明明是……

「你明明插了俺一刀，是吧？」矮個兒站在前方，咧開嘴笑著。他炫耀似的掀開衣角，讓鄭公公看他右胸上的刀痕。才不過幾日，血紅的刀痕猶未合口，看起來像是個可以用手指伸進去的洞口。

「你為何還在？」不消說，一定是老神仙醫好的，再不然，就是那天的刀沒有刺準心臟！

鄭公公不再怕他了，他已經是連死都不害怕的人，再也沒有什麼能嚇倒他了。鄭公公一口氣連續使出三招，一招封鎖矮個子的招式，一招攻擊他胸部的傷口，一招伸向他的脖子。

鄭公公十分興奮，他發覺他腦袋瓜此刻的思考速度是前所未有的敏捷，使出每一招都可以在瞬間佈局完全，十分暢快！

反過來，是矮個兒驚奇鄭公公進步神速，絕非當日吳下阿蒙，一時亂了腳步。鄭公公三招得逞，一掌插入矮個兒的傷口，一手順著他脖子摸去後方，輕輕一扣，矮個兒的頭顱霍地歪去一邊。

矮個兒的反應也很快，他嚇出了一身冷汗，但他馬上反手扭轉自己的頭，把被鄭公公鬆開的頸椎骨即刻扣回去，否則他的頭會馬上倒下，立時氣絕。他驚奇的是，鄭公公何時也學會了他的獨傳祕方「大裂解手」？

其實道理很簡單，凡是遇上矮個兒「蓮花易筋手」的人，沒有一個能活下來的，只有鄭公公是唯一遭逢他施過數十次同一手法的人，當然有學會的機會！

鄭公公眼睜睜看著張獻忠將要遁走，焦急得想馬上解決掉矮個兒。他一隻還插在傷口中的手，猛然吸納矮個兒的精氣，要讓他的心臟即刻停止跳動。

但是，鄭公公的手只感覺到周圍的一堆血肉，還有傷口末端硬邦邦的肋骨，卻沒有一丁點兒精氣流進鄭公公手中，一如他首次在青城山碰上矮個兒時那般。

「原來不獨老神仙，」鄭公公平靜地說：「你也是妖怪。」

矮個兒有恃無恐，點頭道：「好說，好說。」他贏定了，只消來個大裂解手，這位過去在東廠地位高過他許多許多的鄭公公就要死在他手上了。

突然，矮個兒覺得腦門一涼，心中頓覺不對勁。

鄭公公從壽宴的几上抄起一雙竹筷子，插進矮個兒的天靈蓋。人骨堅硬，尤其是頭骨，尋常竹筷，早就折斷了，怎能輕易插進天靈蓋？

矮個兒伸手摸摸頭頂，摸到了那雙筷子，驚奇地對鄭公公說：「俺怎沒想過……」

鄭公公臍中沉下一股氣，將體內所有的氣從他握住竹筷的手往下拉，竹筷另一端的氣則一古腦兒地流了進來。

羅剎鬼想到了一件事，一件連他自己都快忘記的事。

他在身上安裝了好幾個暗器，有的隱密得連他自己都快忘記了。

他試試看舉向洞口的那隻手……「刷」的一聲，一片薄如紙片卻鋒利非常的金屬片從腕口射出，割過了地道邊緣的泥土，泥土自然是毫髮未傷。

羅剎鬼欠了欠身，把身體稍微轉動一些，才聳一聳肩，一把小巧得能藏在掌中的匕首隨即滑入手中。他這隻手被卡在大腿邊，只好用匕首一點一點刮去周邊的泥土，好讓手臂能夠彎曲，然後他慢慢轉動身體，費了許多時間，慢慢把地道四周刮大，令肩膀得以活動。

終於，他漸漸可以抽出身子，像蠕蟲般朝洞口扭動身體，借助濕土令自己順勢滑下去。

他從地道滑跌出來，整個人頭朝下掉落水中，不慎吞了好幾口腥臭的河水。

羅剎鬼在河水中反轉身體，趕緊讓頭露出水面，拚命將剛才嗞進去的水嘔出來，整個人感覺像被千斤重壓，不舒服得像要整個人從裏到外翻摺出來，嘔得連眼淚都流出來了。

但是，即使出了水面，空氣中仍是彌漫著濃濃惡臭！他一手抓去岸邊，整隻手卻沒入了一團軟綿綿的事物中，他猛一張眼，才瞧見河岸全是腐爛中的人體，那種殘餘的人類外形，以及濃烈得嗆鼻的屍臭味，他是再熟悉不過的。

還記得他初當探子，首次出任務的盧州之役，在盧州屠城後，城外的河流也是積滿了死屍。

開始時還魚兒爭食，鳥兒也飛聚過來飽餐一頓。數日後，屍脂浮滿了河面，導致水中魚兒缺氧，加上高濃度的屍毒，河面上紛紛浮起翻白肚的死魚，還有中毒而死的飛禽。

羅剎鬼剛才吞下的那一口水，說不定會要命的。

他在淺水的河岸邊站起來，在月光下環顧堆疊成圍牆的死屍，回想近日張獻忠何曾殺過如斯多人？啊，是了，不久前張獻忠殺了一批從其他州縣俘虜的士兵，這些人是從湖南抓來的，早已納入張獻忠部下，也是攻陷成都的兵力之一，但近來張獻忠對於非出自他同鄉陝西的士兵特別不爽，常常找藉口整營整營地屠殺，包括家口眷屬全都收拾至盡。

羅剎鬼親近孫可望將軍，知道不少內幕，其實是因為農牧荒廢，軍糧無以為繼，為了減少軍糧支出，於是便從減少吃飯人口下手。要殺，當然不會先找同鄉開刀。

也是因為殺了這一批，今夜才有辦法在壽宴中大吃大喝。

時入深秋，河水冰涼，屍體腐化得比夏天慢上許多，屠殺過了許多天，屍肉都尚未爛盡。很多滑溜溜的東西在屍體間蠕動，在月光下泛著光澤，想必是方才在地洞中的蛇群，也在享用盛宴了。

羅剎鬼感到一陣嚴寒滲透心坎。

他摸摸身上所藏的各處暗器，確認它們所在的位置。

然後，他遙視不遠處的營地，壽宴中的吵鬧聲仍未止息。

他心想，當時，姜人龍想必是逃走了，不知是否有留下性命？若有，此時他已遠遁他鄉，或是仍在城中呢？

他根據與姜人龍數度交手的經驗，站在對方的立場推測……很簡單，姜人龍必定仍在成都府城中！

因為他不像懂得放棄的人。

雷萬仞領著阿瑞穿過了幾處營地，有的士兵們在快樂地喝酒吃肉，有的卻只有一盤肉，大家不甘不願地只能分得少許。

雷萬仞是負責分配的人之一，他知道接近中央「老營」的兵營可分得多些肉，因為那些都是張獻忠信任的部下，大多數都是由他的同鄉帶領的部隊。

接近土屋時，雷萬仞覺得不對勁，伸長了頸聆聽。

「有人動手了！」雷萬仞悄聲告訴阿瑞。

阿瑞沉不住氣了，一個箭步便跑向土屋。

土屋的位置很明顯，它坐落在一堆營帳包圍的一片雅緻的園子間，園子地面種了各種蔬菜，還有瓜棚垂下肥大的胡瓜。在暗淡的月色下，只有土屋燈火通明，彷彿在黑夜中焚燒一般光亮。

土屋的木門大開，門內有人影晃動，顯然正在惡鬥，阿瑞心急萬分，後悔自己浪費了太多時間，彩衣只有一個人，能支撐得了多久呢？

阿瑞抄出兩把庖刀，衝向門口，正好碰上從裏頭跑出來的老婦人。老婦見一名漢子持刀向她衝來，不由得怪叫一聲，腳下遲疑，竟被門檻絆倒，重重摔地，跌得頭破血流，暈絕過去。

阿瑞跳過她身上，直闖進門。

可是，眼前的情景令他驚訝不已，一時裹足。

映入阿瑞眼中的是：兩名漢子正輪番攻擊彩衣，其中老探子手持銅鐃，金光舞動中透著血氣，老吳赤手空拳，拳頭虎虎生風，但是，老神仙士慶卻處處在護著彩衣，不停阻擋兩人對彩衣的攻擊。而彩衣則忙著對眼前的三個男子連發暗器，她或滾地在地面摸出暗器，或從不知什麼角落變出幾顆飛蝗石、鐵珠、飛針之類的，尤其集中攻擊士慶。

「這究竟是怎麼回事？」阿瑞也給搞迷糊了！

不理了，眼前最有可能傷害妻子的是那使銅鐃的人，因為銅鐃會見血。阿瑞先揮刀朝他劈去，如意算盤是：所謂一寸短，一寸險，他的庖刀無論如何總比銅鐃長。不料老探子一見他趨近，銅鐃竟脫手飛出，直朝阿瑞臉面飛來。

彩衣見阿瑞從門外進來，心中又憂又喜，一見飛鐃攻擊阿瑞，由不得驚呼大叫：「阿瑞！小心！」說時已遲，阿瑞見眼前忽有一道金光霍然出現，還來不及弄清楚，下意識使出「八仙迷陣拳」中的「金魚擺尾」，迅速往後倒下，但仍快不過飛鐃，鼻梁被飛切出一道深溝，阿瑞忍痛使出「金魚擺尾」的後半式，一腳朝上飛踢旋轉中的銅鐃。

然而銅鐃速度過快，沒被踢中，還飛回老探子手中。

彩衣見阿瑞鼻梁受創，滿臉是血，心疼不已，忍不住掉出眼淚。

士慶見狀大驚，忙問：「他是妳誰人？」

彩衣自然不答，她一記鐵棗重重擊中士慶的左眼，爆出一團血漿，士慶一點也不在意，只忙著問：「他是誰？快告訴我！」

「老神仙受傷了！」那兩人驚叫道。

老神仙是張獻忠給士慶的封號，全營的人都那麼叫。他能有妙方接續別人的斷肢，營中傳說他把囚犯的下巴割下，接到被斬傷下巴的小將臉上，還把孫將軍和老萬歲的寵婢起死回生。人家送他金錢，求他治療，他不收錢，只說：「金銀財寶於我何用？只愁老年沒人照顧罷了。」於是，人們爭相認士慶為義父，張獻忠麾下無人不敬他三分，只求他日有事，能有活命的機會。

剛才他倆竭力不讓彩衣傷了老神仙，如今士慶重傷，兩人怎能不心驚？別說營中失去一位活神仙，被張獻忠怪罪下來，就更別想活了。

「住嘴！」士慶是朝那兩人說的。他五指朝老探子面前一張，老探子的面孔猛地抖擻，整個人往後飛跌出門外。

老吳見狀，驚愕不已，「我們不是在保護老神仙嗎？為何他要傷害我們？」忙使出深邃的內家氣功護體，腳樁一站，深陷入地，卻也被士慶五指一展，兩眼登時翻白，昏絕在地。

士慶滿意地笑笑，左眼的洞口一邊冒出血水，一邊對彩衣和阿瑞兩人說道：「好了，那些煩人的傢伙不在了，」他指著阿瑞問：「你告訴我，你是誰？」眼眶的血水潺潺有聲，相當駭人。

「他是我夫君！」彩衣搶先說了，一手暗暗從腰帶下抽出一條銅線。

士慶用僅存的眼睛打量阿瑞，羨慕地說：「你是特地闖進來救她的嗎？真有勇氣，你們鶼鰈情深，想必會好好照顧腹中的孩子長大成人吧？」

阿瑞怒火衝冠：「你打什麼主意？」

「如果我說，我打算護送你們出去，去一個安全無兵災之地，可以平安度過餘生，你以為如何？」

士慶等待他們的回答。

阿瑞和彩衣根本沒將他的話當一回事，他是不可信任的，他是惡名昭彰的可怕人物，從他嘴裏說出來的話，聽起來就像是諷刺的話語，根本沒辦法當真。

可是士慶的眼神很認真、很期待。

彩衣見他不留神，冷不防抽出銅線，繞上士慶的脖子，倏地奮力一抽！士慶沒料有此一著，他以為他開出這麼好的條件，兩人理應很高興才是，他覺得很哀傷，為何要這樣對他呢？

他的頸動脈割裂，鮮血噴出，但無礙於他把五指展開在阿瑞眼前，把阿瑞瞬間震暈，再對彩衣如法泡製！他們兩人根本還來不及反應，雙雙昏倒在地，全因士慶速度極快，不讓他倆有絲毫機會反應！

把所有人都解決之後，士慶才緩緩地用手指按住傷口，一手按左眼，一手扣壓著脖子，轉眼之間，血水竟已停止冒出，在傷口結成一團血塊，並以肉眼可見的速度結成乾疤。

一個不怕受傷的人，還有什麼武功會是他的對手？

士慶忖著：這副身體是不能用了，打從很久很久以前就已經老朽不堪了。他其實十分遺憾，從未有一位值得信賴的人能幫助他完成大計，即使是過去那五位親如家人的弟子，如今也一個都不在身邊。

士慶半蹲下身子，端詳彩衣的臉龐，失去意識的她，表情溫和，整個人散發出慈愛的少婦氣息，令士慶也忍不住看得出了神。「是嗎？也難怪，妳也是在保護孩子呀。」

說到孩子，他猛然省起仍有正事要辦。於是，他輕輕解開彩衣的腰帶，掀開她的上衣，露出她渾圓的肚皮。

經過方才一番纏鬥，他希望千萬不要動了胎氣才好。

「沒辦法，只好靠自己了。」士慶一邊呢喃，一邊走到土房的角落，那兒堆了高高的乾稻草，是原本的屋主留下的。士慶用腳移走稻草，露出土牆的角落，他跪下身子伸手去推推牆角的磚塊，幾塊土磚應聲鬆開，取走土磚後，牆裏頭竟露出了一個小罈子。

士慶小心翼翼地拿出罈子，輕放在地面上，緩緩撕開罈口上的封條、熟牛皮、臘封等層層保護。

罈中空空如也，但細聽之下，會聽見細微的風聲，如輕聲細語，如冬眠般沉緩的呼吸聲。

士慶覺得腦袋有些暈眩，因為他只剩下一個眼睛視物，失去了立體感，無法清楚對焦。暈眩越來越強烈，鼻子沉重地呼氣，吹得流經鼻翼的血水冒出泡泡，他知道他得趕快了。

他走到彩衣身邊，把方才進門時帶來用花布包裹的長物，輕置於彩衣手邊，「這是給妳保護孩子的。」接著，他兩手將罈口輕扣在彩衣隆起的肚皮上，小心地輕微施力，然後半閉雙目，凝聚精神，口中唸唸有辭。

此時，他心中忽然一陣悸動，心慌意亂得緊。

他知道是怎麼回事，「不好，矮個兒死了。」

矮個兒僵硬地倒在地上，如同被剝下風乾的一片人皮袋子，頭頂上還插著竹筷子。

可是吸光了他精氣的鄭公公，渾身不舒服，像吃了酸臭的隔夜飯菜一般，噁心得直想嘔吐。鄭公公一時腳步踉蹌，兩眼吊白，心中暗叫不妙，但沒人敢接近他，因為他把營中最有本事的人之一都幹掉了，沒人膽敢賭上性命。

有地位的，沒必要賭。

尚未有地位的，賭不起，賠面太大。

鄭公公一面擔心自身安危，一面心中大惑：這矮個兒「老鼠」的精氣為何如此不同？他從未吸取過如此精氣，不似阿瑞自幼在道觀長大，其氣清爽，吸取時很是舒暢；而營中軍兵生活艱苦，其氣苦澀帶酸，吸取時有如煮壞了的菜餚般令人勉強下嚥。

而「老鼠」的氣腐臭污濁，有如腐屍一般，絕非尋常，這種氣灌入鄭公公經脈，立時氣血沸騰，渾身發冷，十二經脈像要寸寸分解般難受。

這說明了一件事。

「老鼠」早就是個死人了！

可是，死人是不應該有氣的。

鄭公公忍無可忍，他一足跪地，將左掌按壓在地，留下右掌護身，然後以意念倒轉經脈，導氣出掌，直灌地面。他滿頭猛冒冷汗，左臂浮出一條條黑氣，在表皮下方往地面方向流動，在經脈中發出嚶嚶低泣聲。

手掌下蔓延出一團黑氣，如漿汁般染黑地面的黃土，從掌心下漸漸擴大成一片圓形的黑暈，逐漸延伸到鄭公公腳下，包圍了他。四周眾人驚聲退避黑色的圈子，反而形成一個沒人敢踏入的保護圈。

良久，鄭公公才移開左掌，眾人只見地面發黑一片，時而還從黑暈中冒起幾個黑色水泡，猙獰得很。

這團從矮個兒體中吸來的氣實在太詭異了！鄭公公被搞得元氣大傷，但他不能露出疲態，否則下一刻便是千刀萬剮！他極力裝出鎮定的樣子，所幸他臉上黏了一片假皮，是阿瑞剁下竹膜、用油脂貼在他臉上偽裝火傷的，此刻正好讓人瞧不出他真正的表情。

壽宴的角落突然有人拍手，鄭公公這才看見角落有數人橫刀層層相疊，保護著刀陣中的張獻忠。高大的他從刀陣中步出，指著鄭公公，「你，有膽色，是個人材，你願不願成為老子部下？」

如果是一年前，鄭公公會馬上點頭答應。

一年前沒有這個機會，一年後有了機會，他反而不想要了。

「如果你不願，也行，老子底下能人如蟻，你再行，也無法以一敵萬。」

鄭公公道：「要跟你也行，可是我有條件。」鄭公公腦子飛快運轉，他打的算盤是，若當了張獻忠的部下，不就能更輕易打聽姜人龍和彩衣的下落了？

不想張獻忠只輕哼了一聲，「從來，只有老子跟別人談條件。」他隨即退進刀陣護衛，不再出聲。

鄭公公還未弄清楚狀況，眾人之間飛出兩枚鐵釘，直插入他兩肩鎖骨上的凹陷，釘子有倒鉤，還餵了毒，鄭公公立時感到灼熱的毒藥侵蝕他的肌肉，啃咬他的經絡。

姜人龍曾跟他提過，營中有神射手羅剎鬼，渾身是被蝗蟲咬噬過的鮮紅疤痕。然而站在眾人間的這名年輕人臉上並沒紅斑，他手中握了一把彈弓，正得意地在彈弓上重新架上鐵釘。

「大虎，這大功一件，封你為把總。」刀陣中傳來張獻忠的聲音。

「謝老萬歲。」大虎得意地高聲回應，要讓壽宴中的每個人都聽見。

即使他沒這一發，鄭公公的意識也早已越來越昏沉了，大虎的毒鐵釘，只是加速他倒下而已。

「小的們，準備好了麼？」大虎一聲高喊，人群中鑽出數人，各自手執弓箭，從四面八方瞄準了鄭公公。

鄭公公咬牙切齒。

他闖進營地想辦的兩件事，現在一件都還沒辦成。

他不甘心！

「給我一個殺掉你的理由！」符十二公大驚之餘，要求白蒲解釋。

「貧僧很想告訴你，且讓我先想想，該如何解釋才好。」白蒲摸了一下光溜溜的頭頂，用手一擊膝蓋，說：「好吧，要不講清楚，你也幫不上忙。」

白蒲緩緩地開始說道：「你可能知道，一般人都說人死成鬼，而佛家的說法不同。死亡只是神識離開肉體，再去投胎轉世，而鬼，其實也是六道輪迴之一，要轉世才能成鬼的。」

「神識不就是魂嗎？」

「不是，」白蒲搖搖頭，「神識並不等於魂，不過在此且不細究，我倒要請教，符老所知，道家的說法又是如何？」

「人死之後，有魂魄二種，魂離開肉體，而魄留在體內，魂者成鬼，魄者入地。」符十二公說：「大致上如此。」

「是也，」白蒲點頭道：「自漢代以來，此說不衰，因此，若乘著魄未入地，仍滯留在屍體之時，便可以操縱魄，而令死屍活動。」

符十二公明白了，這正是那次都江堰之役，士慶弄出行屍的方法嗎？慢著……這豈不表示，士慶掌握了控制人魄的方法嗎？

「是的，」白蒲彷彿讀出了他的心，「人魄尚易左右，而人魂則沒那麼簡單了。士慶一直在用心的，其實是操縱人魂的方法。」

「為何？」

白蒲眼神一亮，正色道：「實不相瞞，那位老神仙士慶不是別人，其實是貧僧的師父。」

「什麼？」符十二公更為吃驚，忍不住警戒地將手按在腰際的匕首上，「你說過你是他師兄。」

「他看上去年紀跟貧僧差不多不是嗎？」白蒲輕描淡寫地說：「如此，比較容易向其他人解釋。」

符十二公剎那之間感覺不寒而慄，他感到自己似乎觸犯了什麼禁忌，接觸到了某些不該接觸的事情。

如果再問下去，他只怕自己無法承受答案。

「他的肉體已經使用很久了，」白蒲繼續說：「他一直在尋求轉換身體的方法，要換身體，就必須能夠控制魂。」

「他的肉體已經使用很久了？什麼意思？」

白蒲避重就輕，欲言又止，「其實，這已經不是他原本的身體，他急需要一副新的肉體，最好是還純真無知，比較容易進入，將來也比較容易融合。」

「老夫大概明白你的意思了，」符十二公顫抖著說：「他想當我的孫子。」

「其實不關你的事，他需要一對有能力保護他長大成人的父母，他想當的，是你媳婦的兒子。」

符十二公感到可怕，當初他被呂寒松追殺、被朱九淵威脅、被白額狼控制行動，那些可怕都還不算可怕，因為他們是活生生的、溫熱的人體。而這次他面對的，是一個看不到、聽不到也感覺不到的另一個世界。

他抖著聲音說：「這叫『奪舍』，對吧？」

白蒲頷首道：「之前，他用的是道家『換形』法，也就是挑選一個精壯肉體，乘其入睡時取而代之，然而此法所用之肉體不易調理；不如『奪舍』，可以從嬰兒開始修養。」白蒲眼神一亮，道：「我也懂得奪舍法，可不令士慶得逞，所以，你選擇要貧僧當你的孫子，還是士慶當你的孫子？」
符十二公打了個寒噤，他直視眼前的白蒲，這位一年來陪他上山入地研究遁甲術的出家人，眼神是如此深沉，彷彿是個從不相識的陌生人。
「這就是你必須殺我的理由。」說著，白蒲半合雙目，又再準備入定，「您請準備好了，貧僧一旦開目叫你動手，請速速送我上路，否則，難敵士慶矣！」
士慶聽見一陣陣的哭聲，不是用耳朵聽見，而是在他腦中迴盪著細細的嬰兒哭聲，彷若在洞穴中低泣。那哭聲充滿了委屈和不捨，哭得哆嗦不已，士慶捺著性子，充耳不聞，只顧用手穩住小罈子，不令它從彩衣的肚子上滑開。
士慶不喜歡冒險。
打從很久很久以前，他就是個小心行事的人。
所以，他並沒有冒險將自己的魂完全保存在這個脆弱的肉體內。
他將魂分出一半，藏在罈中，這是他很久以前在雲南遊方時學來的祕法。
現在，他先將罈中那一半魂灌進彩衣的胎兒，趕跑原本早已入胎的神識，然後，他還得藉著這副殘破的身體，將彩衣和她夫君送往安全之地，再捨棄這副皮囊，完全融合進胎兒體內。
嬰兒的哽咽聲繼續著，看來還需要點時間才會甘心離開。士慶不想等待，他的呼吸已經越漸沉重，傷口的血塊正隨著心跳蠢然波動，鮮血似乎欲衝破溢出，他沒有什麼時間可

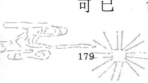

以等候了。

「你擋我長生之路，就休怪我無情了。」

於是，他改唸另一道咒辭，不同在於，先前的用於逼走先佔胎中的魂，現在的用於殺魂，令其飛散消失。

他一動口唸出，嬰兒的哭泣馬上變得更為恐懼，彩衣的肚皮蠕動，子宮裏的胎兒不安地扭動手足，慌張地想要掙扎逃生。

忽然，士慶覺得後腦勺發麻，他轉頭望去，沒見有人。他一目已眇，無法定焦視物，但仍不減敏銳的直覺——他知道確實有人！

他空出一手，朝身後虛發一掌，果然，聽見空氣被擾動的聲音了，證實了他的直覺。

士慶毫不遲疑，火速將罈子塞進懷中，罈口緊貼肚皮，五爪一伸，空氣驟然產生一股波動，有人怪叫一聲，突然從空氣中現身，手中橫了一把大刀，半掩顏面。

「哼，氣禁之術，」士慶嗤聲道：「你以為藏住了你的氣，可惜還不到家，瞞不過我！」

士慶不浪費時間，手中掐訣，直朝來人門面指去。

「你也是氣禁術！」來人驚道。此人不是別人，正是帶阿瑞來此的雷萬仞，他方才一直在暗中觀察，伺機行事。

「別在行家面前班門弄斧！」士慶一指被雷萬仞躲開，連續再掐訣出指，手下毫不停歇，「今日要你橫著出去！」士慶說得沒錯，雷萬仞只有躲閃的份兒，根本無法舉刀還手。

雷萬仞知道，再不還手，便永處下風，他心中一定，揮刀使出搏命的「雷門刀法」，硬接士慶指訣發出的肅殺之氣。刀身擋氣，立時震動，幾乎無法完成招式。

他兩手握刀，近身拚命，一邊以刀面阻擋氣禁，身體又一邊靈活地避開指訣。這雷萬仞家中乃世代軍戶，一落軍戶，子孫命運便只有送上戰場，這戰場上不是殺人就是被殺，因此為了保住性命繁衍後代，雷家發展出獨特的「雷門刀法」，以拚命換取活命，增加存活的機率。

到了雷萬仞這一代，正值明末大亂，雷家軍戶被分派至各地軍隊，四分五裂，成都府內雷家只剩雷萬仞一脈，其餘生死不明。

雷萬仞背負雷家重擔，死不得也！

他當初也並沒想以命搏，只是露了餡，才不得不拚命。原本他是想利用姜人龍的提示，暗中攻擊士慶的重大弱點，一擊便要得手！然而時機已失，而今即使脫了身，他的容貌也已被認出，無法再待在營中，也無法再窺探營中動態了。

士慶心中也是千迴百轉，他腳下避開彩衣，將雷萬仞步步迫去牆角，因為他需要一個健康的母親。他也避開阿瑞，因為阿瑞能冒生命危險入營救人，可見他們夫妻倆必定十分深情，倘若傷了阿瑞，只怕彩衣也不想苟活！像彩衣這般年輕、健康、武藝高強懂得自保，又有一位深愛她的夫君，如此上佳的奪舍母體人選，絕對是可遇而不可求的！

士慶氣禁之術已失先機，無法得逞，且久戰不利體內元氣，他還需要這副身軀來進行接下來的事，因此……他回身曲腰，伸手向那花布包住的長物——那件原欲送給彩衣的禮物——從布中一抽，赫然拉出一把長劍！

此劍劍身烏沉無光，士慶一抽劍便直擋雷萬仞大刀，兩兵相擊，發出沉悶似陶瓷的聲音，雷萬仞以為得手，正欲回刀換招，不想刀身卻被劍身黏住，拉拔不動！

雷萬仞驚忖：這是何等邪術？士慶一抽劍，雷萬仞的刀就被牽引過去，他不敢脫手，脫了手就只剩死路一條了。雷萬仞腳下奮力抓地，腰身下沉，立了個穩如泰山的硬樁，兩手緊握刀柄，不令士慶搶走。

士慶見奪刀不成，將劍身一轉，沿刀身直往雷萬仞虎口刺去，欲先廢他手腕！雷萬仞不待他劍鋒迫近，忙旋轉刀柄，刀劍「噹」的一聲分離，雷萬仞急急橫走幾步，先脫離士慶手上的怪劍。

其實士慶並不諳使劍，那把劍是彩衣的劍，是他聽聞活逮彩衣的人取了此劍，所以去跟他們要回來，當作向彩衣示好的禮物。他一端詳此劍，便知其非凡劍，乃由隕鐵打造而成，隕鐵天然，在隕石墜地前已在大氣層中高熱加工，無需再煉，且此隕鐵乃天然磁鐵，故能吸引鋼製兵器，成為彩衣業師樊瑞雲獨門「金蟬劍」，專門卸人兵器！

士慶知此妙用，本欲利用它令雷萬仞大刀脫手，然而他未習劍法，故雖有金蟬劍也難盡其用！雖然如此，已成功牽制雷萬仞，令他不敢輕取！

此時，仰臥在地上的彩衣忽然發出呻吟聲，嚇了兩人一大跳。原已昏迷的她，因肚子疼痛而甦醒，她的肚皮如波浪般劇烈起伏，像是胎兒要穿破而出一般，彩衣痛苦地慘叫著，她痛得在地面扭動身子，卻仍然很理性地不至於壓壞了胎兒。

士慶知道，是剛才他唸的咒起作用了，胎兒原來的魂不想消散，急欲逃走，卻無離開的方法，只好不停地掙扎，再這樣下去，就會一屍兩命了！士慶必須趕緊將自己換進去才是！

他用模糊的視覺盯住雷萬仞，心知若不盡速解決這小子，一切就沒戲唱了。

他咬咬牙，從懷中摸出一樣短短的東西，握在手中，朝雷萬仞指著。雷萬仞困惑地看著那件東西，它泛著光滑的銀澤，像一塊鵝卵石，看起來毫無殺傷力，不知士慶為何指向他。

毫無預警地，一道強光從士慶手中爆出，雷萬仞吃驚之際，下意識舉刀遮面，只覺一股強大的衝力撞上刀面，將他整個人彈飛出去，撞上土牆，連屋樑都為之震動，震下了多年的積塵，屋中一時滿天塵埃，一片灰茫。

士慶站立不動，緊盯著雷萬仞，看他還站不站得起來。

這東西他許久沒用過了，它是亙古以來祖傳之物，當初他逃來中土時，幸好有帶了來，只要有了此物，任他啥子兒絕世武功都只是廢物。

確定雷萬仞沒再爬起來以後，士慶趕忙跪到彩衣身邊，依舊把鐔子蓋在她肚皮上，欲盡快完成他的大事。只消再一下下，就會成功了！

他低著頭，閉上僅存的一眼，凝神專心唸咒。他知道胎兒原本的魂逃不掉也不知該怎麼逃，所以為求迅速，他不想多費事了，把那嘮嘮叨叨的魂兒消滅掉就省事了。

不得怨我呀。他想。剛才給你生路，你不痛快滾蛋，如今沒條件哀求啦。

他打開雙唇，正要發出聲音。

忽然，他覺得頭頂涼涼的，彷彿通了風。

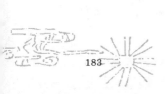

他驚愕地睜開眼，剛好看見阿瑞正努力要撐起身體，奮力欲張開沉重的雙目。剛才，阿瑞正好在他前方，而他低垂的頭正好朝向阿瑞。

他伸手撫摸頭頂，聲音戰慄，「你做了什麼好事？」他的頭頂正中間插了件偌大的東西，他沿著往上摸，有一把光滑的木柄，再摸下去，便觸到了一個銳利的邊緣，將他的手指割破了一點血。

那是一把刀！

那是一把刀正插在他頭上！

阿瑞模糊的意識逐漸回復，而且回復得很快，他猜想是鄭公公幫他回灌真氣的功效，因為自從那刻之後，一切都不再一樣了。

他猶記得士慶五指撲來時，一股強烈的雷震如巨浪般衝擊他的腦袋，意識頓時漆黑一片。但沒過多久，他便覺得深層之中似有泡沫冒起，將黑暗慢慢地照亮，各種記憶像瀑布般傾瀉入腦袋，耳中也傳來陣陣錚鏘聲，他奮力撐開眼眶，看見彷彿是雷萬仞與士慶在惡鬥……

此時，阿瑞憶起了在前來營地的路上，鄭公公不斷提醒他：姜人龍在地牢中，曾經要他留意士慶的頭頂正中央。

那一定是他的罩門！

所以，當士慶的天靈蓋不偏不倚面對著他時，他無論如何都不放過這機會！

奇的是，當他把尖銳的刀尖插入士慶的天靈蓋時，刀尖只感到有一層皮膚的阻礙，之後便一路無阻，似乎只是把刀身沒入一攤漿液而已，連骨頭的障礙也闕如。

也就是說，士慶的天靈蓋是洞開的！一如初生嬰兒的頭骨尚未閉合一般。

「看你做了什麼好事？」士慶不甘心地不停哀號，他脖子上原已凝血的傷口再度破開，他的左眼流出一塊海綿似的凝血塊，接著血水便止不住地滔滔流出。

那「頂門」在武術上本來就是禁穴之一，而士慶的頂門骨頭還是敞開的，豈非比尋常人更為脆弱？大凡佛道修行至一境界，會有「出元神」之類離魂脫體的現象，就是已煉成腦門開啟的人，傳說能接通天地。士慶長期控制魂魄，頂上恆長有洞，早被姜人龍等熟悉道術之人所看穿！

他的頂門被破，卻沒冒出一點血，只像漏氣般發出絲絲聲，輕輕泄出一道濁風，然後，他的皮膚迅速失去血色，整個人直挺挺地仆到地面，再也沒有動靜，只剩血水從脖子湧出的滋滋聲。

阿瑞撲到彩衣身邊，眼睜睜看著彩衣在痛苦呻吟，豆大的汗珠冒了滿頭，高高隆起的肚子在劇烈波動。阿瑞卻完全束手無策，只能緊握彩衣的手，不停憐愛地撫摸她的額頭。

不久，彩衣的呼吸逐漸平靜了，痛苦的表情也從她臉上褪去，但她仍未清醒，只是安詳地睡著了。

阿瑞不敢放鬆，他不清楚彩衣是不是已經沒問題了，抑或只是暫時停止痛苦而已？當下一波的蠕動發生時，他身陷敵營之中，又該如何是好？

背後響起聲音，阿瑞橫起菜刀回頭，見是雷萬仞，才馬上鬆了一口氣。

雷萬仞用力擦擦頭上的瘀傷，方才那一摔，跌得他全身疼痛，還真搞不懂士慶用了什麼東西來攻擊他。

「來，」他跟阿瑞說：「要溜出去得快。」

青城山山坡上的地穴中，一盞燈火發出綠豆般大小的慘淡光芒，它燃燒著動物油脂，時亮時暗。符十二公憑著這丁點燈光，手拿匕首，留神白蒲的變化，準備一等他開眼下令，便將匕首插入他的心臟。

白蒲開眼了。

符十二公嚇得震了一下，微微舉起匕首。

白蒲搖搖頭，放下趺坐的兩腿，疲累地伸了個懶腰，才說：「符公，不必殺我了。」

符十二公背脊涼了一下，他心裏做了最壞的打算，「為什麼？難道阿瑞怎麼了嗎？老神仙成功了嗎？」

「他沒成功。」白蒲只回答最後一個問題，「所以，貧僧也不需要取而代之了。」他不打算多說，便躺下來不發一言，沒多久竟睡著了。

符十二公搞不懂他葫蘆裏賣什麼藥，但無法再迫問他，因為根據過去的經驗，再問也是沒用的。

羅剎鬼走到上游處，用尚未浸過死屍的河水清洗身體，又在河岸拔了一把雜草，用力擦走手上的腐肉屑。他知道這股屍臭沾黏在身上，三天三夜也除不去。但是深秋的河水十分清冷，似乎無法將屍臭洗滌，反而凝結在皮膚上。

冷水浸泡著腳踝，把他的整雙皮靴泡濕了，腳板冰得痠痛，很不舒服。他脫下靴子，用走的回去營地，才沒多久，便看見在黑夜中搖晃的熊熊火光了。

當他抵達營地門口時，守卒們警戒地上前包圍著他，喝道：「什麼人？」

羅剎鬼解開上衣，營地門口兩旁的火炬照亮了他的身體，照出他駭人的通體紅斑，在火光照耀下，加上他散發的腐屍味，真有如才剛從地獄裏爬出來的惡鬼。

他遍佈全身的紅斑，就是他的名字。

守卒們當下放低武器，列隊恭請他進營。

他一進營，便遇上了一位慌慌張張的部將經過。他認得那人，是孫將軍的一位得力部下，羅剎鬼揮手向他打招呼，「何事慌張？」

一見羅剎鬼，那部將頓時鬆了口氣，忙迎上前來，「羅剎鬼大人，老萬歲出事了！孫千歲正四下急著找您呢！」

羅剎鬼心中一動，忖著：張獻忠不知會出什麼事？

他拎著皮靴，朝老營的方向奔跑，心中極是忐忑。待他終於到達老營時，見李定國立在營門，管理營中人員進出，龐大的身形幾乎佔據了整個營門。

他也是張獻忠四大義子之一，被羅剎鬼義父孫可望將軍視為強勁的對手。張獻忠成都稱帝後，四大義子皆封王，卻惟有李定國和孫可望被賜稱「千歲」，還建了東、西二府各據一方，可見他倆受張獻忠的器重程度。

羅剎鬼朝他唱了個喏，李定國不徐不躁地點點頭，側身放他進去。

老營之內杯盤狼籍，倒臥了十多個人，死活不明，但中間有一團東西伏在地面，密密麻麻地插了許多箭，從箭叢下伸出兩條腿，才知道原本是個人。他的腳上穿著白底黑靴，老舊的一雙官靴，似乎穿了許多年仍不捨得脫下。

老營中安安靜靜，不見張獻忠蹤影，只有一隊士兵在收拾整理，還把死者們抬走。羅剎鬼見到其中一名死者竟是矮個兒，頂門上還插了支筷子，流出黑色汁液，不免暗暗驚訝。

「喂，羅剎鬼！」他往聲音的方向望去，看見大虎一臉沾沾自喜地拿著大弓，朝地上那個被亂箭插滿的人指了指，「你瞧，我立的大功，老萬歲立地封了我當個把總哦！」

自從小時候被孫可望迫他把心愛的彈弓交給羅剎鬼之後，大虎就一直耿耿於懷，處處要跟羅剎鬼比較。

羅剎鬼不理睬，他只對增進自己的技藝有興趣，張獻忠賜給的官銜對他而言沒有意義。他走向他的恩人，孫可望，正遙遙站著觀望那具被射成刺蝟的人體。

「孫千歲，我來遲了。」

孫可望打量了他兩眼，見他一身狼狽，又渾身惡臭，只淡淡問了一句：「去了哪？」

「一言難盡。」亦即容後再說，或者在此不方便說。「是誰？」

孫可望暫不追問，只說：「此人你也認得，就是那個姓鄭的太監，跟姜人龍關在地牢那位，常被老神仙叫去折磨的。」

羅剎鬼當然認得，「他不是逃了嗎？」此人逃出營之前，還曾經躲過他的箭。

孫可望聳聳肩，道：「也是條漢子，你處理吧。」

羅剎鬼點點頭，他在地面取了一張染血的布幕，將屍體輕輕拖到布上，他不拔掉箭支，免得屍體碎裂。然後，他將手伸到布幕下，把屍體抬起，小心翼翼地步出老營外。

大虎大惑不解地看著羅剎鬼的舉動，心中有些不爽，以為羅剎鬼在對他挑釁。

羅剎鬼遠遠地離開老營，感覺到手中的屍體其實本身並不重，重的是那一大堆箭。

他看見不遠處有一人正推著獨輪車經過，車上用乾稻草掩著，似乎也是屍體，便遠遠呼喚那人：「喂！那位大哥，車上可是死人？」

那人停了車，在月魄下，他的聲音似乎帶有猶豫：「是，俺奉軍命，運屍出營。」

「我是羅剎鬼，」他報上名號，「這兒也有一位，能否順便則箇？」

那人見是羅剎鬼，不敢言不，便將獨輪車上的兩具屍體挪一挪，推去一旁，依舊用乾稻草半掩，空了個位子給羅剎鬼。

羅剎鬼把屍體放上後，瞄了眼乾稻草下的屍體，衣服上血跡斑斑，從腳上所穿的布鞋和草鞋說明了他們是一男一女。羅剎鬼順口問：「為什麼死的？」

那推車的年輕漢子說：「俺也不知，只是將軍令我運出去。」

本來羅剎鬼還想追問「哪位將軍？」，但他已疲憊不堪，不想再理這麼多事了，反正營中天天有人死，理由也各式各樣的。事實上，剛才他趕向老營時，心中還有些期盼死的是……

他擺擺手，讓那年輕漢子走了。

其實，他也留意到許多疑點：那推車人刻意改變口音，什麼俺啊俺的，不太像……那人身上那股令人困惑的油煙味……還有，乾稻草堆下的人，明明還有微弱的呼吸……

羅剎鬼不想再理了。

他剛剛才想起，老神仙託他照顧的小娘子，不知老吳和老探子兩人有沒有出什麼岔子？

同一時間，雷萬仞也鬆了一口氣。

他把獨輪車推到營門，出示令牌，讓守門的兵卒放他出去。「我想扔遠一些。」守門的揮手趕他快去，不想跟他蘑菇，反正不過是死人嘛，有什麼好多說的？

雷萬仞迎著夜風，感覺晚風與平日相較，格外地舒服，禁不住加快了腳步。

但是，他聽到乾稻草堆下，傳出細微的低泣聲。

雷萬仞好奇地止步，翻開乾稻草，見彩衣仍在沉睡，暖和的衣裳下方壓著她的金蟬劍。而阿瑞則望著躺在身旁的屍體，哀傷不已，淚流滿面。

「你認得此人？」雷萬仞訝然問道。

阿瑞點點頭，「就是跟我一同來，殺豬的那位。」

雷萬仞端詳了一回，說：「都看不出本來面目了……」他取了一把稻草，蓋上鄭公公的臉，雙手合十默唸了幾句，再重新推起獨輪車，希望盡快離開營地的範圍。

營地的土屋中，輕輕吹起了一道風。風吹得很是蹺蹊，它颳過倒在地上的小罈子，推著罈子滾動，不偏不倚地，罈口正好對上士慶的頭顱。

隨後，整間土屋又再度恢復了靜謐。

兩刻鐘後，暈倒在門外的老婦首先爬起，她用力按了按太陽穴，可頭顱裏面仍然迷糊得緊。待她定睛看清了橫七豎八倒在血泊中的三人之後，她選擇遠禍，於是不動聲色地悄悄離去。

還要再一刻鐘後，一陣又深又長的吸氣聲後，士慶身體下的血泊才起了點漣漪。

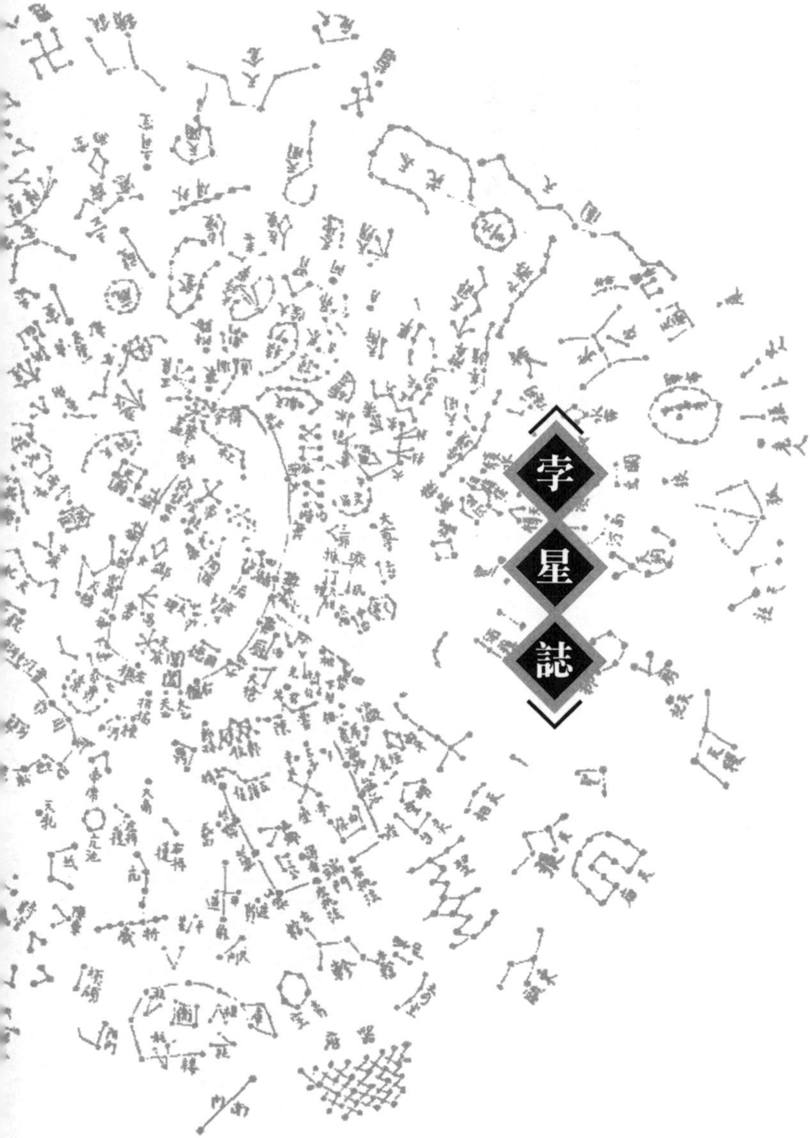

孛星誌

（滿清）順治三年
（大西）大順三年
（南明）隆武二年
（西元）一六四六年

張全抱著僅有的一張草蓆，腳不停步地趕路。

那張草蓆是他身上除了衣服之外，唯一有價值的東西了。至少雨天能擋些雨，夜晚能稍微避寒，遇上惡狗攔路時，還能朝狗揮撥，壯壯聲勢。

不過，嚴格說來，張全手中的只是半張草蓆而已。

另外一半，在某次夜宿破屋時，被同宿的流民偷偷割了一半去。只怪他睡覺時翻了身，側了身子，露出壓在底下的一半草蓆，才被人有機可乘的。

如今，一整批從陝西流亡出來的同鄉們，許多都在路上倒下了，不是餓死就是病死的。他這張遮雨取暖的草蓆，可幫他避過了不少病痛，否則就算是鐵打的漢子也要惹上風寒的。當然，要不是他平日忙於莊稼，身體硬朗，也是熬不過這一路流亡的辛勞的。

像是，鄰家的白臉書生，帶著妻子上路，才沒幾天，妻子就被強盜搶去，不久書生淋了場雨，又沾了一夜露水，就暴病嗚呼了。

張全孤家寡人，無錢娶妻，說起來也不是壞事，落得一身乾淨，想怎麼逃就怎麼逃，待他世局平靜了，再回家耕地去。

不過，耕牛早就被官兵們牽去做糧餉了，秋收的麥子被官兵收割光了，犁具也被徵收去打造兵器了。官兵根本跟賊兵同流合污，如豺狼般吃人連骨頭也不吐出來，喜的是這張用上好稻稈編製的草蓆——他娘精心編給他在田地旁的小棚休息之用的——仍然在他懷中。

這天，他們逃亡到鳳翔府附近的寶雞時，不巧遇上一隊大軍，兵將們服裝不整齊，也不知是官兵還是賊兵。為首的騎在馬上，一張黃臉上插著一對竦眉，不怒而威，他打量了張全一夥子流民一眼，隨口問道：「打哪來的？」

其他人嚇得直打哆嗦，推張全出來，要他答話。張全沒法子，只好如實答道：「咱是延安人氏，因為兵災才流落此地的。」

「哦？」那為首的揚起眉頭，繼問道：「延安哪方人？」

「不瞞大王，咱來自柳樹澗。」

為首的面露喜色：「延安衛的柳樹澗嗎？你們走了多少時日？」

「去年秋天走到現在。」

「那不是……」張全背後忽有一人結結巴巴地說道：「那不是敬軒嗎？」

為首的愣了一下，困惑地直視那人。

「是我呀，子敬呀，一同在董先生那邊受教的呀！」那人越說越興奮。

為首的側頭想了一下，忽然展開眉，回頭向眾人道：「帶走他們！」

張全一夥大驚失色，不知此去是喜是憂，但眼前強人個個凶神惡煞，估計逃也逃不了，只好乖乖服從。

沒想到，大軍開到一處空曠地，大夥紮營繫馬，為首的竟排開宴席，招待張全一夥人豐盛的酒肉。

眾人經年未曾飽腹，見擺了一地的酒肉，無不口水直流，巴不得馬上啃食一空。

為首的展開兩臂，笑道：「諸位老鄉，其實老子也是柳樹澗人，咱是同鄉，難得陌路有緣，不必客氣，開懷大吃便是。」

眾人無不大喜過望，紛紛去搶地面的食物，狂吃起來。

剛才喚那為首的「敬軒」的人，不安地偷望他幾眼，那為首的親自為他酌了杯酒，拍拍肩道：「老同學！老子豈能忘掉董先生？敬軒就是他老人家為我取的學名呀！來！老同學乾一杯！」

那人如釋重負，高興地將酒一飲而盡，與為首的談起同窗的狀況，哪人從軍，哪人逃難，哪人病死，哪人又在兵燹中喪生了，還有娶妻生子、鄉間訴訟、男女姦情等逸聞，總之閒話家常，毫無芥蒂。

不久，有一人進入營帳，問那為首的：「大王找我？」

為首的指指那位昔日同窗，對新進來的問道：「你可認得此人？」

那人端詳了好一會，困惑地說：「莫非是大王的老同學？」

那同窗不免大吃一驚，他壓根兒不認得此人，「你是……？」

來人道：「相公不會記得小人，小人是石舫公子的僮僕，平日陪他上學的。」

為首的哈哈大笑：「別再自稱小人啦，如今你可是我得力的領頭子，不再與人為奴了！」

來人道：「大王說得是。」陪著聊了一下話，不久就告退了。

張全見這為首的果然照顧同鄉，又見眾人餓鬼似的大吃，心想這又不知是從哪戶人家搶來的家禽，不知折騰了多少人才擺得出這道宴席，但他實在是餓了，理不了許多，許久才決定拿了一隻雞腿，一邊啃咬，一邊在心裏深感抱歉。

那為首的見他們那麼餓，不禁面露憂傷，嘆道：「咱鄉下還是那麼慘嗎？」

張全積怨已久，忍不住應道：「天下大亂，還不是你們領兵的造成的？」此語一出，眾人嚇呆了，惶恐地望著張全，生怕那為首的發怒殺人。沒想到，他只是再嘆了口氣，說：「老鄉說得是，但你只知其一，不知其二，我們是官逼民反的，若是天下太平，我們又何必當響馬呢？」

「只可憐了夾在你們中間的老百姓。」張全淡淡地說了，撕咬一口雞肉。

「甚是，甚是，」為首的大點其頭，為張全酌了滿滿一杯酒，「老鄉肺腑之言，教訓的是，請乾了這杯，再請教則箇。」

這一夜，他們聊得十分投緣，張全一夥人跟為首的聊起柳樹澗舊事，甚為歡快，不知不覺聊到深夜，眾人就地橫七豎八地睡倒，彷如久別重逢的老友一般，無分彼此。

次日早上，為首的一早準備了金銀財寶，交給他們一人一份。「昨夜聊起家鄉事，我張某心中激動，感慨萬千！我們是不要命的強盜，沒理由帶你們老鄉去送死，所以送你們路費，希望能對你們有幫助。」

眾人喜不自勝，只有張全一人，始終抱著不安的心情。

他是個莊稼漢，對於自家的窮困，素來認命。老爹教訓，不取不義之財，否則禍必踵至！所以面對著金光閃閃的財物，他也不敢伸出手去碰它。

為首的見張全沒動作，便抓了一塊沉重的官銀塞入他手中，「老鄉何必害臊？這是小弟贈與的，千萬別客氣才是！」

送走了同鄉，為首的走回帳中，心中萬分惆悵。

他離鄉多年，久不聞家鄉事，昨夜一聚，挑動了他心中千絲百縷的思鄉之情，他好希望跟這些老鄉聊個天長地久，但事實不容許他如此，他還在跟官兵纏鬥中呢！

他目送遠去的老鄉，想著昨夜的種種——徹夜暢談，飲酒歡聚——好久都沒這麼快活了。他忍不住在心中數著他們踏出去的腳步，想像他們越走越遠，心中的哀傷就越是沉重！

想到四周雖有上萬弟兄，卻無一人能帶給他這種快樂，心中不勝唏噓，淚水都不禁沖上了眼眶！

不行！

「喚金鐃子來！」他下令。

一名年紀跟他不相上下的漢子被找了來，那漢子雙目精靈得很，視線習慣性地游走在身邊的每一件小事物上，將所見所聞烙印在腦子裏。

這漢子是他前些年四處游擊打家劫舍，攻打到南京應天府時收攬的人材。南京雖然不如北京順天府是一國之都，但也備有全套的官僚行政系統，這漢子正是南京錦衣衛中最低階的一名校尉。

這漢子與他初見面時，身穿金黃色的耀眼官服，官服上繡了隻有翅膀的魚。漢子當時手中拿著小巧的銅鐃，他用銅鐃在官服上刷刷切了兩道口子，官服碎裂落地，露出一身短袖勁裝，用銅鐃指著他說：「我來跟你了，你收不收？」

「你有何本事？」

漢子不打話，手中一揮，一道金光旋轉飛繞，掠過他耳邊不遠處，風聲鋒利得彷彿會割裂耳朵，閃電般繞過他後腦，又回到漢子手中。

他捏了一把冷汗，口中卻忍不住讚道：「好俊的手法！跟了老子吧！」

後來才知，此人乃錦衣衛世家，但世代處於低層，以家傳祕器，專門行使暗殺的工作。這漢子眼看歷代祖先以殺人為業，卻惟有指使他們殺人者有望升遷，漢子深覺有志難伸，便毅然決定在這位名滿天下的巨盜光臨南京時，跟了他去打天下。

那年，他們都才三十出頭。

這「金鐃子」膽大心細，不願被他封高位去領兵打仗，只樂於做偵查游擊的散活兒，因此他心裏第一個便想起了這漢子。

「大王有何吩咐？」漢子睡眼惺忪地問。

「剛才老子放走了七個人，還送了他們金銀，此刻正往西南行去，約莫走了五百步遠。」

「大王要我怎地？」

「帶上幾個人，取了他們人頭回來，金銀也一併帶回。」

「那七個人頭，全都是男人嗎？」

「都是。」

「裏頭有會家子嗎？」

「看不出來。」大王搖搖頭。

「好，」漢子打了個呵欠，「帶去的人，我自己挑，還請大王給我令符。」說著，漢子伸出手，等著接過令符。

張全一夥人還不知大難臨頭，他們冒著晨霧，一路說笑，回味昨晚的美食，感念那位強盜大王的熱情，肚子還在被美食撐緊著呢。有人道：「沒問那位大王名號，不知是哪號人物？」

那大王的同學自豪地說：「各位居然不知？他就是八大王，跟咱同鄉的大人物，還能有幾位？」

「八大王？」眾人頓時不寒而慄，「一直聽你叫他敬軒、敬軒的，莫非就是張獻忠？」

「正是，他家不是被官府查封了嗎？」那人道，「我跟他同一塾師，其實他也沒讀幾年書，就因為……」言猶未盡，那人的脖子突如其來地裂開一道血口，噴出鮮血。

「小心！」張全馬上展開手中草蓆，只見一道金光迎面飛來，他將草蓆如大旗般撥弄，往空中一捲，一個金光奪目的銅鏡「咔」的一聲插進土中。

與此同時，他身邊眾人慘叫連天，在一道道從霧中破出的金光掠過後，紛紛脖子噴血，應聲倒地，懷中金銀撒了一地。

張全警覺性甚高，他打從昨晚便覺不妥，一直在防衛著，如今果然證實了他的預感！他緊盯朦朧的晨霧，企圖看透躲在霧中的身影。

霧中有人發聲了：「手法不錯，是哪家的招數？」

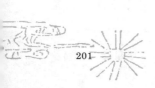

「過獎了，」張全回道：「這只是我趕蚊子的招數。」

霧中傳來一聲嗤笑，在霧氣中迴盪著回聲的微波。

張全自幼便在農閒時隨父習武，所習不過大明官軍常學的「太祖長拳」之類的基本套拳，除非遇上高手，否則已夠應付平日路上的險難。

但他今日遇上的，真的是高手。

霧中跑出幾個人，各自拿了把短刀，將倒地者的頸項快速切斷，他們根本不看一眼仍然活著的張全，只忙著處理手中的割頭活兒。張全看得肝膽俱裂，脖子由不得發起麻來，他知道若是逃不過此劫，待會便是相同下場。

張全二話不說，回頭拔腿就跑。

對方也不遲疑，兩道金光伴隨著尖銳的風聲破霧而出，兩面包抄張全。他雙手舉起草蓆，撥了個8字形，銅鐃被他準確地包入蓆中，他再撥去一旁，把銅鐃送去路邊的草叢，另一枚飛鐃躲避不過，飛割他腰間，只聞沉悶的一聲「噹」，銅鐃只割破了衣服，就被彈飛去一旁。

他心中大呼好險，他知道那是張獻忠送他的銀子，正好救了他一次！

還來不及喘息，後頭的空氣又爆出裂聲，張全慌忙要弄草蓆，方才草蓆已遭銅鐃割損，如今一旦對上銅鐃的利邊，登時裂成兩半，稻草的碎屑散了滿天。

從草蓆裂開的空隙中，張全看見一條金色的細線朝兩目之間衝來！

他咧嘴大叫，正好被利刃切開舌頭前端。

他感到鼻子被分開了兩邊，血水從鼻腔流進口中。

「哎呀，不好。」他聽見有人說。

一名漢子蹲下來俯視他的臉，小心地將銅鐃從他臉上拔出，口中喃喃道：「破相了，破相了。」張全的心臟劇烈地跳動著，急促地撞擊胸膛，沉沉的恐懼重壓在他心上，令他失去了反抗的念頭，似乎只能等待下一步發生。

終於，利刃壓上了他的脖子，毫不猶豫地割開皮膚、肌肉、血管、氣管、食道，最後才是最硬的頸骨，很痛，真的很痛。

那漢子雙手捧住他兩耳，將他抬了起來。

脖子底下沒了那累贅的身體，他忽然感到如釋重負。

遺憾的只是，他再也無法自主想去哪兒就去哪兒了。

張全和這些同鄉們的頭顱被帶回營中，張獻忠命令將七個人頭洗淨，埋入石灰之中脫水，製作成乾燥的人頭。

每當他寂寞時，便將七個人頭擺在四周包圍著他，對他們逐一敬酒，笑談當年鄉下逸事。

他巧妙地稱這樁事為「聚首歡會」。

他向人頭傾訴他的苦惱、他對許多事情的看法，都是他平日積在胸中，種種無法對部下坦誠、無法一吐為快的心事。

「其實呀，」寂寞地呷了一口酒後，他說：「老子不是天生愛殺人的，我殺人都有理由的呀。」他沉思了一下，才說：「比如說殺你們吧，為什麼殺你們？因為老子好愛你們，想天天見你們，偏偏又沒意思要跟了老子，所以才硬留下你們的，如今可以日日聚首，豈不妙哉？」講完之後，他側頭想了一想，深覺自己真有道理。

其實，他每次殺人，都有充分的、不得已的理由。

回想起第一次殺人，是在董先生的私塾讀書的時候。

那一次殺人，令他阿爹逐他出門，斷絕關係，從此再也回不了家。

回不了家，才是他當強盜的原因。

阿爹是個小商人，趕著驢子從陝西到四川邊境一帶從商，主要販賣陝西出產的棗子。自古以來，「商」為出外行走買賣，「賈」為坐店買賣之人，阿爹的心願是「為賈不為商」，好不容易積了些資本，打算買下一家小店舖時，卻被他搞垮了整個計畫。

他家在陝西邊境，長城腳下附近的「軍鎮」，亦即專門屯兵防守國境的邊鎮。那邊自古就是軍防重地，常常要提防北方胡人入侵，因此鎮民都有習武之風。

他自小長得異相，小時候生痘造成面上微麻，長長的兩眉竦豎，猶如插在額頭上的兩把劍。又力氣過人，小小年紀可輕易搬動重物，尤其當阿爹要帶貨出門時，他常自動請纓幫忙搬貨。他爹就乾脆帶他出門行商，好有個人幫忙照應，因此他自小跟隨阿爹走了不少地方，練了不少腳力，也歷了不少世面。

待他年紀漸長，阿爹希望他家能沾上書香，畢竟商人為四民之末，要是讀書出了功名，不但家門有光，社會地位也馬上直升頂端。其實他爹幼時也讀過幾年書，只是為了維持家計而不得不中斷，這也是他的一大遺憾，因此希望兒子能幫他完成。

主意已定，便給他拜師入學，還取了學名「敬軒」，從此不再隨爹出遠門，乖乖學當個讀書人。

但是讀書對他而言是極大折磨，他天性好動，不耐久靜，好勇鬥狠，平日最大興趣是虐殺小動物，因此根本無法好好上課，老被塾師呵責，也常跟同學起衝突。

同學中有世代讀書者，對他這種粗魯的行商子弟甚為不屑，不齒地諷刺了一句：

「沐猴而冠！」

他聽不懂，客氣地請教了意思。

「此句出自《史記》，是用來形容項羽讀書的。」那同學刻意掉書袋，以示不屑。

「項羽是大英雄，好，」他頗為高興，「不知他讀書怎樣？」

周圍的同學們哄堂大笑，有人指著他說：「那沐猴就是獼猴，說他像隻戴人帽的獼猴。」

聽完之後，他的一記重拳招呼到那同學臉上，由於他天生奇力，所以那位同學不但鼻梁斷裂，一顆眼球爆裂，還整半張臉凹陷了下去。

看見同學側倒在地，沉重的呼氣聲帶著水泡聲，他楞在當場，不敢相信地望著自己的拳頭。

闖了大禍，年輕的他下意識地逃回家。

生平第一遭殺人，而且還是用拳頭親手殺人，對方的溫熱感在殺人後依然殘留在拳頭

上，他被上門來的官差押走時，仍然不停地在溫習拳頭上的灼熱。

他被關在監獄中等候審問，家人擔心他在獄中受苦，免不了上下打點。接著，連二接三的衙役、捕快便接踵而至，上他家門索取銀兩，說是追討「上鎖錢」、「腳錢」，牢中要「入監錢」，等到進衙門時又有長隨索「門包」、幕客索「堂費」、書吏索「潤筆費」，公堂上父母官大人那份更少不得，把他爹多年積貯、他家歷代屯積的數千金蠶食鯨吞，在一個月之內耗盡，才讓他從獄中給放出來。

氣病了的阿爹躺在床上，字字怨恨地對他說：「只因你一人孟浪，害我全家數十年辛勞付諸東流！我身為你父，已盡全力保全你性命，恩盡義絕！為免你再害咱張家，後患無窮，今日逐你出門，不得再入家門，你也不再是我張家人！」

失望透頂的阿爹，別過頭去不再看他，也沒有家人膽敢求情，因為他爹所說的皆是事實，他們也不想改日再被連累。

回想起這段歲月，他感覺好像只是昨天的事，真正昨天的事彷彿十分遙遠，那麼久以前的事卻感覺這麼近。

他加入軍隊，因為在當時民變四起的天下，當兵是犯罪者的免死金牌。

其實他弄錯了。

張獻忠加入的是總兵王威的軍隊，駐軍在延綏鎮，亦即邊陲九大軍事重鎮之一，不但防禦北方胡人，還要應付近年在附近崛起的盜賊，因此軍令特別嚴格。

軍隊是自成一個社會的世界，士兵們集體生活，患難與共。他加入時年紀很輕，跟著年紀較長的士兵生活，被指派去做一些最粗重的工作，比如為隊上收集木柴、生火煮飯、保養兵器、傾倒清洗糞桶等等。他們是普通的步兵，被分配有朝廷發下來的「紙甲」，還需在日照充足時曝曬，並塗上桐油保養。

他驍勇善戰，在戰役中有功，很快就被升級。

沒想到，還沒為國捐軀，他反而被牽連，十八人一同被下令軍法處決。

事情起因於細故爭吵，演變成平日看不順眼的兩營集體毆鬥，總兵王威不許軍中有任何不守秩序的行為，因此揪出起首者，還有各營的伍長等，要這十八人殺雞儆猴！

張獻忠還深深記得當時的感覺，他從來沒有離死亡那麼接近過，當時，他的衣服已被解下，被挑出擔任劊子手的兵丁已經一字排開，磨利了倭刀，只等總兵一聲令下，便要落刀。他的髮髻被解開，另一名兵丁拉著他的長髮，好將後頸拉直，露出頸椎關節，方便刀刃砍過。

張獻忠跪在地面，垂下的頭望見平日珍惜的褲子沾滿了黃沙，心中覺得很可惜。他害怕地環顧周圍，王威麾下的士兵們都被命令來觀看行刑，重重的人牆擋住了風，熱得他渾身冒汗，口乾舌燥。恐懼如重鉛般沉沉壓住他的胸膛，令他幾乎吸不進空氣，喘不過氣來。

他才十多歲，對未來抱有很大的期盼，但在頃刻之後，他的人頭便要滾在黃沙之上了。想起家中的阿爹，淚水便忍不住湧上眼眶。

忽然，他透過垂下的頭髮窺見王威身邊有個人，那是別將陳洪範，此人平日善待士卒，甚得人心。張獻忠一望見他，心中觸動一念，當下放聲大喊：「陳大人！陳大人！饒我們一命呀！饒我們一命呀！」他絕不願錯過一絲活命的機會。

「不得無禮！」總兵身邊的參軍指著他喝道。

生死關頭，哪理得了什麼禮節？張獻忠更加大聲叫道：「我等為國出力，不知所犯何罪?!陳大人救命呀！」其他人見狀，也紛紛喧鬧起來，叫陳洪範救命。

陳洪範剛從外頭進來，本來要拜見王總兵的，不明白發生何事，便向總兵問個清楚。

「這些人都還年輕，血氣方剛，鬧事而已，犯不著死。」陳洪範為他們乞命，「總兵不如釋放他們，大家必定讚頌總兵為一仁將！」

「不行，」王威鐵了心，緊皺眉頭道：「千仞大樹始於毫末，我饒了他們這一次，就是姑息養奸，軍令廢弛便由此而始，教我他日以何治軍？」

陳洪範也覺得有理，今日若不嚴行軍令，一旦上了戰場，便很難指揮調度了。但是，望向那一排跪住的年輕人，個個都可能是將材，如今國家多事之秋，豈可浪費？

他很快地掃視了幾眼，當他的視線經過張獻忠身上時，眼神霍地一亮。

張獻忠被綁在最後一位，他身上湧出一股不凡之氣，雖在行刑在即，形容落泊，亂髮掩面，仍然擋不住他眉宇中透出的那股霸氣。

陳洪範深知識人之學，三國劉邵那本《人物志》正是他的愛書之一。

他再看其餘眾人，跟張獻忠一比，個個顯得才貌平庸，不似大器，俗不可耐！陳洪範無暇多慮，馬上對王威說：「若真的不可原諒，還請只特赦這位年輕人，如何？」他在王威身邊小聲說道，偷偷指著末端的張獻忠。

王威知道陳洪範心地仁慈，無妨賣他一個人情，便笑道：「諾！」側頭對參軍吩咐了幾聲，參軍趕緊跑去告訴負責張獻忠的劊子手。

不久，王威丟下令符，劊子手一見令符落地，反應甚快，當下手起刀落，十七個人頭齊聲落地，十七個脖子噴出鮮血，將天空灑成一片血雨。

張獻忠耳中聽見嘶嘶的噴水聲，心中還在困惑，緊接著拉他長髮的人鬆開了手，他感到頭頂一鬆，便慌忙抬頭四顧，這才看見滾了一地的人頭，全被淋得一頭血紅。

他的繩索被解開時，耳中迴盪著王總兵模糊的聲音，「你運氣好，有陳大人為你求情，今日除你軍籍，逐你出營，還不快滾！」

他剛逃過一劫，心臟兀自跳得怦怦作響，不禁兩腿發軟、全身寒顫，原本要砍他的劊子手拉了他一把，將他帶出刑場，放他坐在校場邊拴馬的石柱上。

發呆了一會，陳洪範才從刑場緩步走來，站在他面前。他慌忙跪下地，用力磕頭，「謝大人救命之恩！謝大人救命之恩！」

陳洪範擺手令他起來，問他：「何方人氏？」他一一如實回答，除了錯手殺死同學那件事之外。

「原來你還進過學！」陳洪範面露喜色。他深知自己識人不會錯，此人面貌舉止，不會甘於久屈人之下，現又知他不但勇力過人，還能讀能寫，算得上是文武兼備，如此之人，培養得宜，便是一位將材，不僅能衝鋒陷陣，還懂謀略運籌，不可多得！

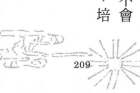

「你還想不想讀書？」

陳洪範話中之意，依張獻忠的聰明，豈會不懂？「想，要能再讓我讀書，甘為犬馬！」

「好，志氣可佳，我就收你為義子，你看如何？」

張獻忠忙再跪下磕頭：「義父有再生之恩！秉忠當塗肝腦以報！」秉忠是他的「字」。

明朝官兵好收義子，為的是培養自己的人馬，也同時拉近軍中的關係。

陳洪範安排張獻忠跟自己族中子弟一同讀書，但張獻忠掩不住那股粗獷之氣，跟人家書香傳家的年輕人硬是不同，久之，仍然不免被人輕視排擠。

他感念陳洪範的恩情，以忍為戒，但每天的冷嘲熱諷，終有一日令他理性盡失，再度揮出他充滿獸性的拳頭。

這回，殺性不改的他殺了兩個人。

他深知自己對不起陳洪範，不等人拘捕，便用雙拳打出學館。

這次，他加入了盜賊那一方。

當時陝西一帶盜賊四起，頭目林立，他投靠的是當時名氣最為響噹噹的「老回回」馬守應。老回回是綏德人氏，是張獻忠先前駐軍附近的回民，也跟張獻忠一般當過邊兵，才剛在兩年前起事，勢力頗大。他的事蹟早在軍中流傳，說他擁兵數萬，與官兵對陣時如何了得，因此張獻忠第一個便想到他。

馬守應一見他樣貌過人，便收他入隊當個小卒，果然不久就屢立戰功，在軍中揚名，因他面黃兇狠，被取了個「黃虎」的渾名，很快就結黨五百人，是為他第一批部下。

此時，他才終於明白，他真正的本事不在讀書、不在做生意……

待他屢破各大小郡邑，打敗不少官兵，逐漸在外建立名聲之後，手下已有千人之眾，便不願再依附在老回回底下，受制於人。於是自立門戶，分兵立營建設軍隊，稱軍營為「西營」，而他就是「西營八大王」。

他真正的本事，不在服從別人，而是領導別人！

他是天生的領袖。

命運不允許他沒沒無聞，殺人是他的宿命。

其時，崇禎皇帝剛登極不久，才剛二十出頭，而他這位剛成氣候的「八大王」也只有二十四歲。

不知不覺，晃眼十餘年，他已經在四川建立大西國，自立為帝。

情勢一直在變，大明滅亡了，各地擁立的朱姓皇帝也此起彼落，李自成在北京登極也僅曇花一現，唯一不變的，是他的寂寞。

多年來，他已經不知第幾次把張全等七人的頭顱擺在四周，喝著苦酒。

酒力有些上腦了，他緊握大刀，閉眼假寐了一會，補了補神。睜開眼時，見七個頭顱依然安靜地在等待，他不禁感慨地說：「還是你們最好，肯安靜的聽我訴苦。」他瞟了一眼，見有個人頭在面頰破了個大洞，張獻忠把人頭拎過來，用手指在洞中挖了兩下，掉出幾個蟲繭，他當場一腳踩爛。

「好了。」他用手掌拂拂人頭，把它擺回去，「你們跟著我走了好些地方，你們也老了，有沒有想過要回咱鄉下柳樹凋？」

他在每個人頭面前擺上一個酒杯，再親自為每個杯子填滿酒。「就算回去，也人事已非，不過，家畢竟是家啊……」

多年征戰，以馬背為家，其實他十分懷念家鄉，十分想家，很想回家叫一聲阿爹，但他沒膽子再回去。尤其在某次，在搶了大批財寶之後……他託人帶錢回家給阿爹，希望他爹高興，不但補回為官司損失的家產，還可以開一間體面的店鋪。

但，他爹的反應是氣得發抖，把送錢的人推出家門，發狂似的嚷道：「我沒這個兒子！我根本沒生過兒子！」

他爹害怕被人知道是強盜之父，到時縣令會來押人，衙役會來纏擾，搞不好會坐牢，甚至以強盜之名被殺，因此看到白花花的銀子送上門，壓根兒高興不起來。

他真的很希望阿爹高興，因為其實他童年記憶中最愉快的日子，就是跟隨阿爹一起去外地行商、相依為命的日子，是人生中最親密的時刻，感覺父子倆緊緊相扣在一塊兒。

送錢的事終於令他明白，那一段歲月永遠不可能再回頭！他要想真正令他爹放心，就只有離老家遠遠的！

「老子有家歸不得，你們能明白嗎？」

回首二十年，他從陝西為起點，向東流竄河南、湖北，一路攻打到「南京」應天府，驚震朝廷；又往南攻打湖南、江西，甚至進入廣東邊境。有哪個地方，能供他長期落腳，再建一個家呢？

即使他想歇腳，也由不得他，他曾經立國稱帝、舉行過正式考試、建立過文武官制度，但才沒多久，又有官軍來攻，迫得他再度流浪。

不過，在攻佔過的這許多地方之中，他最為心繫的仍然是四川，那個他自幼隨父行商之地。

那是他另外一個有「家」的記憶的地方，擁有最多他與父親同甘共苦的記憶。他兩度進入四川，都不忘經過內江，因為那是他爹曾經受辱之地。

當年他們父子倆趕著驢子販棗時，偶爾把驢子繫在一戶士紳人家門外牌坊下，驢子大便弄髒了牌坊的石柱，士紳的僕人大怒，拿鞭子打他爹，喝令他爹用手把驢糞掬去別處。也難怪別人生氣，這牌坊乃士紳人家的榮耀，代表這戶人家過去的光榮事跡。

年紀小小的他，親眼見到他爹低聲下氣地用手捧走驢糞，心中敢怒不敢言。僕人得寸進尺，在趕他們離開之前，還惡意地踢了他爹一腳，他終於按捺不住，怒目指著僕人道：「莫說我年幼好欺，哪天我再來時，必定殺光你們，才能解我恨意！」

二十多年後，他履行誓言，為父恥報仇！在第二次入川、攻陷成都之前，順便經過內江，找到那戶士紳人家，男女老幼殺個不剩，也把那道可惡的牌坊炸毀推倒。

內江有朱明子孫坐鎮為王，封為「內江王」。其時，內江王早已聞風逃竄，逃到成都府，後來還要攜同成都府的「蜀王」逃跑，被民眾阻止，最後在城破時下落不明。張獻忠還利用內江王的名義混入明軍，做為反間計，此是另一個故事，有機會再述。

「老子恩怨分明，有仇必報，有恩必報！」張獻忠自豪地捶著胸膛，對人頭說：「四川人混帳，欺負我爹，所以老子要殺光四川人！」正說著，他看見一個人頭似乎有眼珠子在滾動。

不可能的，這些乾巴巴的人頭，眼珠子早已乾得紅棗也似。他再定睛一瞧，見那頭顱已遭蟲蝕，他再把手指伸入眼窩，一隻蜣螂慌慌張張地爬了出來，展開翅膀飛走。

張獻忠隨手伸出倭刀，往空中一揮，那蜣螂來不及逃出營帳，竟被他一刀切成兩段，掉在地面，幾隻腳還在拚命擺動，企圖拖著殘缺的身體偷生。

望著那隻生命力強韌的蜣螂，令他不覺憶起了往事。

他促狹地對人頭說：「你們道我辜負了陳大人是不？」說著，他又逕自搖搖頭，「非也，六年之後，左良玉那廝跟陳大人一同攻打我，我不是投降了陳大人嗎？那就是老子報恩了。」

提起左良玉，張獻忠便會牙癢癢的。

是的，左良玉，那隻蜣螂令他想起左良玉讓他受的恥辱！

左良玉是明朝總兵，很有謀略。張獻忠投降之後又復叛，被左良玉追到瑪瑙山，糧食不足，部下叛逃，還被左良玉一刀劈傷臉部，傷可見骨，只差寸許就要割破眼珠子，他滿面血污，沒命似的策馬逃跑。

逃得了性命之後，接著傷口發炎，又痛又熱，整張臉腫了起來，連眼睛都被皮下的膿水推擠得張不開來。

他用胡神醫的「三黃金創藥」，傷口才好不容易結了痂，但永遠留下一道緋紅色的長疤，一如巨大蜈蚣斜跨在他臉上，而且在接下來幾年，傷疤總是會流出膿水，直到他遇上士慶。

那天營中喧鬧，他問手下們何故吵鬧，部下告訴他，前些日子擄到的一個泥塑匠，正在表演異術。不久前與官兵對戰，不少部下掛了彩，那塑匠見了，便煮了一大鍋清水，用木杓一攪，水竟成藥膏！人們抹在傷口上，竟然不再痛了！因此，眾人搶相去取鍋中藥膏。

張獻忠走去瞧看，也弄了把藥膏抹到臉上，當天，他臉上的那條紅蜈蚣便不再流膿了。

那名塑匠是在死人堆中出沒，被疑吃人腦子，才被他部下逮到的。他殺過那塑匠一次，不知為何又活了過來，張獻忠知道留下此人必有用途，果然他有起死回生的本事。

張獻忠有一名寵婢，不知從何擄來的，又美又聰明，還會寫字畫畫，軍中文書、告示都由她處理，很是受寵，因為腳大，被他稱為「老腳」。某夜他獨坐沉思，老腳輕步進來，他以為有人要伺機暗算，竟抽刀反手殺人，一刀劃破老腳的肚子，腸子流了一地。他命令塑匠救回老腳，塑匠不知行了什麼法術，交回給他一個活生生的女人。

張獻忠大喜之際，下令每營帶上一張木凳，在平地上堆高，稱為「登仙台」，命令塑匠站上高處，再叫大家包圍登仙台，高呼「老神仙」。從此眾人便只知有老神仙，不問其真姓名了。

許多人送錢給老神仙，甚至稱他為義父。要是其他人敢收受金錢，張獻忠早就宰了他，但老神仙不同，他跟老神仙約好，萬一他有不測，一定得救他復活！因此，他十分優待老神仙，從不過問他的所作所為。

可恨的是，去年辦大壽時，發生了一連串霉氣的事情，令他十分厭倦：有人要殺他、老神仙受重傷，而且還發現有人在神聖的校場挖了條地道……

在壽宴中，他們帶來一個駝背又難看的男子，說是要表演新的殺人手法，不想此人竟是刺客，任何觸到他的人都會莫名其妙地倒地身亡。

雖然他有擔心害怕，但他也頗有自信不會死。

因為他是上天派下來殺人的。

他的任務未完，時間未到。

有前事為證。

以前他擄到過一個名叫曼仙的樂戶女子，對他十分獻媚，在床上把他服侍得快活無比，很是討他歡心。曼仙每晚睡前必定侍奉他飲酒，張獻忠亦必大醉而眠。

他總會在夢中驚醒，取了身邊佩刀，見人便殺，不論守卒、妻妾，甚至自己的親生兒子，他都有殺過。不過，曼仙在的時候，他從未在睡夢中殺人，因為他睡得很安心。

直到有一天，曼仙捧了壺好酒來，他一時高興，叫曼仙也喝。

他知道曼仙平日不飲酒，不知為何，那天他忽然想惡作劇，挽著她的頸，硬要曼仙先喝一杯。

曼仙一直推說不勝酒力，面色十分難看，但張獻忠才稍顯怒容，曼仙便害怕得將酒吞下了。

酒剛下喉，曼仙竟臉色發黑，七孔流血而亡。

張獻忠望著曼仙的屍體楞了好久，才拔出腰間的劍，往曼仙屍身劈下，一次又一次劈下，直到她面目全非，血肉模糊為止。

從此，他不再與人交心。

但他也清楚地明白到，他在一次又一次的死亡威脅中總是能全身而退，一定是因為他在這個世間上還有存在的理由，按理說殺人如麻者如他，早該有橫死之報，但他仍能自在殺人，必有他故。

因此，在壽宴上，他並不很擔心他會被刺殺，因為他感覺到時候未及。

果然，那個假駝子被亂箭射透，還未及傷他分毫。

但是，沒來參加壽宴的老神仙，卻不知何故，奄奄一息地獨自倒在軍營內的民房中，頭頂血水腦漿四溢，鼻中仍在呼出冰冷的空氣。

部下來向張獻忠報告時，他暗自慶幸剛才沒被弄傷，否則連個能救他的人也沒有。他們將老神仙扶起時，老神仙還能說話，他羸弱地呢喃道：「把這屋……封起來……回營……」回他個人專屬的營帳去。

他令人在營中四周點起火盆，必須十二時辰絕不熄滅，又令人用屏風將營帳入口擋住，七七四十九日不得透風。

張獻忠命令他最信賴的一營士兵守在老神仙帳外，保護他絕不受傷害，還下令得滿足他的任何要求。

接下來，就是孫可望向他報告，校場下方有地道通往河邊，不知為何人所挖。

他設計的這個營地，「老營」居中，四大營包圍保護，周列數百小營，重重關卡滴水不漏。而今，一條地道彷彿在他的銅牆鐵壁開了道後門，他不再覺得是安全之地。

原本是高高興興的壽宴，卻令他對周遭的一切感到異常厭倦。

那晚草草結束了壽宴之後，他把七個頭顱從錦盒取出，陳列在前方。他癱在虎皮椅上，凝視張全空洞洞的眼窩，還有臉面正中間那條從鼻子延伸到下巴的深溝。

他忽然起了個念頭，便打開身邊的箱子，摸出兩顆巨大的珍珠，把它們塞進張全的眼窩，這才滿意地嘆了口氣，「你瞧，這才像個人樣嘛……這珍珠是蜀王的稀世寶藏，尤其這麼大的，要在深海才有。哼，你們一生人都沒見過海呢，老子鬧遍大江南北，也沒走到過海邊去呢。」

他望著張全眼中的珍珠，在火光下泛著金黃色的光澤，隨著火光搖擺，張全眼窩中的光澤嫵媚起舞，挑起他層層思緒，無窮的記憶驟然如排山倒海而來。

他沉默良久，才忽地用力拍案，心底有了個重大決定。

這個決定令他興奮非常，因為長久以來的焦慮終於有了出路。

「外頭有人嗎？」張獻忠拉開嗓門，朝帳門大聲問道。

「有！老萬歲！」帳外的守卒馬上回應。

「傳！叫丞相來見我！」

「是！領旨！」帳外守卒交頭接耳了一下，因為已經是深夜，為了有照應，所以安排兩個人去找丞相汪兆齡。

提起汪兆齡，張獻忠可是一天沒他都不行。

只不過幾年前，他攻打桐城時，汪兆齡是個被關在縣衙牢獄中的書生，竟有本事聚獄中兩百囚犯之力，破出監獄，挾持縣令交出官印，歸順了張獻忠。

汪兆齡總會給他一些很好的建議，他攻城無往不利，也多出自汪兆齡的計謀，汪兆齡成了他身邊最重要的人物，地位疾速提升，甚至超越了從起事開始就跟隨他的四大義子。

不久，汪兆齡來了，雖是子夜，他依然一身素淨的書生模樣，張獻忠嗅到他身上有一股雞蛋腥味，猜想他剛跟女人廝混。

汪兆齡瞟了一眼案上的人頭，揚了揚眉，才恭恭敬敬地作了個揖，「老萬歲夜半召見，必有要事。」

張獻忠毫不遮掩，直接說出想法，「老子不想待在四川了。」

汪兆齡聽了，微笑道：「既如此，老萬歲欲往何地？」

「老子想回陝西，你看可不可行？」

汪兆齡馬上分析道：「老萬歲想回故鄉，乃人之常情，但是要經過川北，有搖黃阻礙，恐不易行；在北京那邊，韃子也佔下皇座了，朝北而行，諸多險阻，即使回去了，也是腹背受敵，要回陝西，恐非上策。」汪兆齡就是那麼體恤人意，總是懂得揣測他的心思，然後為他想出萬全之策。

「老實說一句吧，」張獻忠悄悄說：「老子想回陝西，並沒打算將這一整支人馬帶回去，想當年橫行天下，老子身邊也沒這幾萬幾萬的兵馬，不過五百一千，已將官兵打得聞風喪膽，如今反而尾大不掉，寸步難行呀！」

汪兆齡心裏轉了兩轉，領悟出張獻忠背後的意思，問出一句關鍵的話：「老萬歲欲回陝西，是想回去當皇帝嗎？還是另有打算？」

張獻忠眼神閃爍了一下，然後促狹地反問：「丞相何出此言？」

「如果要當皇帝，沒這幾萬兵馬，是開不到路回去的。」汪兆齡大搖其頭，「況且陝西地方連年災荒，以前戰國時代，秦國還要佔領了四川，才開始富國強兵呢，老萬歲為何反其道而行？微臣實在費解。」古秦國即今陝西，因此古時素以「秦地」稱呼陝西。

張獻忠苦惱了一陣，忍不住把手按在刀鞘上，用大拇指玩弄著刀柄。他想，汪兆齡沒有武功，這一點絕無可疑，只不過，他的嘴巴可比刀劍厲害，殺人都不沾血的。

張獻忠把手掌離開刀鞘，汪兆齡的視線一刻也沒移到他的刀上，彷彿一點也沒注意到他的舉動。他深知伴君如伴虎的道理，有的人可以共患難不能共富貴，但張獻忠不同，他雖殺人如麻，卻甚重朋友，由他對待初起事那五百人的態度可見一斑。

他知道張獻忠只是在提醒他，他還不是老朋友……

「老萬歲，」汪兆齡道：「事有輕重緩急，若退出四川，此一天府之地，必定諸家爭奪，昔時諸葛武侯能定天下三分之計，全賴取得四川！如今明軍殘部恐不能成事，搖黃只懂搶劫，而無治國之計，反而北方韃子勢如破竹，奪四川者，必韃子也。」

「哼，」張獻忠陰沉了臉，「想來真不甘心。」

「是不甘心，因此老萬歲，何必留種予後來之人？」汪兆齡正色道：「要退出四川，必先剷平四川，免除後憂。」

大清理正式開始了。

他下令：蜀地之內，不得有一個活人。

於是，四大義子率領各營，往成都府周圍分路搜掠、殺人、燒燬房屋，見城屠城，遇村屠村，即使窮鄉僻壤，深崖峻谷，無所不至。他們知道有人躲入山中者，便以圍捕、煙薰等計把人們引出山中，或承諾不殺人，以誘出山民，再集體屠殺之。

每名士卒，每天一定要以首級回報，以證明當天有殺人，男女老幼甚或嬰兒皆可，一天沒著落者，必須死刑。後來殺人太多，改成用手掌或鼻子報帳也行。

每天寅時出外殺人，到酉時才回營，順利時，一天甚至可以屠殺四、五個縣城。低階士兵凡是有男子手兩百雙，或女子手四百雙者，授與「把總」之職，如此以數量逐層升職，但小孩的手腳不列入計算。有一名士兵一天就殺了數百人，立刻升為「都督」，如此，營中有公侯身分的人忽然多了起來。

他下令：不許有任何作物長在田地上。

凡是見到有農作物生長的，便將耕牛架上犁具，把田地犁壞，務必不存幼苗！

他下令：不能存活一隻畜牲。

不論牛、羊、豬、犬、雞、鴨、鵝等，凡一切能繁殖之畜牲，一概殺之，原則上就是「不留種」！

他下令：不留一磚一瓦。

民房燒燬，官署燒不壞的要拆毀，成都府中每天都有大火沖天。惟有蜀王府十分堅實，火燒不盡，須挖牆洞塞火藥才炸得壞，然而宮牆更費力氣，用炸的也無法令其崩塌。張獻忠聽了，道：「當時那蜀王若肯歇力反抗，也還得活多幾天。」他急著離開成都，便不再堅持拆掉宮牆。

他不令：不得私藏金銀。

四出屠城時，所得金銀或沉入江中，或深埋土中，若有部下私藏，一律刑殺！

於是，蜀地之內，除了屍骨荒草，什麼都不留下。

他之所以那麼瘋狂地徹底毀掉一切，是因為種種的徵兆，已經令他不想再待在成都了。早在佔領成都初期，蜀王府就鬧鬼，搞得他日夜不寧，比如廊下樂聲擾人，竟有幾十個無頭女子奏樂！某次他用餐時，空中忽迸出許多人手搶食物！而且巡夫報告，成都城中每到日落之後，便到處有詭異的號哭聲和竊語聲，還有飛瓦從天而降，打傷巡夫。

搬來城外紮營為宮之後，又聽說韃子大兵勢如破竹，正逐步攻佔中國各省，快要打進四川來了。

這次，他真的要和跟隨他逾十年的弟兄們商量好未來的長久之計了！

大順三年五月，打從正月份就出外殺人的各路義子，一個個回營了，每人都報告殺了幾萬幾萬人。但也有些地方有集眾反抗的，如眉州有個渾號「鐵腳板」的人，殺了他們許多人，川南的嘉定又被明朝參將楊展恢復了，張獻忠派義子劉文秀和將軍狄三品前往嘉定，結果大敗而歸。

種種不利的消息，令張獻忠咬牙切齒，「難道還無法殺盡四川人嗎？」他恨不得佔領全四川，但他只佔領了以成都為中心的蜀地，而且各地時有反抗，又有明軍殘部反攻，要坐穩四川，真的不容易。

孫可望和李定國為他身邊兩員大將，追隨二十年，兩人被封王，只有他們被張獻忠下令可稱「千歲」，也只有他們敢問他剷平蜀地的理由。「老萬歲，我們以為建立大西國，乃求千秋功業，今日為何自毀這得來不易、兵家必爭的蜀地？」

他哼了一聲：「正因為兵家必爭，每個人都想佔領，我們才一直都坐不穩，而且韃子正步步迫近，老子可不想一塊肥肉，到時白白落入人家口中！」

「可是，」孫可望比較敢進諫，「如此豈非自斷後路？」

「是斷後路，不過，斷的是人家的路！四川之地，自我得之，自我滅之！既然我們不留下，又何必留毫末給他人？」

「老萬歲真有離開四川的打算嗎？離開了，我們又要去何處？」孫可望力爭道：「要是四川寸草不留，那我們真個連回頭都沒指望了！」

「回頭嗎？」他眼中的兇焰忽然減弱，疲憊地坐回虎椅上，招手叫兩人靠近。

他們是二十年來出生入死的好兄弟，以前本來就習慣同宿同餐，雖然現在有君臣名份之別，但他素來是喜好朋友之人，根本就不計較當皇帝的繁文縟節。

兩人挨近他之後，他才小聲說：「你們知道嗎？我最懷念的日子，就是初起於草澤之時，與你們五百弟兄同患難的日子，其時與官軍對戰，所向無敵！」

孫可望繃緊唇，不回答，而李定國則面露感慨，道：「對呀，那時候單純多了，咱大夥有錢就吃肉，有女人就玩，無拘無束，寫意多了。」

「可不是？哪像現在？人實在太多了，反而尾大不掉，敗戰連連！像前年出漢中，還被賀珍打敗！」張獻忠忿怒拍案，顯出他對那場敗仗十分在意，「為何人多反而戰敗？說穿了，就是有家累了、有享受了，要不是為將的貪戀富貴，就是當卒子的貪生怕死想念家中的女人，打仗時還有誰要拚命？」

孫可望和李定國心中慚愧，默不作聲，張獻忠的確說中了。

話說回來，又有誰會不貪圖安逸呢？

張獻忠輕拍兩人肩膀，柔聲道：「其實咱要橫行天下，五百個人不就夠了嗎？」

李定國激動地說：「大哥……不，老萬歲教訓得是！」

他見李定國受用，也放軟了身段，「你們可知，老子最大的心願是啥？」

「不就是當皇帝？」孫可望試探道。

「吓！當皇帝煩死人了，皇帝極是難做，咱老子斷做不來。」他搖搖手，然後神祕兮兮地說，「老子最想當的，是商人！想來做皇帝不如做絨貨商人來得快活！咱金銀財寶富甲天下，將來還愁沒資本？又積了絨貨數十挑、好驢馬百餘頭，咱心腹幾十人一起當商人，到南京去做買賣，享受富貴，下半世快快活活，告訴你，更加寫意！」

孫可望的心頓時冷了半截。

他從沒想過，他忠心追隨了這麼久，把青春全奉獻給予的這個人，志氣居然那麼小！

李定國也被嚇呆了，一時說不出話來，良久，才吞吞吐吐地說：「臣……可從沒想過這一著。」

孫可望臉上硬是堆出了笑容，「老萬歲高見，咱當兒子的，真箇沒為將來做過這種計算。」

他似乎沒聽見他們的反應，自顧自地嘆了一口氣，摸著斜臥臉上那道深紅色蜈蚣也似的疤痕，說：「老子只愁，這疤將來會被人認出，咱軍中數萬人，誰不認得老子這條疤？他日若是散伙，就有幾萬人在外頭認得我。」說著，他又怒一拍案，憤然道：「都怪左良玉那廝！」左良玉是明朝總兵，其實也跟盜賊沒兩樣，燒殺掠姦無惡不為，他臉上的疤就是左良玉賞的。

「左良玉去年死了。」孫可望提醒道。

他知道，他有四面八方的探子耳目，是由他倚重的宰相汪兆齡所建立的。

剛才他所說的，字字都是真心話，但他也察覺到老弟兄的反應，似乎不那麼熱中。

難道他們相處了這麼久，都不能明白他的心嗎？

難道他們不明白，殺那麼多的人，其實是為了大夥兒的好處嗎？

難道他們真以為，他是為了當皇帝，才開始當強盜的嗎？

其實他一開始就沒打算稱帝，是部下們期望他稱帝，他才從善如流的。事實證明皇帝不好當，他的想法是正確的，才不過兩年，又得棄城而逃了。

「咱將金銀財寶帶回陝西，就有龐大的資本做生意了，到時，咱們個個皆是富甲天下的巨商，依然飲酒吃肉，又無需奔波作戰，難道這不是弟兄們的願望嗎？」

孫可望和李定國只能點頭答應。

「此事不得聲張！否則營中必亂，」張獻忠叮嚀兩人，「咱做準備，金銀裝箱，用船運回陝西，兵馬沿岸護送！」

其實張獻忠還有下一步，是連這兩位義子都不能事先說出的。

不過他剛才已經給了他們暗示了。

去年，汪兆齡跟他深夜議論時，說到這個重點時，刻意欠欠身子，挨近張獻忠，附耳輕聲說：「千萬不可先使人得知，否則不能成事……」

首先，派人夜巡成都城中各營，若有營中喧鬧的，立刻當場全營治罪。

平日營中習慣角力搏鬥、射箭比賽、賭博等休閒活動，士兵們又愛酗酒，嬉笑怒罵，吵鬧得很。這些事從來沒人禁止過，這一夜，忽然變成了「軍紀敗壞」，不僅士兵有罪，還向上牽連營長，向下連同家人眷屬，一律殺死！

這就是汪兆齡所謂「不可先使人得知」的原因。

一夜之間，城中慘號聲四處傳出，其他營以為敵人來攻，衝過來時，見行刑者軍裝華麗，居然是「宿衛」人馬，還威風凜凜地喝止他們：「老萬歲整頓軍紀！他營有干預者，連坐治罪！」

張獻忠將成都的兵力分兵一百二十營，大部分都留守城中，只有十大營和十二小營在南門五里外另立「御營」，儼然他的行宮。其中虎威、豹韜、龍韜、鷹揚四大營是專門保護他的「宿衛」，包圍他中央的「老營」，是他最為信任的部下。

眼見「整頓軍紀」的人馬是來自「宿衛」，其他營當然噤若寒蟬，人人自保，只消回到營中，掩起耳朵，就是別家的事了。

第二天清晨，各營清理屍體，把男女小孩的屍首投入附近河中，以致河水斷流，臭氣沖天，雖然選擇在營地的下風處棄屍，空氣中依然瀰漫著濃烈的屍臭。

經過數夜的屠殺後，城中的夜晚變得異常安靜，巡邏者一無所獲，於是貼壁偷聽，或偷挖洞蚓牆，甚至躲到床笫幃幕間竊聽，一聽見笑聲或說話聲，便立刻躍出宣布罪狀，當場全家收拾殺盡才離去。

後來，人們才發覺，其實屠殺是有次序的，先是在四川本地新收的蜀兵，然後是攻打湖南、湖北一帶時所收的楚兵，最後，連跟張獻忠同樣來自陝西的秦兵也無法倖免於難。

士兵們察覺，張獻忠已經殺盡城中居民，開國時的兩百文官也殺剩二十五人，開始動手殺起自己的部下來了！留在城中駐守的士兵們一時風聲鶴唳，不知如何是好，逃跑是死定了，不逃也有機會死。

連被任命為右丞相的四川人嚴錫命都被殺了，原因是張獻忠路過嚴錫命的家鄉，見他宅屋很大，便誤以為他貪污，也剝皮殺了。右丞相也可殺，他們這些士兵地位怎堪比？當然更可殺了！

當初他們願意跟著殺人，是因為不想死，如今已經跟捉來的女人生下孩子，更是不想死了！城中南門營、中大營的兵卒特別恐懼，開了城門散走，張獻忠差遣虎威、豹韜、龍韜、鷹揚四大營「宿衛」追捕，最後把逃跑的三千餘名兵卒盡數坑殺！

此時，張獻忠已經開始準備撤出成都府了。

離開之前數月，他命令砍樹，加緊造船。

他一路征戰，特別注重俘虜工匠，不論打造兵器、造屋、造車、織布、縫製軍衣、造紙、製作紙甲等等，都是維持軍隊運作十分重要的。尤其在湖南湖北擄得大批造船的工匠後，他便建立了水軍，從此就水陸並行作戰。

但這次他要工匠建造的不是戰船，而是寶船。

船造好後，並不立刻下水，反而要士兵合力抬船，運過山路到山丘另一面的河道去，途中若有稍微怠慢，將船放下的，一律死罪！

正在此時，探子來報，明朝參將楊展的大兵已經迫近了。

楊展很得人心，他擊敗張獻忠的大軍，恢復嘉定後，便極力幫助當地人復耕，還為沒牛的農夫找來牛種，一年之內，讓蜀南恢復生產粟類，消息傳出後，許多遺民潰卒都前往投靠。這樣子的一個楊展，率領著憎恨張獻忠的大軍，直搗黃龍來了。

張獻忠將從各地搶來的金銀　上數千艘小船，順流東下，到了彭山一帶的江口，正好被楊展追上。

楊展見張獻忠有數千小船連綿不斷，馬上便想到「赤壁之戰」中的火燒連環船，便以燃火的飛箭攻擊船隻，果然船隻著火，在江面上燒成一條火龍，把張獻忠十餘年掠奪的心血一舉燒沉。張獻忠想也沒想過，自己會灰頭土臉地逃回成都。

楊展把未沉的船隻取來，依然得到許多金銀，成為他軍隊的基金。一直到清朝，甚至時至今日，仍有人在江口打撈到元寶，上面都鐫有各州縣的名號。古時各州各縣衙門都有個存放公款的「財帛庫」，把白銀重新傾鑄成五十兩一塊的銀錠，並在底部鐫上州縣、鑄造年月和銀匠姓名等標記，一般不在民間流通，張獻忠的江口沉寶便是屬於這類官銀，可見是在攻陷縣城時洗劫官府所得。

失去了多年搶奪的成果後，張獻忠退回成都，立刻下令將蜀王府中剩下的金銀全部搜出，熔化傾鑄成方便運送的銀鉼，負責這項工作的，還是鑄幣廠的老工匠。

張獻忠初佔領成都時，孫可望便努力保全工匠的性命，否則立國所需的一切布料、銅錢、器皿都無人製作了。又，在孫可望建議之下設立了鑄錢局，材料來自王府富家的古鼎等古董，或城內外數百家寺廟中的銅像、香爐等物，因此鑄造的銅錢「大順通寶」成色十分純正，肉色光潤精緻，不像一般銅錢。即使到了後世清朝，婦女們還很喜歡得到「大順通寶」，熔化了來製作髮簪。

但是，這批鑄幣廠的資深鑄工，在張獻忠逃回陝西之前，完成他們最後的工作之後，悉數被殺害。

張獻忠找來汪兆齡，問他：「楊展很厲害，比起左良玉更上一籌，老子的錢都被他搶光了，其實帶著這麼多錢也不是辦法，不如存放起來，改天再來拿。宰相看怎麼辦才好？」

他相信汪兆齡一定有辦法。

果然，汪兆齡說：「老萬歲可記得都江堰？」

都江堰是他的另外一場屈辱，那場攻打成都府之前的前哨戰，令他損失了近乎六支哨隊的人馬！而對手居然只是一群道士、河工和獵戶之類的戰場生手！

他當然記得都江堰！

「驢毬子侌的。」他啐了一口痰，對汪兆齡白了白眼：「為啥提起這檔事？」

兩個時辰後，一名怯生生的老者被帶進營中，滿眼恐慌地四處張望。他不久前還在家與孫子玩，突然就被闖進家中的兵馬帶走。不知所措的他，當眼前出現兵營和層層軍旗時，便知不妙，待他看見虎皮椅上的張獻忠時，更是嚇得整個人直抖起來，忍不住顫聲道：「皇上饒命……」

「老子又沒要你的命，你怕什麼鳥？」

「小人的命不值幾文錢，皇上不要是最好……」老頭子跪在地上，不停磕頭。

「你是都江堰的總工頭嗎？」
「小人以前當過，已經沒幹了。」
「我叫你幹，你幹不幹？」
「幹，皇上有吩咐，小人沒資格說不……」
張獻忠指著老頭，對汪兆齡說：「這老頭兒挺討人喜的。」又對老頭說：「老子給你一天時間，找來以前的河工，有工作要幹了！」
當初，羅剎鬼應承姜人龍，保護重要的水利系統都江堰不被毀壞，但他職卑力微，真正保存了都江堰的，其實是汪兆齡。他認為：「留住，他日必有用！」遂下令保留灌縣一帶的人。
果然，在大撤退的時刻，這批河工統統派上用途了！
有些東西留下來就是有用！一如那些鑄錢工匠一般。
大批河工被召集在成都府西北方的錦江上，利用每歲整修都江堰的千年古法，用裝大石的竹籠以及木製的榪槎阻斷河水之後，再命令他們在裸露的河床上挖大洞，每個洞都深達數仞。
河工們深感疑惑——他們每年修繕都江堰時，的確會挖走河床泥沙，疏通河道，以避免河的深度變淺，影響水流量——但是，在河床上挖大坑，這還是頭一遭。
當一輛輛木車抵達河邊時，河工們更感驚訝。木車上是一塊塊沉重的銀塊，每塊都有人頭般大小。挖完深洞的河工們被命令去搬運銀餅，而且是將銀餅投入深坑之中！

河工之中有一名力氣特別大的，人喚區千斤，曾在都江堰一戰中與姜人龍一同抗敵，深知張獻忠他們的做法。他一邊搬銀餅，一邊留神士卒們的談話，希望知道他們的目的何在，但他聽不到什麼有用的訊息，因為士卒們也不知道張獻忠的下一步決定。

「不對勁，肯定不對勁。」區千斤十分焦慮，他猜想，銀餅搬完時，就是他們的絕命時刻了！

他用耳語傳消息給經過身邊、那些當年一同與姜人龍反抗過張獻忠的同伴，「搬完就不妙了！」消息漸漸傳開，在河工之間醞釀著一股不安的情緒。

區千斤在河床上抬頭四望，看見河岸的士兵慢慢增加，心中更加地焦慮。

他們一夥河工辛勞了好幾天，連夜趕工，張獻忠並沒給他們吃喝，全是他們自己張羅的，因此全部河工早已餓得手腳發軟，疲憊不堪，即使叫他們拿起大刀，恐怕也沒力氣砍人了。

區千斤兩眼暴紅，盯住河床上漸被填滿銀餅的大坑，那兒就是他的葬身之地！沒想到他一生與河為伍，到了最終仍要沉屍河底！

他斜眼觀察高高的河岸上，木車上堆起的銀餅已經望不見了，在河岸兩邊，兩列射手已舉起大弓，架上了箭，準備抬到眼睛的高度，瞄準河床上的眾人。

他的眼球飛快滾動，終於瞄到一個軍裝華麗的年輕人，高舉大弓，似乎準備隨時揮下的樣子。區千斤猜想，當他的大弓揮下時，也是他們的死期了。

區千斤按捺不住了！

他跟他的伙伴對望了一眼，做為訊號，接著他五指扣好手中銀鉼，看準那名年輕人，把手臂往後拉展，再往前劃了個漂亮的圓弧，奮力一揮，銀鉼筆直地朝那華服年輕人飛去，如同一道銀光掠過半空。

「大虎當心！」河岸上有人大嚷。

年輕人還在留意他麾下的弓箭手布局，一時尚未反應過來，銀光迫到他眼前，倏地開出一片扇狀的紅光，他的半張臉頓時凹下一塊，身體一斜，往後倒下。

一時，河岸上的弓箭手們嘩然大驚，紛紛舉弓。

區千斤早有準備，他衝去用大竹籃和榪槎築成的堤防，快步踏上堆得有兩層樓高的堤邊，沉腰伸手拉拔起一個裝滿石頭的大竹籃，不假思索地用力一揮——大竹籃脫手，彷如炮彈般飛向岸邊的弓箭手，他們在慌亂中才剛搭上箭，竟有一整列十多人被竹籃擊中，如骨牌翻倒般滾落河床。

「還有很多人！」區千斤心中想著。「能殺多少，就殺多少！」他要爭取時間讓其他人可以行動！

他又拉起另一個巨大的竹籃，拋向他這一邊的岸上，這次弓箭手們有了防備，只有幾個被擊倒。

可是他並沒聽見想像中應該出現的揭竿而起的囂叫聲，河床下方安靜得很。他逮個機會轉頭一瞧，河床下的河工們只是發楞地看著他。

他們跟大部分人的心理一樣，認為這只是區千斤個人的問題，他們寧可袖手，也不願捲入。

區千斤見他昔日的戰友也沒跟著他攻擊，心中大為憤慨，不禁自言自語道：「天亡我也！」他沒料到，居然沒人會隨他反抗。要不然就是，他錯讀了他們的眼神，以為他們會像在姜人龍領導時那麼勇敢的。

區千斤沒再多想，他用他的天生神力再提起一個大竹籃，要為自己開出一條生路。但是，他剛才浪費太多時間在悲憤了。

兩支箭已然插上他的身體，一支貫入肚子，一支深入肺臟，那是兩個沒死的弓箭手在慌張之下射偏了的。

他大喊一聲，將竹籃橫拋過去，死亡的恐懼令他丟偏了竹籃，它撞到河岸邊緣，然後便滾下河床去了。

區千斤站在高高堆起的竹籃之上，把手伸到籃眼中，挖出裏頭的大石塊，丟向弓箭手。他臂力過人，石塊如流星般筆直投出，投擊的速度又很快，一個接一個石塊朝他前後兩側飛去，有人閃避不及，當場頭顱洞開，腦漿四濺，也有被打傷肩膀、打折脖子、擊傷胸口的，一個個都倒地不起。

可是，他越用力，肺臟的洞口就裂得越開，血水從洞口溢出，空氣從洞口泄出，區千斤開始覺得呼吸困難，胸口似乎頂住一塊硬物，嚥不下也吐不出。他再舉起一塊大石頭時，感到身體猛然發冷，後腦一片冰涼。

他跪倒在地，垂著頭奮力喘息，希望吸進更多的空氣。

四周除了弓箭手之外，還有執刀的兵丁，他們全都投鼠忌器，生怕區千斤會冷不防跳起來殺人，所以個個都遲疑不敢靠近。

有個兵丁忽然想到：「這不是立功的時候嗎？這機會不容易遇上呀！」膽子忽然大了起來，拿起朴刀，謹慎地一步步接近區千斤。此時區千斤已經渾身冷顫，無力再站起來，他用混濁迷亂的眼神瞄了一眼兵丁，見對方面露喜色，舉刀便要劈過來。

區千斤下意識地用手一撥，那兵丁慘叫一聲，翻滾下河邊的斜坡，直滾到河床。

這之後，區千斤便呼出最後一口氣，彷如雕像般凝結在竹籃堆上了。

眾人見他再無反應，也不敢接近。

對岸有一名指揮者吹起哨聲，士卒們便在錦江兩岸排成橫陣，緩緩地走下河床，包圍了搬運銀餅的河工。

河工們察覺無路可逃時，已經太晚了。

一聲令下，河工們全數被殺，屍體被堆在放銀餅的深坑之上，然後士卒們砍斷繫着樢槎的繩索，河堤崩裂，河水湧入，將區千斤的屍首也捲了下去。巨浪刷過河床，灌滿河床，錦江又回復了原本的樣貌，如同什麼事也沒發生過一般。

張獻忠並沒有機會回來取回他在河底的存款，錦江沉寶成了一個傳說，它真正的地點究竟在錦江的哪一段，由於參與者無一存活，所以未留下隻字片語的紀錄。

七月，張獻忠萬事俱備，帶了他心愛的布料和金銀本錢，撤離成都。

撤離之前，他在成都城正門大儀召集所有士兵，當場宣布了一道詔令：「只准兵丁本身一起離開，其餘家眷一概不得帶走同行，以免阻礙行軍！」

士兵們面面相覷，害怕地想道：老萬歲是什麼意思？

其實他們都明白是什麼意思。

他們全是殺慣人的，在毀田殺牛的命令下來之後，他們也以人為糧食，對於殺人這回事是再清楚不過的了。

他們紛紛留意城內的方向，那兒正是他們殺人奪屋、與家口眷屬一同生活了兩年的地方。現在，城內與他們當初攻陷成都城時一般血流成河，張獻忠的親衛部隊「宿衛」正開進城中殺人，殺的是兵丁們的妻子兒女，妻子是戰爭中擄來的女人，兒女都是這幾年生下的嬰兒或小孩。

屠殺從凌晨兵丁們離家後便開始，殺至中午時，城內已是一片死寂，宿衛軍開始檢查衣服財物，收集了一起帶走。

城外集合的兵丁們心急如焚，卻毫無辦法，他們不敢反抗，因為他們不敢下賭注：當他們挺身反抗時，其他人會否響應，下這種沒把握的注，是穩輸不贏的。

宿衛軍們推來一車車細軟財物，向張獻忠報告後，張獻忠對大家說：「你們也不用回家收拾了，咱們即刻出發！」

一隊隊士兵出發了，從正門朝東開去，張獻忠站在高台，看著自己的軍隊，一臉不悅，喃喃自語道：「太多了，太多了，怎麼殺了那麼久，還有那麼多？」

宰相汪兆齡湊上前來：「老萬歲這就嫌多嗎？甭忘了外面各州縣尚有駐兵，那些統統加起來還有十倍不止。」

張獻忠聽了更加心煩。

汪兆齡說得沒錯，他在蜀地各縣城派有守將，其中他最想殺的，是遂寧守將劉進忠的部下，因為劉進忠麾下大多是蜀兵，那些蜀兵肯定是禍胎，一定不會忠心的。

「該怎麼殺劉進忠的兵呢？」張獻忠自言自語，苦惱該如何殺人，「他人在那麼遠，而且一定不捨得殺死自己的兵，所以何不連他也殺了？」

「殺不得也。」汪兆齡忽道。

張獻忠訝道：「你一直幫老子想法子殺人，這個又為何殺不得？」

「老萬歲想回陝西，這劉進忠把守著遂寧，正是為老萬歲守著通往陝西的路呀。」汪兆齡分析道：「如今漢中一地，尚有李自成舊部馬科，投靠了韃子，想要攻進四川來，要不是給劉進忠擋著，馬科早就打進四川來了。」

「馬科不可小覷，」張獻忠說：「老子兩度與他交手，他雖敗給我，但劉進忠不是他的對手，要是失了遂寧就麻煩啦！」張獻忠轉念一想，說：「老子要下一道詔令，叫他好生守住遂寧，不許與馬科那廝交戰，要等候老子駕到。」

汪兆齡點點頭，馬上召來「翰林」，他們專門為張獻忠寫「聖旨」，由張獻忠口中報出，他們需一字不改地抄下，有錯一字的，皆是殺頭罪名。這翰林是專門為皇帝起草詔書的職位，張獻忠沿用古制，恐怕也是出自汪兆齡的建議。

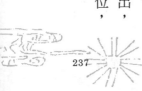

張獻忠咳了一聲，翰林便在紙上寫下「奉天承運皇帝詔曰」，這句是無需經過張獻忠口述的。接著，他大聲說道：「劉進忠聽好了，馬科那狗娘養的在漢中，你千萬不要過去漢中惹他，守住你的地盤就好，咱老子正往你那兒去，乖乖等老子來就是。欽哉！」

翰林寫完了，戰戰兢兢地用雙手將聖旨遞給汪兆齡過目，待汪兆齡點頭之後，才算鬆了一口氣。汪兆齡命令身邊的人：「快馬送去遂寧，不得延誤！」

劉進忠接到詔令，十分不爽，「老萬歲太小看人了，馬科是什麼東西？也值得害怕？我這就去取了他的人頭來，待老萬歲駕到時，用馬科的人頭給老萬歲做飯碗！也讓大家見識我的能耐！」

他心想馬科是李自成的部下，李自成早已兵敗身死，馬科又曾經兩度敗給張獻忠，這一仗，實在划算。

他留下部分兵力守城，帶了大軍穿過秦、川邊境，直取漢中。他帶的兵糧不多，打的主意是在短時間內攻下漢中，到時自然有糧可食，因此軍輕腳快，很快就行軍至漢中。

不想，人算不如天算，馬科果然勇猛善戰，劉進忠根本不是對手。他敗回陣中，十分不服氣，再戰再敗，結果只好灰頭土臉地退回遂寧。

張獻忠得知後，大發雷霆，又發了一道詔令給劉進忠。

小小一個遂寧，在短短一個月內兩度收到朝廷敕書，劉進忠誠惶誠恐，不知是龍恩浩蕩，還是大難臨頭？雖然吉凶未卜，他依然得召集全邑的官吏、鄉紳、讀書人一起到郊外去迎接敕書，迎到官署叩拜了，才命令一名生員登上講壇，展開敕書宣讀，大家跪著聆聽聖旨。

「奉天承運皇帝詔曰……」生員高聲唸著，接下來就暴出夾有陝西土話的粗俗話語，聽起來幾如張獻忠在面前說話。「咱老子叫你不要往漢中去，你強要往漢中去；如今果然折了許多兵馬驢毬子，入你媽媽毬的！欽哉。」

眾人聽畢，規規矩矩地叩首了，山呼萬歲、感謝龍恩之後，才悻悻然退下，只剩下劉進忠手捧敕書站立不動，心中波濤洶湧。他跟隨張獻忠夠久了，深知他殺人的模式，他的敕書裏頭充滿了怒火，如果回到大營，肯定會被他隨便找個藉口殺了。

劉進忠抬頭望見張獻忠派來的信使，仍站在講壇旁邊等他，彷彿有話要說。

劉進忠不是初生之犢，也略知官場進退，他主動對來使說道：「老弟兄，喝一盅才走吧？」

信使是個年輕人，不過渾身露出的皮膚上都佈滿了紅斑，有如被無數蟲蟻啃咬過一般，煞是嚇人。此人在營中無人不曉，是張獻忠寵將孫可望的義子，人稱「羅刹鬼」的神射手。

劉進忠也好奇得很，為何派遣這麼一位有重量的人物送來區區一封信？

羅刹鬼的表情嚴肅，「在下不飲酒，更不是為飲酒而來的。」

劉進忠深吸一口氣，明白此番不僅是官場進退，而是攸關生死的事兒了，「請進後堂借一步說話。」他倆穿過官署二堂，再進入更小的三堂，四周只有雜草枯木，並無半點人聲。

合上三堂的門後，堂中一片陰暗，只有年久失修的牆洞有光線透入。羅刹鬼小聲說：「恭喜劉大人。」

「連講話都要偷偷摸摸，何喜之有？」

「當然可喜，小弟此番來遂寧，不獨為送敕書，還為劉大人指引一條生路。」

劉進忠沉吟半晌，問：「老萬歲要殺我？」

羅剎鬼搖搖頭，「他沒說，可是他有三個殺你的理由，」羅剎鬼伸出三隻手指，「私自出兵漢中，乃其一；出兵還打敗仗，乃其二。」羅剎鬼不說話，等劉進忠反應。

「兵敗折半，乃其三。」劉進忠自己補充道。

羅剎鬼又搖搖頭，「你的兵，橫豎要死，老萬歲並不在乎，他老人家在乎的是你領的皆為蜀兵。」

劉進忠感到十分詭異，由不得背脊發麻，「小弟不解，願聞其詳。」

「劉大人難道不知，老萬歲殺自己的兵嗎？」羅剎鬼把營中發生的事簡述了一遍，如何先藉口殺蜀兵，接著楚兵，現在連自家的秦兵也殺起來了。「只怕你麾下的蜀兵，是最後一批沒殺光的眼中釘了。」

劉進忠聽了，彷如全身被浸入冬月的河水，「小弟完全明白了，你是孫千歲的人，派這麼有分量的人來，劉某要死，也死得很有面子。」說著，他抽劍出鞘，作勢要橫在脖子上。

羅剎鬼微笑道：「我不是說來指引生路的嗎？」他按下劉進忠的劍，說：「老萬歲已撤出成都，又大殺自己的兵，你說他想做什麼？」

劉進忠想不通，張獻忠攻打各州縣，勢如破竹，如今立國不過兩年多，為何自甘放棄一切？

「不管他想做什麼，」羅剎鬼說：「不該有更多的人為他而死了。」

「所以，你的意思是……」

「再過幾日，老萬歲便會抵達西充，紮營在鳳凰山下。」羅剎鬼抬眼望著劉進忠的眼睛，「這個消息，你親自去告訴馬科。」

劉進忠不敢相信地瞪著羅剎鬼，沉默了很久，才問：「這是你的意思嗎？還是孫千歲的意思？」

羅剎鬼站起身來，拍拍他的肩，道：「要活著，你只有一條路走，」他打開三堂的門，回頭道：「我在鳳凰山下等你。」

張獻忠異常地納悶，氣候雖已步入冬天，他依然覺得有一股悶熱從他心裏湧出，使他徹夜難眠，心情很差，連小妾也在昨夜被他亂刀砍死了。他心情不好要殺人，心情好也要殺人，對他而言，殺人只是一種日常習慣而已。

陪伴他的，有汪兆齡和五個人頭。

原來的七個人頭，有兩個在移營時不慎丟失了，為此他還砍死了負責保管人頭的宦官。所幸，他最喜歡的張全頭顱尚在。

人頭還不打緊，可他的宰相汪兆齡冷得直打冷顫，不停在瞧看營帳中央的火盤，奇怪張獻忠為何不把它燒旺一些，好驅走寒意。

張獻忠先打破了沉默：「前些日子，我聽孫可望告訴我，那個道士姜人龍說了件有趣的事。不知宰相聽過了沒有？」

汪兆齡聽了，劈頭便問：「老萬歲指的是，姜人龍的師父夜夢天庭，玉帝說要放孛星下凡殺人的事嗎？」他雖不敵寒冷，腦袋瓜依然敏捷。

「你果然聽過了。」張獻忠得意地指指汪兆齡，好像逮到了他在做壞事般。

「那個傳說不關老萬歲的事，」汪兆齡搖頭道：「那故事指的是李闖王。」

張獻忠如被潑了冷水一般，「何以見得？」

汪兆齡理所當然地說：「故事中的太白金星，指的就是牛金星，不是十分明顯嗎？」牛金星是闖王李自成的軍師，跟汪兆齡一樣是好讀兵書的讀書人，李自成攻打北京能夠所向披靡，牛金星的謀略是主要原因。

張獻忠喃喃道：「說得也是。」語中難掩失望。

他一直希望有一個預言是專門在說他的。

他假造了不少事蹟，比如他常常故意朝天空喊道：「是你派我下來殺人的！」又在身上放一本簿子，每在殺人後就故意在部下面前翻看，又故意不讓人瞧見簿中內容，還呢喃道：「還有若干人未殺……天教我殺人，還沒殺盡呀……」他故弄玄虛，藉此恫嚇部下，所以當他聽說有個道士為了一個怪夢而找來四川時，他可是心中竊喜，以為他果真如自己所料是天遣殺星。

「可是，聽說那老道特地走來四川，埋伏了幾十年呢！」張獻忠反駁道：「當時老子都還沒在四川當皇帝呢！」

汪兆齡縮了縮身子，「老萬歲別忘了，當時牛金星還未揚名呢，如果老道早知牛金星這號人物，肯定會去找李自成的。」

張獻忠不高興，乾了一盅酒，把酒盅扔去一旁。

他感到諸事不寧，北有韃子大清國阻路，南有明軍殘部楊展擋道，大軍無路進退，困在巴蜀之間的西充鳳凰山下，加上歷年所貯金銀沉江，距離他回鄉當巨商的夢想愈加遠了。他一股悶氣鬱在胸口，很是不高興，這種不高興前所未有，連殺人都無法令他快樂。

「汪相公，老子問你一言，你老實回答。」

張獻忠忽然用初識時的稱呼，汪兆齡心底一驚，「老萬歲所問，汪某沒有不老實回答的。」

張獻忠點點頭，道：「幾年前，老子在湖南遇過一個道士，看相很準的，他說老子命中注定橫行天下，可是到了下一個狗年，就是今年吧？」

汪兆齡道：「是。」

張獻忠繼續說：「他說，大起之後必有大落，這句話很順口，老子記著了。到丙戌年，有三年厄運，三年之中莫可支吾，只有遯世埋名，入深山苦修數載，才可避開災禍，只要逃過此劫，三年之後，老子仍可橫行天下。」

汪兆齡沉吟了很久，才說：「莫非老萬歲想當道士不成？」

「那道士說得很準對不對？」張獻忠冷冷地說：「汪相公可有良策，讓我避禍三年？」他拇指扣在倭刀的護手上，只等汪兆齡一言不合，便一刀殺了。其實他心中早有主意，只想帶一些親信，漏夜離開大營，到名山的小宮觀去當三年道士，等世局平靜了再出山經商。

現在，他只想看看汪兆齡是否他心目中的親信人選，畢竟才認識此人幾年，說不定他會戀棧宰相之位，一旦無官可當，搞不好就會出賣他。

「老萬歲打算遯世，於今大勢，也無不可，」汪兆齡說：「我就當個道童侍奉老萬歲則箇，等候時機，再享榮華富貴。」

張獻忠盯住他的眼睛，看他有多少真心話。

他年少讀書時，塾師董先生教過孟子「觀人眸子」的道理，他一直謹記在心，多年來都很好用。他看汪兆齡的眼神清澈得很，放出一片坦然的光芒，便知此人果然真心，因此他立刻把拇指移開刀柄。

汪兆齡接著說：「峨嵋、青城諸山有不少道觀，但有三個理由不該去：一者，朝西的路上不明朗，恐有差池；二者，老萬歲把山上寺院道觀屠殺一空，荒廢難住；三者，若有殘遺之人，只怕會認出老萬歲。」

「最靠近此地是武當山了，豈不更佳？」

「老萬歲高明，武當山上道觀也很多，況且張天師就在武當山創教的。」

張獻忠心中默算了一下，武當山在東北方，可沿河東行，從他進四川的夔州出去，進湖北，再沿河北上就到了！他熟悉路線，因為他不只一次經過那邊，他流竄在武當山腳下，就在那次被左良玉從武當山追至大巴山，才被他在臉上砍一刀的。

主意已定，張獻忠忽然感覺一切安心多了。

他已厭倦戰場，厭倦每天提心吊膽過日子。

每晚，他都無法安睡，即使設了重重軍營包圍著自己，他仍然覺得自己無時無刻不在戰場的中心，會被隨時闖進來的敵人所殺害，所以他每晚總要殺一些人，才能睡得稍微安穩。

到武當山去！在煙嵐雲岫的山峰間，在千年古廟中清修，如此不才是人間極樂嗎？

他曾在成都立了許多「聖諭碑」，上面刻了「天以萬物與人，人無一物與天，鬼神明明，自思自量。」他頗感自豪的是，這段話是他想出來的。他說得很清楚了，是人對不起天，天可沒對不起人，所以他代天殺人，是十分合理的。

現在他功德將近圓滿，只要殺掉最後一批人，包括服侍他的宦官，帶著最親近的弟兄快活地前往武當山就好了！

想到此，他忍不住露出笑意，這是他許久未有、打從內心發出的喜悅！

汪兆齡望見張獻忠的笑容，也不禁楞了一下，他從沒見過張獻忠真正的笑容。

「擇日不如尅日，」張獻忠道：「你幫我打點一切，明天就動身。」

「明天未免太急。」

「不急，老子怎知哪天有兵馬打來？總之越快越好就是！」

汪兆齡答應了，退出營外。

張獻忠展開五指，計算他想留下性命的人數，這個名單早在他心中擬了許久，換過無數版本：四大義子肯定名列其中，老神仙能起死回生，非緊跟在他身邊不可，他從鄉下帶來的侄子自然也在，他的皇后是大學士陳演的女兒，服侍得他不錯……現在他確認汪兆齡也不能殺了，以汪的謀略，將來做生意也是很有用的。

「諸位老鄉辛苦了，」張獻忠酌了杯酒，對五個頭顱舉杯，溫柔地說：「待老子找到間好廟，你們就有個落腳處，無需四處奔波了。」

汪兆齡另有打算。

他漏夜拜訪孫可望的營帳，不一會兒，李定國、艾能奇、劉文秀等四大義子全都聚齊，熄了燈火，只留下一盞豆大的油燈，讓帳外的火光能將人影映照在帳篷上，好看清外頭的動靜。

四大義子和宰相汪兆齡貼近了身體，小聲說話。

汪兆齡告訴他們最新消息：「明日就要宣布，把剩下的數萬兵馬全部殺盡，只帶大王、將軍爾等數十人離開。」

孫可望忿然道：「兵將都殺光，用什麼來打仗？」

「不打仗了，」汪兆齡搖手道：「他要帶大家去武當山當道士。」

大家發出吃驚的嘆息聲，李定國道：「前些日子說要經商，咱還覺生氣，現在他的志氣愈加小了！」

汪兆齡擺擺手，「他說是湖北一個道士看相，需避禍三年，再重出江湖。」

眾人皺眉回想了一下，劉文秀忽然省起，「確有這回事，當時我就在他身邊。」

「怎麼樣？」孫可望忽問眾人一句。

大家面面相覷，沉默不語。

帳外傳來一聲吆喝，帳幕翻開，羅剎鬼拖進一名小童，一手扣住小童肩膀，一手掩住他的嘴。小童一見帳內有兩位大王、兩位將軍和宰相，軍中大人物都在冷冷的瞪住他，不禁嚇得兩腿發軟，原本仍在掙扎的他，頓時流下淚來。

「是他的眼線。」汪兆齡說。他最清楚不過了，因為張獻忠在軍中的眼線都是他一手訓練的，淨是些八面玲瓏的小孩，對於竊聽和捕風捉影十分拿手，告狀舉報毫不留情。

孫可望板起面孔，大步走向小童，小童嚇得直打哆嗦，不停在呢喃：「千歲饒命，千歲饒命……」說著說著，淚水便一顆接一顆滾出眼角了。

孫可望不打話，一隻巨掌先掩住他的嘴，另一條手臂勾著他的頭，手臂用力一轉，小童便整個人癱軟，如布袋般倒在地面。

「羅剎鬼，遂寧那方如何？」孫可望完事了，轉頭問道。

「不日可至，」羅剎鬼沉吟了一下，「說不定明日便到。」

眾人感到胸口炙熱，無不覺得命運的波濤正衝擊著他們，重要的時刻已經近在咫尺，隨時都會風雲變色！

孫可望瞧了一眼羅剎鬼，上下端詳他的身體，似乎想看穿他的衣服之下藏了何種暗器。羅剎鬼只向孫可望點點頭，兩人相處多年，無需多言便已心照不宣。

張獻忠殺人無數，卻無現世報應，還三番四次逃過殺劫！明天，說不定就能知道，張獻忠是否真正孛星下凡，專來橫掃世間屠殺應劫之人的！

若他真是孛星下凡，明日他也將死不去！而他們這批追隨十多二十年的忠實部下，全都該死！

大清早，宦官還沒雞啼就起床做飯了。當然，雞全殺光了，不可能會有雞啼的，宦官也沒有鮮肉可以摻進飯中去煮，只有吊在帳外風乾的肉乾可供食用。宦官心中估算這些肉乾尚需食用幾日，便挑了肥瘦雜半的部分，斤斤計較地切了一塊下來，心裏頭嘀咕著不知這塊是啥肉，更正確地說，不知是誰的肉。

在寒冷的臘月天，宦官仍不得不在寒風中生火燒飯。他好不容易燒起柴木，一邊撫手一邊把手探到火旁取暖，心想昨晚老萬歲心情真好，不但沒殺人，還跟陳皇后在床上纏綿了半個時辰，這是這整個月來少見的情況。

宦官煮好飯，把肉乾放在白飯上面蒸軟，也讓肉乾上的肥油融化了流到飯粒之間，吃起來更有滋味。盛好兩碗飯，一碗上頭鋪了肉片，擺上兩雙筷子，他便將這頓簡便的早餐端到老營去。一路上聞著飯香陣陣，宦官的肚子不停在打鼓，很想冒殺頭之險偷吃一小口，但他著實沒這一丁點膽量，一如往常在萬般遺憾中將白飯端進了老營。

宦官進了帳門，不敢再踏進一步，把飯盤放在地上，便跪下五體投地，山呼萬歲：「向老萬歲請安，小人送早飯來了。」

張獻忠睡眼惺忪地爬起來，剛起床的他看起來不如平日恐怖，一張黃臉略顯蒼白，眉宇間的殺氣也尚未完全甦醒。他推了一把身邊的陳皇后，那皇后仍是個少女，年未逾二十，但與張獻忠在成都生活了兩年多，稚氣已完全褪去，只剩下空茫的眼神。

她服從地走下床，用床單輕掩裸體，反正宦官也不敢偷瞥一眼。陳皇后取走飯盤，拿到床前給張獻忠吃，再轉頭吩咐宦官道：「叫人替我更衣。」她畢竟具有皇后的身分，身為女子，無論如何她都想堅持一下皇后應該享有的排場。

她一邊被侍女更衣，一邊把眼神飄過了張獻忠一下，心想這位殺人魔君，跟她年幼時想像的夫婿天差地遠，但總是一個皇帝，也沒啥好怨的了。只是地上那五個人頭形貌可憎，不知為何，張獻忠昨晚上床之前，似乎忘了把他們收好，讓他們眼睜睜地看了一場活春宮。

此時，營外赫然傳來急促的馬蹄聲，一匹快馬闖進營地，馬背上的兵卒高舉令旗，讓人知道他是外出偵察的探子。

探子翻身下馬，跪在老營面前，高聲道：「老萬歲！七哨急報！七哨急報！」

「說。」張獻忠低沉卻鋒利的聲音自營帳中穿出，威嚴無比。

「劉進忠反了！他領了韃子來攻，迫近西充了！」

張獻忠沉默了一陣，忽然掀開帳幕，把探子一刀砍了，探子一臉驚愕，死得不明不白。他拚命趕回營，把戰馬驅趕得口吐白沫，焦急地只想趕快把這個消息通知張獻忠，好換取大家反應的時間，他壓根兒沒料到，辛苦一場，換來的獎賞竟是被殺。

張獻忠叱道：「擾亂軍心！劉進忠什麼貨色？哪敢帶人來攻打老子？」說完就回到帳中，繼續吃飯。他心裏很不爽，認為這些人在剝削他的快樂，破壞了他昨晚難得的好心情。

不久，第二名探子出現了，他奔跑回營，跪在老營面前，看見地面有一攤血泊，但他來不及多想，只管高聲嚷道：「老萬歲！九哨急報！」

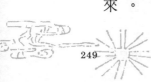

探子聽見營中有腳步聲，顯然張獻忠已站在營帳入口的布幕後方，只聞張獻忠沉聲道：「說！」

「劉進忠率馬科前來，已經壓陣了！」話才剛完，只覺自己的頭沒來由地歪斜，原來脖子上已被埋入一把刀刃。他用雙腿跑了一個時辰趕回營來，喘息都還未穩定，便被硬生生中斷了呼吸。

再過不久，第三名探子也回來了：「馬科已經進咱營啦！」

這玩笑可開不得！三人成虎，不由得張獻忠不信，他還含著一口飯便衝了出來，來不及穿上甲冑，隨手拿了一支長槍，跳上馬背，驅馬前去看個究竟，數十名隨時待命的牙將，也隨手抓了兵器，跟著馬兒一起奔跑。

他來到大營門口，果然見到上萬軍兵正迎面而來，張獻忠大吃一驚，嘆道：「果然大兵！」再定睛一瞧，兵器、馬足皆裹上牛皮、獸皮等軟墊，士兵穿的也全是厚底鞋，怪不得這麼多兵馬，卻聽不到行軍的腳步聲和兵器碰擊的聲響。

這豈不正是他本身常用的方法嗎？

他屯兵之處乃地形碎散的丘陵地，山脈連綿，地勢高高低低，許多地方只有狹溝，僅容一人通行，行軍困難，滿佈天然障礙。他的舊部下劉進忠自然曉得他的招數，所以大軍靜悄悄從三方滲入，給他來個措手不及，完全不給他逃脫的機會。

張獻忠亦常乘地利之便，登高觀察營地，看見有哪個營地紊亂的、旗幟不正的、刀兵不齊的，也成了屠殺全營的理由。如今，他登高觀察的小丘上，不知何時已佈滿了兵馬，居高臨下，讓他插翼也難飛。

劉進忠遠遠望見張獻忠正在營口，機不可失！便馬上指著張獻忠，告訴馬科：「那騎馬的就是張獻忠！」

「放箭！」馬科一聲令下，弓箭手立刻亂箭射去營口。

張獻忠手中拿的是長槍，要是一把刀，他就能用刀撥走飛箭，如今長槍反而成了最不實用的兵器。他沒時間考慮了，他知道自己站在弓箭的射程之內，只有回頭逃跑才是上策！張獻忠抽動韁繩，要轉身逃回營中，心中計畫從後山遁逃，那是汪兆齡為他設計的五條逃命路線之一。

但是，臨危慌亂讓他費了太多時間考慮，在他回頭的剎那，一支箭穿過了他的喉頭，他感到有東西卡在喉頭，吞不下又吐不出，很是難受。

他想跟緊隨的牙將們說：「老神仙……」但他說不出一個字，而且那些牙將要不是也被利箭射中了，就是逃跑了。

他摸到頸項濕濕暖暖的，隨手一抹，見手心一片血紅，禁不住抬頭望天，口中啞聲呢喃道：「難道是時候了嗎？」要是他身邊有人，也只能聽見他喉頭發出幾聲咔咔的聲音，聽不見他在說什麼。

他的聽覺變模糊了，視覺也愈加混沌了，緊隨著另一支箭透入腦袋，他看見閃光，然後腦袋中的光點漸次增加，越閃越多，最後，瞬間換成一片漆黑。

他最後的念頭，是那五個寂寞的人頭在等他回去。

馬科和劉進忠推開士兵，走到張獻忠的屍體跟前。

「真的是張獻忠嗎？」馬科要劉進忠幫忙確認。

劉進忠一見到張獻忠的屍體，忍不住倒抽一口寒氣，差點拔腿要跑！他雙目圓睜，彷佛在怒瞪劉進忠，紅色的疤痕爬過兩眼之間，讓已死的張獻忠更添生氣。

劉進忠忍住顫抖的嘴唇，好不容易才吐出幾個字：「錯……錯不了。」

馬科確認之後，叫部下散開，四處搜尋，其實目的在支開他們，以免阻礙他接下來要做的事。

他跪下來，找到張獻忠脖子上的箭尾，小心翼翼地抽出，扔去一旁，再從自己腰間的箭囊取出一支特別精緻的箭，箭身為金屬、箭尾有隼羽的貴族之箭。

劉進忠見了，訝異地問道：「等等，這是為何？」

馬科將那支美麗的箭探入前一支箭的洞口，小心地推送到另一頭出口，一邊回答劉進忠：「這是常事，上頭要領功，早已決定要是張獻忠死了，領功的人的名字。」

「是誰？」

「章京雅布蘭，當前朝中鑲白旗的紅人，這份功勞，鑲白旗是要定的了。」馬科拉遠視線，看看箭身角度無誤了，又拔出張獻忠頭上的箭，啐道：「礙事的！」又丟掉了。

劉進忠彎腰撿起兩支殺死張獻忠的箭，端詳了一下，困惑地說：「這不是我們的箭。」

「誰的箭沒關係，」馬科拍拍兩掌，表示大功告成，「一點也沒關係。」

劉進忠翻看箭身，發覺這兩支箭非常地短，應該是由弩而不是用弓射出來的。明軍愛用弓，清軍愛用弩，此次進攻張獻忠，亦弓弩夾雜，因此飛箭應有長有短，但此箭之短不比尋常，根本連弩也擺不進！而且，箭身為罕見的超硬金屬，箭尾竟無羽毛穩定飛行，不管怎麼看，都不像是兩方的東西！

射出這兩支箭的，是同一個人。

而且只可能是一個人！

那個人的箭並非由兵器營所提供，完全由他自己親手打造！

也就是那個人，指點他一條生路。

如今他終於明白，那個人指點他生路，是為了替張獻忠開　一條死路！

劉進忠轉頭環顧，試圖尋找那人的身影，看看他是否躲在營帳後方，因為如此短又如此極穿透力的射擊，只可能是近距離的發射。

他從馬科口中得知，來自北方的韃子不應再稱為韃子，他們鑽研漢人的書，可比漢人還用心。他們有剽勇的騎馬射箭的武功，也有讀書人的深奧見識，跟過去史書上的胡人大大不同，漢人根本不是他們的對手。

這個天下決定是他們的了，腐敗的大明守在南疆一隅，只能苟延殘喘，是再也沒有復甦的機會了。

新政權新氣象，劉進忠感激羅剎鬼指了一條明路給他，他希望回報，推薦這位箭術天才給滿清人，讓他在新舞台上充分發揮才華！

他到戰俘中尋找，也到屍體堆中尋找，但完全見不著那位滿身紅斑的男子。

劉進忠遺憾之際，隨手撕下一名死者的衣服，包好兩支短箭，珍惜地藏在身上。

張獻忠死亡的消息一經確認，孫可望等人毫不猶豫地分路奔逃，讓清軍無法集中追擊。逃了幾天，晝行夜伏，眾人在烏江畔漸漸重新聚集，點算人數。

烏江在狹谷之底，兩側都是高聳的山壁，山壁釘有棧道。烏江水淺彎多，難行大船，沿岸住有世代拉縴的居民，幫忙把大船拉過淺灘，賺取微薄的汗水錢。是以孫可望一行人來到這窮鄉僻壤，雖可避開追兵，但糧食就是個大難題，沿岸的貧困人家根本餵不飽這群敗兵。

軍兵們每人身上都有隨身的肉乾做為緊急食糧，但還是得下水捕魚、張網捕鳥、採集野菜，才能熬過一餐。

「這樣下去不是辦法，」孫可望與眾人商量道：「非得找個富饒之地，不然縱不戰死，也非餓死不可！」

張獻忠已死，統領餘兵的權力自然轉到了孫可望手中，他是張獻忠生前最看重的人，在軍中勢力也最大。

「蜀地之內都被屠光燒光，還能有什麼富饒之地？」

說得也是，光有權力是不能餵飽肚子的。

正在愁眉之際，有人來通報，汪兆齡也抵達烏江了。

一行人見他來到，如見救星，他向來足智多謀，必有好點子。

汪兆齡與一群軍兵奔逃多日，一臉疲態地來到大家面前，張獻忠的四大義子招待他坐下了，問了他逃亡經過，便很快轉入正事。「老萬歲已死，咱們當下該何去何從？」

「去重慶。」汪兆齡說：「重慶被楊展所據，但探子最新回報，僅留曾英守城。」重慶為四川兩大城之一，被張獻忠攻佔後不久，又被明軍奪回。

「曾英也不好對付！咱們在他手下從未得過便宜！」有人道。

「曾英也有弱點。」汪兆齡氣定神閒地說道：「他依賴手下兩員大將：李占春和于大海，只消行調虎離山之計，支開他們，再聲東擊西，曾英就孤掌難鳴了。」

眾將聽得挺有道理，頗有興趣，便促請他說清楚一些。汪兆齡詳細分析了當場情勢、重慶地形、雙方兵力等等，再將攻擊程序一一列出，說得眾人心服口服，這才明白他為何那麼受張獻忠器重，他們只恨張獻忠無大志之才，白白浪費了這個好軍師。

眾人佩服之時，只有孫可望在一旁冷笑。

「汪大人，我且問你，」孫可望嚴肅地問道：「現在群龍無首，我們兄弟需重新整頓，此時我們當向何人學習？應學劉備成一方之霸？或學曹操挾天子以令諸侯？或學司馬炎潛伏待機？」孫可望提出的三個三國人物，暗示了三種選擇：自立王朝、投靠雲南的明朝新立福王或投降滿清。

汪兆齡撇起嘴，搖頭道：「大王何需遠學古人？只要以老萬歲為法，就能叱咤風雲了。」

「是嗎？」孫可望憤憤然說道：「老萬歲有什麼好學習的？自古以來，蜀地富饒險固，古來英雄所必爭。我輩血戰四方，征戰二十年才得到這片土地，還以為已成王霸之業，能當個開國功將，享受榮華富貴，過安逸日子。就是因為你！」他拔出長刀，刀尖指向汪兆齡，「就是你朝夕蠱惑老萬歲，教他屠城，殺光蜀地人民，又教他毀壞田地、殺耕牛、殺五畜，說是不留種予後人，最後還教他殺自己的兵卒！」

眾將們大驚，他們都不知道這回事，還以為全是瘋狂的張獻忠所為。

汪兆齡瞄了一眼指向他眉心的刀尖，感到眉心有一股酥麻，彷彿已被刀尖的氣息穿透了似的。但他一點畏懼的樣子也沒有，嘴角還似乎漾起了一絲笑意。

他直視孫可望，似乎想更加地觸怒他。孫可望繼續說道：「我們今天之所以置身此地，全是因為老萬歲聽了你的話才造成的，不然我們過去所向披靡，今日哪可能失敗得那麼快、那麼徹底？你叫我們學習老萬歲，難不成要我們也聽你的蠱惑之言？」他的刀尖已壓上汪兆齡的眉心，劃破皮膚，流了一點血，「你的唇槍舌劍，令蜀地萬萬生靈皆盡於鋒鏑，恨只恨你只有一副身體，不足以抵償億萬之命，我要殺你一千次！一萬次！一億次！即使把你砍成肉醬，也無法稱心如意呀！」說著，孫可望一刀砍下，汪兆齡的胸口馬上斜斜開了一道血痕。

汪兆齡好像不怕痛，臉上還堆笑，「孫千歲只知其一不知其二，汪某此來，不為別的，正是為教老萬歲殺人。」

「你還在妖言惑眾！」孫可望揮刀亂砍，汪兆齡一時血肉橫飛，一張嘴卻還能說話：「可惜呀！功虧一簣，只差你們……」孫可望在憤怒的亂刀中砍掉了他的下巴，汪兆齡半個下巴垂掛左耳邊，孫可望再補上一刀，一塊下巴連著耳朵飛跌到地上，撞斷了上面的門牙。

眾將們沒人敢阻撓，只等孫可望砍得手痠停刀，地面上骨肉狼藉為止。

孫可望喘著氣，凝視著地面上徹底的肉碎，此時，有人嘆道：「大王留下此人，尚可為咱們計謀攻城，何不遲些兒殺他呢？」

「你們太看得起他了！」孫可望厲聲怒叱：「縱然諸葛亮再有本事，最後贏的也不是劉備！」

眾人默不作聲，許久許久。

終於，有人打破了沉默：「他最後那句話什麼意思？」

薙髮誌

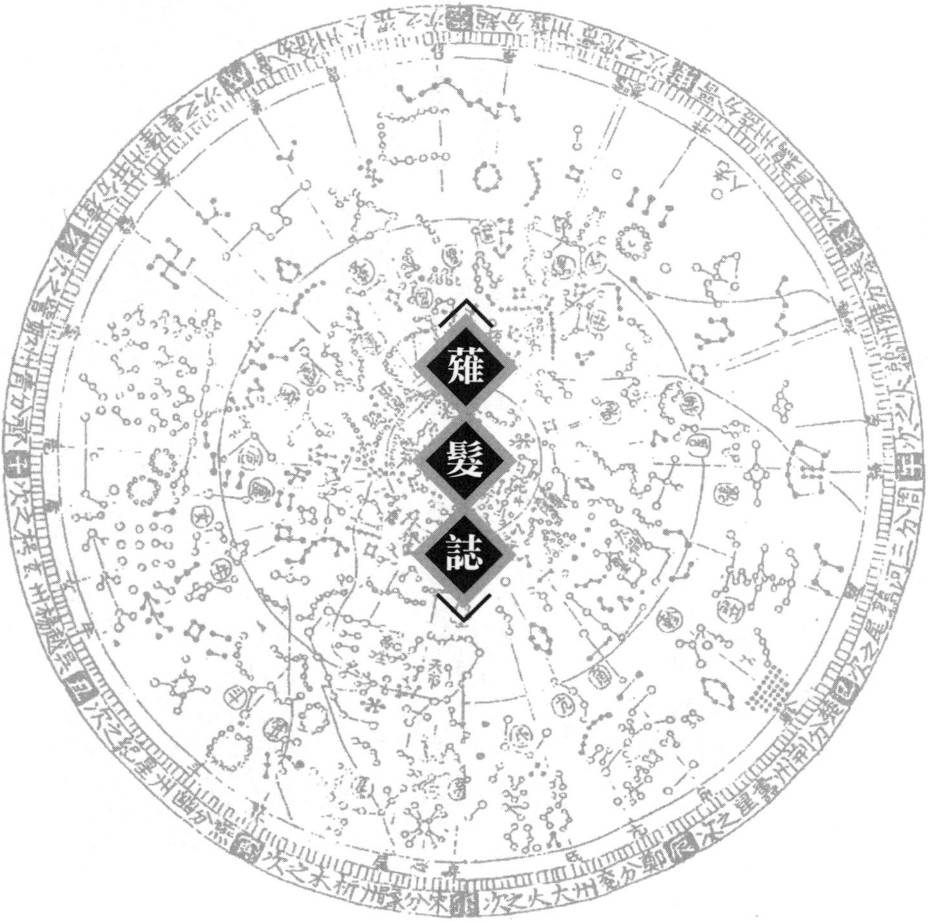

（滿清）順治十六年
（南明）永曆十三年
（西元）一六五九年

大清早，阿瑞探頭出地洞，習慣性地四處張望了一下。

他移開地洞旁插著的幾根木楔，才一骨碌地全身爬出地洞，再將木楔插回固定的位置去。他不敢改動分毫，因為木楔的位置是由外公定下的，自從外公過世後，再沒人能如他一般行使深奧的遁甲之術，阿瑞生怕一旦改變，遁甲術就被破解了，他們隱蔽了十多年的家門就曝光了。

雖然，他的外公符十二公有意將遁甲術傳給他，但他委實不是讀書種子，對於陰陽五行的複雜關係極難深入，所以符十二公又傳術給谷中鳴和姜人龍兩位師兄弟。他們是好料子，但無志於此術，因此雖然精通，但未能深入堂奧，未能參透骨髓，只能操作已有之術，而無法再做發明。

阿瑞出了地洞後，運上一口氣，略施輕功，三兩下爬上了樹頂，居高臨下，放眼瞭望四方動靜。

樹的頂端十分安靜，完全是另一個世界，他很喜歡待在這兒，通常一待就待上半個時刻，才開始一日的採集活動。

忽然，他發覺不遠有動靜，在他旁邊的大樹上，茂密的樹葉間也探出了一個小頭，他仔細一瞧，當下又驚又怒，「阿九！」他用的是密音傳耳，這種運氣的法門他就擅長得很，不如陰陽五行那般難學。

阿九是他的大兒子。

阿瑞無姓，所以也不為兒子用姓，仍舊以「阿」開頭，以生月為名，故取名為「阿九」。

阿九天生異稟，在武學方面一點就通，三歲習長短拳、四歲學禽翔五行指、五歲學金蟬劍、六歲學雷門刀、七歲便學會道門內家運氣之法、八歲更習得長生宮輕功仙人步，此後便常跟祖母在山林間奔馳嬉戲。他在三歲習字之後，谷中鳴和姜人龍偶來串門子，也開始教他一些詩書，若是符十二公還在世，一定也會傳授奇門之術給他的。

但他畢竟年紀還小，筋骨未硬，阿瑞擔憂他常常爬高爬低的，萬一跌倒殘廢就不好了，所以總是禁止他爬上樹頂，因為樹頂脆弱，最容易折枝墜地。

阿瑞再呼喚了一次：「阿九！爹說過不准上來！」

阿九把食指抵唇，示意阿瑞噤聲，然後遙遙指向青城山更高的方向，那裏山霧彌漫，正是長生宮所在。阿瑞楞了一下，才想起有十四年未踏足長生宮了。

阿瑞瞪大兩眼，要看清楚兒子所指的方向，究竟有何可疑之處？

山霧之間閃過一道金光，倏然而逝，阿瑞還來不及看清楚，差點從樹頂掉下。

「那是什麼？」他張大眼睛凝視，良久，又出現一抹金光。當下他大起狐疑，他上一趟去長生宮，是張獻忠佔領成都那年的年底，他乘著無預警降臨的大雪，與彩衣兩人冒險登上青城山，想偷偷探看長生官的狀況。

沒想到，長生宮山門大開，地面遍佈散落的屍骨，連大殿上都有數十副黃骨，可見大屠殺發生已有一段日子！屍肉內臟等軟組織早已被蟲噬或腐爛至盡。

阿瑞不知，張獻忠找到藉口，下令大殺僧道，毀寺滅觀，只留下陝西人常拜的關帝祠，以及被張獻忠推尊為遠祖的文昌帝君，長生宮為著名古觀，自逃不過一劫。

阿瑞心驚膽戰地邊走邊望著一地屍骨，連衣服也敗壞成細絮，壓根兒分辨不出哪一副是過去相熟的故人、哪一副是欺侮過他的同門，如今皆一視同仁地朽壞，骸骨狼狽不堪地散在地面，無人收拾。

他倆走到坤門院落，那裏是女道聚居之處，同樣也是屍骨遍地，有的還很明顯的是被利器砍斷手臂，有的肋骨碎裂，牆上和地磚上全是褐色的舊血跡，可見當時交戰的慘烈。

彩衣找不到她師父的屍骨，卻發現師父樊瑞雲的「金蟬劍」插在屋樑上，劍身上還有黑色血塊，彩衣見了不免觸目驚心，但她和阿瑞還是取了金蟬劍，才回到藏身的地洞去。

十多年前的情景歷歷在目，故此阿瑞甚感疑惑，已經無一活人的長生宮，十四年後為何會有連這麼遠都能看得見的金光？莫非有人再度進駐了長生宮不成？

回到地洞，他告訴彩衣：「我要上長生宮一趟。」阿瑞實在按捺不住他的好奇心。

彩衣聽了，並沒馬上回應他的話，自顧自地低頭整理他們種在地洞中的蕈類，檢查有沒有被其他孢子感染了濕木，免得吃下有毒的蕈類。這些年來，他們已經發展出在地洞中種植的技術，免得總是依賴採集維生。

許久，彩衣才幽幽地說：「你不能保證每次都平安回來。」

「我只是在外面窺探，不會冒險的。」

彩衣不置可否地點點頭，不將眼睛正視阿瑞，手上的活計似乎更顯忙碌了。

阿瑞知道要是再商量下去就沒得商量了，於是趕緊收拾好所需乾糧、暗器、兩把菜刀等物，矮身便要鑽出地洞外，他預算一天之內就會回來，長生宮所在之地並非高山野嶺，不難到達的。

「等一下，」彩衣叫住了他，「你有沒有告訴阿九？」

「我臨時起意的，他不會知道。」

「很難說，」彩衣道：「要是他跟去，一定要趕他回來。」她曉得阿九老是偷偷跟著他爹去探險，往往轉眼便不見了蹤影，教她好生擔心！

「知道了。」阿九是彩衣經歷老神仙那件事之後保留下來的孩子，彩衣格外地疼惜，阿瑞當然瞭解。

一離開地洞，阿瑞便展開「八步趕蟬」的輕功，提起一口氣後，足尖便輕巧地點在草尖上飛跑，十分寫意。雖然年逾四十，卻覺得施展起輕功來，比二十歲時更為操縱自如。

其實，這還得歸功於阿九。

阿九在地洞中出生，很少到外頭走動，一怕哭聲引來麻煩（其實他難得一哭），二怕有麻煩時不易逃走。

剛滿一歲時，他還在地洞中學步，腳步蹣跚的他便已迫不及待地要往地洞出口爬去，被阿瑞及時抱住，對年幼的阿九搖搖頭說：「不可以出去哦，外頭虎狼多，特別愛吃小孩的。」

待他學會說話，才剛會幾個單字時，一見彩衣要去另外一個地洞取儲糧，他便急躁地想要跟出去，不停嘟囔說：「要去！要去！」彩衣想當然耳不理睬他。

終於，他力氣夠大了，便緊抓彩衣裙腳不放，硬要跟她出洞，彩衣才嘆口氣說：「要去也行，你一點聲音也不可以發出。」他果然做到。彩衣從抱他出去到進入另一個地洞的路途中，他真個安安靜靜。

等他一踏到儲糧洞的地面，馬上連走帶爬地走去一角的土台，那邊上面鋪了層乾草，做為臨時的床鋪之用。

兩歲的阿九爬上土台，撥開乾草，在數年未換過的乾草堆下摸弄一番，竟拿出一本泛黃破舊的薄冊來。他把小書拿給彩衣看，興奮地不停跺腳。

彩衣納悶地翻看這本薄書，書中文字寥寥無幾，倒是幾乎每頁都畫了頭牛。她從來沒見過這本書，要說書，最有可能就是符十二公的藏書了，可是，也不該出現在這個儲糧的洞穴啊！

彩衣把書拿給符十二公看，果然符十二公也大惑不解，「此乃禪宗《十牛圖》，為何在此？」符十二公一生沉迷於奇門遁甲，雖有紙人術、嘯法等奇術，但從來不諳武功，看了阿九翻出來這本書，全無反應。

可翠杏就不同了。

阿九一直佔住那本書，不管誰拿走了，他一定取回來，直到某日翠杏來找孫子玩，他匆匆忙忙地跑向翠杏，硬把那本書塞給他的祖母。

早在二十餘年前，翠杏的半個腦子就被朱九淵的「火犁掌」燒壞了，此後便一直癡癡傻傻的，也說不出一句完整的話來，鎮日只在山林中奔馳跳躍，被青城山中的挑伕起了個「女山猿」的渾名。這樣一個瘋了的祖母，對阿瑞一家子十分呵護，當她從孫子手中接過《十牛圖》時，忽然發出驚駭的叫聲。

接著，翠杏坐到地面，急促地翻看這本書，口中不停發出哦哦哦的怪聲。

她認得這本書，她看過！

當年，她被朱九淵誘惑，暗結珠胎，曾幫助朱九淵尋找父親所藏的一本醫書《靈龜八法》。沒想到，在前幾頁的銅人圖和說明之後，竟乍然出現這些牧童牽牛的圖畫，十分突兀。

更沒想到的是，她一面看圖，身上的經脈竟開始發熱，有氣自流，她才看了三幅，就打通了任督二脈，達到「小周天」的境界。可惜的是，此時朱九淵打斷了她看書，後來那本書也被火犂掌所毀。

在她腦中殘餘的片段記憶中，浮現朱九淵攻擊她之前的那段時光，當她仍然沉浸於打通經脈的那片驚喜時刻。如今，她翻開《十牛圖》，接續三十年前未完的部分。

一個時辰後，她跑去找符十二公。

符十二公注意到女兒的眼神清明，舉動與往昔不同，以前她的走路姿勢總有些手足不協調，今天卻舉止端莊，一如她當閨女，幫符十二公管理家中生意時一般。

「爹，」翠杏說：「這些年辛苦您了。」

符十二公當場淚水暴湧，這是三十年來首次聽見女兒說出一句完整的話。

他緊抱已經快五十歲的女兒，老淚橫流，哭得幾乎快暈厥過去。

他不知道，翠杏已然脫胎換骨，全身十二經脈和奇經八脈悉被接通，經脈走全，連腦袋中損傷的區塊都長了新的神經元，回復了大部分的神志。

在此之後，符十二公宛如放下了壓在心上近三十年的巨石，當下放鬆了心神，幾日後便整個人忽然精神委頓，急速老邁，腳步不復穩健，連說話也模糊了起來。

一年後，符十二公在睡夢中含笑逝世。此是後話。

且說阿瑞一家子又驚又喜，他終於可以和生母對話，祖、孫、媳數人互相敘述過去種種，一直交談到深更半夜，彷彿要將以前遺失的歲月全數彌補回來似的。

「我知道我在何處，也知道我在做什麼，」翠杏說出自己瘋癲時的感受，「但是我無法自主，就有如……我在別人的身體裏頭，觀看著一齣又一齣的戲……」

「那妳回來的時候，是什麼感覺呢？」彩衣是女人，比較注重內心的感受。

「好像……從布簾後面，走來了前面……」翠杏說：「那都是因為看了那本書！阿九是從哪裏找來那本書的？」

阿九沒理會他們，獨自坐在地洞一角，憑著樹根旁洞口透入的光線，一頁頁翻看捧在他小小手上的《十牛圖》。

阿瑞向阿九說：「你手上的書，給爹爹看好不好？」

阿九二話不說，三兩步晃著屁股跑過來，塞到阿瑞手中。

阿瑞隨手翻了一下，見紙張黃舊，繪圖粗糙，圖中的牛兒原本體色全黑，有牧童以草誘之，再用芒繩牽起來。牛初不馴，後終於乖乖順服，此後便體色漸白，然後牧童也不需再用芒繩牽御，牛、童變得兩不干涉，最後牧童單獨出現，快樂拍手。到了第十圖，連牧童也消失，只剩一空無大圓。

「這到底是什麼？」

符十二公告訴他：「此乃佛門禪宗修行圖示，好像說牛兒代表了執念。」

阿瑞向來不擅讀書，小時候在長生宮，他最不耐煩的就是讀書，只喜歡動手動腳的武藝，故此對於稍微深奧一點的義理都很難瞭解。此刻他只覺《十牛圖》內涵高深，他才看了幾眼就要放棄，遂將書遞還阿九。

沒想到阿九不肯收，硬把書本塞到阿瑞懷中。

「怎麼了？」阿瑞很少見到阿九鬧彆扭，這小孩會如此堅持，實在怪異。

阿瑞假意翻了兩頁，又被阿九的小手壓住紙面，阻止他繼續翻下去，阿瑞訝異地看著他，阿九口中不停地重複說：「看！看！」

阿瑞只覺其中必有蹊蹺，他的生母能夠奇蹟似的回復神志便是一例。他試著盯著第一張圖，才凝視不久，驟時之間，體內真氣忽然洶湧奔流，會陰底下更是湧出一股暖流，暢快無比，他大吃一驚，生怕走火，趕忙將書擱下。

「邪門！」他先是這麼想，但轉念一想。邪門之物何能治好其母？他定下心神，與家人一同思索整件事情的來龍去脈。

現在，他心中產生了一個極大的疑問。

他抱起阿九，讓阿九坐在他腿上，輕聲在阿九耳邊問：「你是誰？」

阿九乖巧地坐著，轉頭望了彩衣一眼。

「你究竟是誰？為何來到我家？」阿瑞摟住他，小聲再問。

阿九掙脫了他爹的手，走到地洞的另一角，去追逐一隻不慎闖進來的甲蟲，牠們專門在泥土中吃腐物的。

「這本書是在什麼地方找到的？」阿瑞轉頭問彩衣。

他們居住的地洞，是符十二公上山探測地形、演練遁甲術時發現的，隨即便用遁甲術隱藏起來，雖然山上也有其他人住在洞穴避禍，但沒有能像他們的這般隱密的。也就是說，這幾個地穴在他們住進來之後，都不會有外人闖入，所以這本怪書要不是老早在此……不可能，地穴是阿瑞親自整理的，在他們入住以前都杳無人跡。

唯一進來過的外人，就只有一人。

阿瑞第一次仔細觀察他的兒子，想從他的樣貌或身形中尋找一絲線索。

那本書，令他的心中起了陣陣漣漪。

阿瑞用仙人步奔跑了一段時間後，已經抵達長生宮的後山，為免輕舉妄動，他先找個藏身之處，稍事休息。這趟來到長生宮，真的是極大的冒險，即使要歇息，也不敢在光天化日之下露出身形。

他之所以如此小心，是因為在山中隱居了十五年，根本不清楚外頭的變化，雖然偶聞張獻忠已死，但外界依然戰火頻傳，不知何日方休。今日聽說張獻忠的部下們自相殘殺，明日又聽說韃子打來了，不久又聽聞明朝有新皇帝了，總之流言版本變化不停，是以他們不敢擅離地洞，更不敢妄入城中。

他在草叢中摸索了一下，找到幾棵結有小穗的雜草，外形有如縮小的稻米。阿瑞兩指輕夾草穗，拉下了一堆小籽，送入口中咀嚼。事實上，稻米正是古人將結穗小草馴化培養的農作物，阿瑞一家在山中辨認出許多可食用的植物，在他們眼中，一地雜草可說是遍地食物。

此時，他突然發現對面的草叢中露出一雙眼睛。

他又怒又喜，悄聲叫道：「阿九！」他兒子果然跟來了！知子莫若母，彩衣果然料得沒錯！此一可怒也！但在路途中，阿瑞一點也沒察覺阿九的氣息，可見其輕功已達上乘！此又一可喜也！

阿瑞觀察了一下四周，低身滾地去到兒子身邊，急躁地問他：「你娘知不知道？你不是答應要看著你妹嗎？」

阿九用他正在變聲、音調不準的嗓音回道：「娘在教阿筍暗器，我沒事幹，就來了。」一副理所當然的樣子。

阿瑞用指尖頂住他的鼻子，「你從未出過遠門，不知外頭凶險，阿爹這次來，吉凶未卜，一見不妥，阿爹便要逃走，帶上你很不方便。」

「阿爹不必擔心，我會自己照顧自己。」

「不是這回事。」阿瑞懊惱地說：「此事性命攸關，你不准跟阿爹去！」

正在此時，他們頭頂的樹林掠過一樣東西，衝過茂密的葉子之後，滾落在地面，消失在滿地的攀藤植物間。

阿九初生之犢，馬上不假思索地衝過去，阿瑞來不及阻止，只好也緊追上去，一邊環視四周，瞧看有沒有人躲藏在林葉之間。

他追上阿九時，看見阿九手中捧著一個人頭。

更詭異的是，人頭的眼神恐慌地瞪大著，兀自在眼眶中骨碌骨碌打轉著，嘴唇還在發著抖，當他看到阿瑞父子時，表情更為驚愕，不過此刻他的鮮血忽然從脖子斷口噴出，噴得地面的葉子亂抖。阿九登時嚇得跳開，丟下人頭，人頭的臉色轉眼便變得紙白，瞳孔迅速放大，表情頓時凝結。

阿瑞驚奇不已，「好快的刀！」

阿九好奇問道：「阿爹，你說什麼刀？」

「大凡利刀斬人脖子，一刀不易砍斷，刀口還會缺損，只有用百摺鋼打造的倭刀能又快又狠，」阿瑞指著人頭的斷口，「可是此刀更勝一籌！你瞧它切口平整，沒有撕扯，而且刀身極冷，竟然可以令血水凝結不流，所以那個人頭，剛才還是活的！」

阿九小小年紀，竟不畏懼死人的頭顱，把人頭再撿起來，翻來翻去查看，還摸了摸脖子的切口。

問題是，這人頭從何處飛來？能飛這麼遠還活著嗎？

阿瑞遙望長生宮的方向，已經可以見到一角屋簷露出林間。

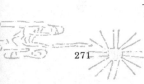

那邊就是菜園子的方向，牆上有個破口，是他以前常常偷偷進出的祕道，不知道已經被人封起來沒有？

「阿九，」他抓住兒子肩膀，「答應阿爹，不要跟阿爹過去，乖乖留在這裏等我回來，好不好？」

阿九一雙眼睛瞪住他，抿嘴不答。

真相已然近在眉睫，阿瑞不想放棄，又不得不顧慮兒子的安全，他左右為難，心急非常。

阿九低下頭，說：「一個人留在這裏，阿九會怕。」

阿瑞知道，這只不過是阿九的藉口。

阿瑞心下一橫，把彩衣充滿責備的眼神從腦中抹去，「好，你緊緊跟住阿爹，不管有什麼風吹草動，都不准離開我身邊。」

阿九面露喜色，雀躍地便要前行，被阿瑞一手擋住，「阿九，這可不是鬧著玩的，一個不小心，會送命的。」

阿九用力點頭，「阿爹放心，我一定聽話，阿娘今早採了竹筍，我還想回家吃呢。」

阿瑞不知道是不是該放心才好，阿九是很愛吃竹筍的，可是他的舉動有時候會教人措手不及。迫不得已時，說不定要點他的麻穴才行，即使點穴會對他造成傷害。

他們父子倆一前一後，靠近長生宮後院的圍牆，阿瑞向兒子指指一棵高大的樹木，上面有許多葉子可以藏身，又可以窺視道觀中的動靜。阿瑞比了個手勢要兒子跟上，他自個兒運了口氣，連爬帶走地飛身上樹，迅速藏入林葉間，然後招手叫兒子上來。

阿九站在樹下，沒抬頭望他，反而楞楞地盯住一個方向。

阿瑞急了，怎麼這麼快就不聽話啦？

他想趕緊下樹，免得阿九落單，沒想到，阿九視線沒朝著他，卻突然朝他一擺手，示意他別下來，隨即整個人彈開，在間不容息之際，一道金光掠過阿九剛剛站住的位置，經過的路線上，留下一道寒氣。

「他奶奶的！」阿瑞大急，翻身下樹，那道金光卻折回了頭，阿瑞正置半空，無法回身，眼看金光便要切上他的身體。

阿九一個鷂子翻身，手中現出一把匕首，奮力擊向金光，一聲剛硬的鏘聲，火星四濺，那金光偏移了路線，眼看要落地，卻又猛地飛起。

「一定有人在操縱！」阿瑞忖道。他冒出一身冷汗，心知形跡已露，不能再留，非逃不可！

金光飛起之後，乖巧地滑過半空，回到一人手中。該人身材不高，一身軍戎，穿的是皮甲，頭上剃光光，只在最頂處留下一條細辮子，怪裡怪氣的，阿瑞從未見過這種人，說不定就是人家所說的胡人。

那人語氣冷峻地說：「看不出來，這小兒有如此身手，看來張獻忠殺了這麼多，蜀民之中，依然臥虎藏龍。」該人口操流利漢語，顯是漢人，為何一身胡服？

阿瑞見對方語言相通，連忙拉住阿九，拱手作揖道：「小人山野樵夫，不知得罪大人，還請大人恕罪！」

那人哼了一聲，道：「老子也是江湖常客，難道瞎了眼瞧不出你們有武功底子？」林中窸窣有聲，冒出幾個同樣細辮光頭穿軍戎的人，見那人與阿瑞父子說話，一位蓄了兩束長鬚的中年男子忙指住他倆問：「什麼人？」語音不清，看來此人的確是胡人了。

那人道：「將軍見到了，是不守王法的刁民。」

阿瑞忙道：「小人是順民！從來嚴守王法！」他見對方人數更多了，心中不停在留意脫身的良機。

「既是順民，」那胡人道：「為何沒剃頭？」

他說的話什麼意思？阿瑞一頭霧水！

「小人不懂……」阿瑞實話實說，「剃頭是什麼意思？」他腦中也在不停地掠過許多念頭……他自幼被教導，他的身體、頭髮乃至於皮膚都是源自父精母血，乃父母之恩典，不可令其損傷，雖然他當年不知父母是誰，他依然十分認同這句話。

是以男子自滿週歲剃髮後，便不再剪髮，留髮至十五歲便打成髻，髮髻上可以戴頂小帽子，是為「立冠」，以示成年。頭髮是父精母血，足以代表一個人的生命，因此古代只有奴隸或受刑犯才被剪短髮，也有取人頭髮以詛咒的法術，曹操更以割髮代首來交代軍紀懲罰。

可是，眼前這名漢人男子卻甘於學胡人剃光頭髮，只留頂上一小紮，還編成長辮，說有多怪就有多怪，阿瑞真的無法接受。

因此，最合理的解釋是，胡人取得了四川，並且要所有人像他們一般剃頭！

果然，那胡人說：「萬歲爺老早下令：『留頭不留髮，留髮不留頭』，我可憐你粗野村夫，快快剃了頭，免你不死！」胡人語氣懇切，不像有惡意。

沒想到，那漢人擺手阻止胡人再說下去，「將軍，萬歲爺在進入北京的第一天就下令剃頭，距今有十六年，此人住在深山，就是為的避不剃頭！分明是明朝餘孽！應該殺無赦！」

阿瑞一聽，知無選擇的餘地，他趕忙輕推阿九一把，低聲道：「石蝦洞！翻雲手！」這是父子倆的暗號，只有他們明白是什麼意思。六字剛畢，阿九警覺性高，立刻拔葱也似的跳起，跳到阿瑞伸出相疊的兩掌上，阿瑞順勢一提，把兒子整個人拋開出去，翻身脫出眾人包圍，此所謂「翻雲手」。

阿九一脫身，便拔腿狂奔，阿瑞見兒子得逃，遂取出腰間兩刀，舞個刀花，欲突破重圍。不想那胡人也不是省油的燈，他對阿瑞手上菜刀絲毫不懼，見刀揮來，竟沉腰屈腿，兩臂交叉伸向阿瑞，阿瑞只覺兩臂一陣酥麻，菜刀立時偏開，差點脫手。

阿瑞大驚，他並不知道對方是滿族摔跤高手，在滿族之間名聞遐邇，他的一隻手錯入阿瑞腋下，只消往腋下一提，阿瑞便會整隻手臂麻痺。這種滿族的手法阿瑞並不熟悉，但他很快識破對方意圖，忙將腳下一點地，步法轉為「八仙迷陣拳」，握刀的手腕反轉，一式「仙姑獻桃」由下而上劈向胡人手腕。

那胡人將軍也不簡單，反應極快，他緊握阿瑞的手腕，不令阿瑞的刀接近，腳下奮力一踢，欲絆倒阿瑞，但阿瑞下盤練得極穩，文風不動。如此兩人你來我往，過招十餘回合，誰也討不了便宜。

「將軍當心，他在套你的招。」胡人之中有一把懶洋洋的聲音，原來還有另一個剃了頭、留辮子的漢人！剛才根本沒留意到此人的存在！

阿瑞被識破用意，心中一慌，被胡人將軍乘機扣住了腰帶，被他施巧力一提，阿瑞當場四足騰空，無處著力。

一個低沉的悶聲穿過空氣，只聽胡人「嗯？」了一聲，一顆石頭黏在他太陽穴上，過了一秒才掉落地，他一陣暈眩，手腕一軟，阿瑞當場被拋下地。阿瑞落地滾身，只聽數道悶聲穿過空氣，分別有小石子打中四周眾人，但力量不夠殺傷力，只有那位不起眼的漢人，伸手接住了石子。

「哎呀！」阿瑞心中大呼不妙，阿九沒逃跑，他又回來了！

「立刻斃了他們！」漢人口中呼嚷著，手中金光已呼嘯而出，認清了躲在樹上的阿九。阿瑞情急，忙揮菜刀硬擊金光，不想菜刀被金光震開，手腕還差點被切斷。

「阿九！快逃！」阿瑞放聲大叫，阿九忙跳下樹，不但不逃，還衝進包圍之中，他兩眼直視阿瑞，似乎有話要說。

阿瑞氣急敗壞，想再度揮刀殺出重圍時，那位方才識破他的漢人已躍上前來，沉腰立馬，兩掌一舞，阿瑞頓覺空氣中出現一股震波，驚覺對方是位內家高手，不禁訝然：「胡人之中，何以有漢人甘為犬馬？」

看倌大概已經猜出，這兩位漢人並不陌生，就是以前羅剎鬼哨隊的成員，人稱老探子的那位手發金光，顯然地位不低，其貌不揚的即是老吳。兩人在張獻忠敗亡後並未隨大軍南遁，反而決定投降了滿人，那也是由於他們相熟的劉進忠率先投降之故，他們早從羅剎鬼口中得知，即使劉進忠不引滿人來殺張獻忠，他們也要跑過去遂寧投靠的。

事後證明，他們的決定沒錯，機會總在勝利者的手中，在勝者的麾下，他們有更大的發揮空間。原本他們以為張獻忠會是最終的勝利者，雖然預測不對，但張獻忠也提供了不錯的跳板，他們也在正確的時間做了正確的選擇。

簡而言之，他們是牆頭草。

兩人深諳此道，因為兩人的家族都吃明朝俸祿。老吳是不受賞識的官軍，老探子的祖上更是東廠的專僱殺手，如今他們在滿人營下已有十三年，盡量發揮所長，如魚得水。

看見阿瑞父子皆身帶武藝，老探子胸中湧起一股熱流，興奮地想大幹一場！

他不願放過阿瑞，也是因為難得遇到武藝較高的人物，正好可以試試新武器的威力，也可以在胡人上司面前顯顯能力。

以別人的人頭換取功名，不是張獻忠教的嗎?!

老吳跟阿瑞交手，其內力深厚，阿瑞遠不能及，但阿瑞身形靈巧，聲東擊西，指南打北，讓老吳難施殺著。阿九也不輸他爹，他還沒衝入包圍，就被胡人攔住，滿人盛行以摔跤術訓練子弟，是以這胡人也是摔跤力士，他想抓住阿九，但阿九身型尚小，不易抓到，不但沒抓到，還因為輕視阿九年少，被他擊中鼠蹊，痛得力士淚水立刻飆出！

阿九錯身進入包圍，跑到他爹身邊，嚷道：「咱倆一同去石蝦洞！」竟撞開阿瑞，面對老吳使出「八仙迷陣拳」第一式「八仙拜壽」。

見阿九跟他同樣使出八仙迷陣拳，阿瑞也順勢使出與之相應的招式，父子倆聯手，一來一往，輪番對付來自四面八方的攻擊，招式配合得天衣無縫，滴水不漏。阿瑞越打越驚奇，不禁自問：「我幾時教過他這套拳路了？」他腦中第一個解答是在平日練功時偷學的，但偷學能偷得這般純熟，還能兩人配合嗎？

阿瑞不知，這八仙迷陣拳乃百年前少林圓性禪師所創，專給少林寺僧兵聯手克敵之用，本意是四人分佔四方，但八人才是最佳陣形，能封鎖敵手招數，令其無法出手，不戰而降，妙不可言。此拳法傳予俗家弟子王探花，經三代傳至王用，才在機緣之下傳給鄭公公的。

如今兩人同使八仙迷陣拳，阿瑞才終於領會八仙迷陣拳的妙用！當年鄭公公只演過一遍給他看，又與他對打演練過一回，原本預計在潛進張獻忠營中後必須聯手抗敵，但命運弄人，鄭公公無常已至，慘被亂箭射死，否則的話，阿瑞早在十三年前就該領教到八仙迷陣拳的厲害了！

父子倆背貼著背，一面出招，阿瑞的懼意一面逐漸消失，反而一招比一招欣喜，忍不住呢喃道：「原來如此，原來如此……」心中充滿悟道的狂喜。父子兩人使出的招數雖然不同，卻正好封住四面八方的攻勢，讓對方才剛出手，拳未使老便已生悔意，只好不停換招，漸漸攻無可攻、守無可守，最後陷入迷亂的空虛境地，不知該如何出招才好，這才是「迷陣」兩字的真義。

在一旁的老探子見眾人一臉狼狽相，終於忍不住氣憤地大叫：「你們全都散開！休怪我刀劍無眼！」

眾人一聽，知道他要拋出金鐃了，被割到可不是鬧著玩的，眾人趕忙跳開。在同一瞬間，老探子手中飛出一道詭異的金光，它不是筆直飛行，而是突高突低、突直突曲，教人摸不清路線。

阿瑞怕孩子受傷，忙轉身讓阿九移去背後，伸出兩刀欲迎戰金鐃，沒想到，側邊突來一陣寒意，竟有另一道金光不知從何處迸出，從兩邊夾擊他們！

情急之下，阿瑞低聲說：「仙人步，走坤位，金蟬劍，陰蟬，霸王卸甲。」不等阿九答應，馬上塞了一把菜刀到阿九手中。

他們沒有時間遲疑，變化不停的兩道金光已迫近眼前，最終的目標顯然是他倆的脖子。阿九的腳下走起步法，父子倆背對著，步法正好對應呈鏡像，阿九手上的菜刀比劍短了三分之二，依阿瑞的計算，正好。

先後兩聲「鏘」「鏘」，兩人菜刀碰上金光，依道家理法所創的武功，上善若水，以柔制剛，刀身絕不硬碰對方兵器，且「陰蟬」技法專門解人兵器。此式「霸王卸甲」還有另一巧妙之處，重在卸甲之後……於是，菜刀斜劃了一道圓弧，金光在菜刀斜角下忽然轉向，速度卻絲毫未減。

慘叫聲中，兩側各有一個人頭迅速飛脫脖子，叫聲一直沿著拋物線飛去林子中，一個人頭擊中樹幹，悶呼一聲，一張臉正中間陷了進去，另一個卡在枝杈上，還尖叫了多幾下，直

到脖子噴出鮮血，才洩氣似的楞住了表情。

眾人兀自驚愕不已，阿瑞父子乘機拔地而起，飛身躍向最接近的樹幹，快速爬上樹枝，在枝頭上飛竄逃離。

沒有人追捕他們。

老探子忙停住了金鐃，忿恨地瞪住樹林上逃逸的人影，被金光斬首的兩名滿人官軍依然佇立著不倒。滿人將軍被身邊斷首的人噴了滿臉的血，他陰沉地直瞪老探子，用滿州話冷冷地說：「你殺死了我的族弟，你完蛋了。」

當下，老探子生起一個念頭，他想隨手一揮，取下滿人將軍的頭顱，然後跟老吳遁入江湖。老探子武藝不強，最強的就是手上的暗器，但如果老吳不肯，他也有自信在老吳出招之前輕取人頭。

不過，這個念頭很快就消失了。

因為他不捨得在長生宮之中，他辛苦數年研究建立的新兵器。

他是滿人將軍的部下，專事祕密研發兵器，以應付四川譎詭多變的局勢。

這個最新研發的兵器，尚在試用階段，甚至還未到向他上級露面的時機！

說起來，他會這麼熱中於研發兵器，還是受了羅剎鬼的影響。以前在張獻忠營中，他眼見年紀輕輕的羅剎鬼一有空便設計試用新的兵器，那種沉浸其中的熱情，令他在不知不覺中受了感染，才動念要將祖上傳下的殺人暗器發揚光大的。

但是他也知道，這位滿人將軍是為另一個更高爵位的貴族辦事的，他知道他們不甘心屈居於四川這個邊陲之地，說不定他為他們研發的兵器，會是未來政治鬥爭的重要環節！他甚至可以預見他的發明被用來誅殺政敵，在朝廷中引起恐慌。

老探子猜對了，不過他的兵器的重要性，要在順治皇帝於兩年後駕崩、開啟六十一年的康熙朝、邁入雍正帝的時代後才見真章。

「將軍，」他嚴肅地說：「個人事小，社稷為重。」

「你殺死了我的族弟！」

「他們是為國捐軀的，」老探子說：「將軍，請強調他們是為國捐軀的，殺死他們的是明朝餘孽！刁民作亂，咱們必須派兵鎮壓！」他堅定地望著將軍，似乎要把他瞪得穿洞一般。

滿人將軍好不容易冷靜下來，回復他一貫的深思熟慮，他想了想，說：「四川刁民未定，我們該再次掃蕩這片山林。」

老探子鬆了一口氣，拱手說：「小的熟悉這片山林，可為將軍開路。」

他打從一開始就覺得彷彿見過阿瑞，剛剛才猛然想起，十三年前他們曾經幫老神仙守護過一位年輕的孕婦，那一晚，有人來救孕婦，還被他的金鏢割了一道口子……方才他注意到阿瑞鼻梁上的那道深疤，難道他就是當年那條漢子嗎？

在那個充滿了侮辱的夜晚，他們還遭老神仙怪力震暈，待甦醒時，連老神仙也倒臥在血泊中了。

老探子握緊拳頭，胸中燃起一股灼熱的殺意，他對滿人將軍說：「小人即刻召集人馬，搜出藏在這山中的每一個反賊！」

阿瑞在逃回洞穴的途中，心中波濤起伏。今日一戰，他才知道兒子的能耐，阿九不但熟悉他從沒教過的「八仙迷陣拳」，連彩衣的暗器手法也知曉，他幾乎把周圍所有長輩的絕技都學會了！

阿九可能是天才，也可能是……

阿瑞不願想下去，不願揣測，不然的話，他在以後將不知如何面對這個兒子才好。

他由不得想起，阿九初學步時翻找出來的《十牛圖》。

後來他還是看了。

看到第五幅圖後，他抵不住內心的恐懼，硬是合上了書本。

他擔心走火入魔。

萬一走火入魔，身邊無一能人，誰能救治他？他心中湧現每一個需要他照顧的人：外公符十二公已經年邁，親娘、師父柳嵐煙也都垂垂老矣，好不容易才結為連理的彩衣，年紀還小的孩子……萬一他有什麼不測，就無法照顧他們了。

在他猶豫不決的當兒，原本已在體內沸騰的真氣漸漸平靜，不過，他已覺得神清氣爽，腳下輕盈，不同於往昔了。

要是當時讀完全書，今日不知又會如何？他不禁如此想著。

回到洞穴，他迅速聯絡分別住在四周的眾人，集合議論。谷中鳴和姜人龍師兄弟住在以前符十二公的洞穴，那兒藏書頗多，空間最大，因此決定在他們的洞穴討論。

大家集合完畢後，阿瑞用兩隻眼睛點了點名，九個人，少了一個雷萬仞。

「大娘，」他問雷萬仞的母親繡姑，「老雷呢？」

繡姑雙睛迷茫，視力極差，她瞇著眼睛，吃力地認出說話的人是阿瑞之後，才說：「他早在三日前就進城去了。」

「城？」阿瑞大吃一驚，「哪個城？」

「不就成都嘛，」繡姑道：「他說成都的人煙已經漸漸多了起來，他要去瞧看，世局是否已經平定，咱們是否能夠出洞，住到地面上去了？」

「進城危險呀。」阿瑞把他今日的經歷說了一遍，他一面說，一面留意彩衣，見她聽得臉色發白，還把一對兒女緊緊摟住，阿瑞只好省略掉一些細節，特別強調胡人要所有人把頭髮變成跟他們一樣，而且已經早在十多年前就已經頒布這道命令了。「老雷進城，必定遇上！」繡姑聽了，急得眼淚都快流出來了。

她命途多舛，回想少年時與阿母相依為命，阿母某日出了門便神祕失蹤，屍骨無存；後來她嫁了一名當兵的，又在兒子剛立冠時死在戰場上，同樣找不回屍首；如今兩眼幾乎快瞎掉了，唯一的兒子又可能遇險，教她如何不慌？

姜人龍兩手交叉胸前，道：「張獻忠死後，咱們已躲在此地多年，外頭消息中斷，不知天下究竟平定了沒有？要是說胡人稱王，歷史上也不是沒有先例……」他的兩臂十分瘦小，當年被張獻忠囚禁，兩臂久掛，承受全身重量多時，幾乎廢掉，幸虧懂得運氣之法，才沒有完全殘廢，但兩臂無力，時而會不由自主地抖動，過去自豪的一手書法也寫不出來了，連弈棋也會放錯位子。

「你說先例，不就蒙古人嗎？」阿瑞說。

「非也，南北朝時五胡亂華，連唐太宗也有胡人的血統，更遠之前的三國孫權，不也一頭紅髮？」姜人龍道：「胡人就胡人吧，只要國泰民安，也沒啥好說的。」

「可我就不願把頭髮剃成那副樣子！」

地洞的入口有影子晃了一下，眾人紛紛轉頭，見有一名頭上包著布巾的漢子鑽進來，待他一回身，才確認是雷萬仭。繡姑見了大喜，忙跑上去拉著他，「你有沒有進城？沒事吧？」

雷萬仭環顧了一下眾人，一臉無奈地說道：「諸位聚在此地，必有大事商議。」

柳嵐煙問他：「你到過成都了嗎？」

「到過了。」眾人一陣緊張，但見雷萬仭毫髮未傷，又不禁懷疑阿瑞的消息。「諸位請看。」雷萬仭解下頭巾，只見頭上一片光禿禿，一條編得幼細的辮子自頭頂正上方垂下，彷彿在百會穴上冒出的一根蔓藤。

地洞中一片安靜，每個人都望向他頭上的小辮子，不知該說什麼才好。

「我一進成都，城門就有個專門剃頭的擔子，竹竿上掛了兩個人頭，」雷萬仭惱道：「那剃頭人凶神惡煞，身邊躺了把大刀，又拿了把小刀指著我，問我要留頭還是留髮？我見滿城人皆胡髮胡服，周圍又有兵，好漢不吃眼前虧，我只有把頭髮交給他了。」

繡姑心疼地撫摸兒子的頭，不停地說：「有命回來就好了……有命回來就好了……」雷萬仞也是這麼想，要不是家有老母，他早就拔出朴刀，一殺為快了。

谷中鳴素來深思熟慮，他問道：「每個人都得留辮子，那出家人怎麼辦？」

雷萬仞安撫了一下阿母，便席坐在地，說：「諸位，我忍辱負重，當然不會白白情願被剃頭，我乖乖被那剃頭人綁好辮子後，便跟他坐下聊天，探聽這道『薙髮令』的來龍去脈……」眾人端坐好身子，專心傾聽雷萬仞這段以寶貴頭髮換來的訊息。

「原來，」雷萬仞說：「胡人早就穩坐北京的天子寶座，有十六年光景了，這道薙髮令也在一開始就頒下了，不僅剃髮，還得改穿胡服！而咱們成都這一帶呢，在張獻忠之後便成了死域，數十里杳無人煙，房宇燒光，莊稼敗壞，重建困難，所以一直到最近幾年才有軍民陸續進入，他們圈地復耕，重新蓋起民房。

「可是，很多人不願剃髮易服，紛紛反對，不過連上書建議緩行薙髮令的大臣都被胡人天子斬首了，大臣都沒轍，老百姓自不必說。可是，剃頭人偷偷告訴我，有人聚眾反抗，所以韃子就派兵鎮壓，死了不少人，滿城抄斬的也有。你們想，自從張獻忠以後，一座城還能有多少人？連剩下的都殺盡了，可見韃子也不比張獻忠好多少。」

「所以，一切居然只關係在剃不剃頭？」姜人龍懊惱地自言自語。

「那麼出家人……」谷中鳴追問道。

「谷兄，我現在回答你，」雷萬仞截道：「我也問了，有沒有例外？韃子們崇佛，也對道教頗為寬容，所以凡是出家人，因為是世外之人，所以各依各俗，連服裝也不必換。」

「和尚就甭提了，他們本來光頭。」谷中鳴要求更仔細的回答，「道士呢？」

「可以留髻立冠。」雷萬仞笑道：「可是你說過，你不是道士。」

谷中鳴垂頭沉吟了一陣，才說：「我不是道士，當初是家父的意思，他認為當儒士才是正經，當道士有辱家門，但師父對我恩重如山，多年來我也一直想開口出家，但師父不允，說是答應過家父，他老人家很重視承諾，所以後來就沒再提了。」

「真的嗎？」姜人龍笑道：「師兄不會是捨不得頭髮，才這麼說的吧？」

「胡說。」谷中鳴也笑道：「師父不也不允許你出家？他老人家是為了不令我倆起分別心，是以一視同仁。收了兩名弟子，卻都不是道士，他一定遺憾在心……」說到這裏，谷中鳴未免傷感，眉頭也不禁深鎖起來，似乎想抑制著淚水流出來。

姜人龍見師兄面帶哀傷，笑得樂歪了嘴，他離開席位，走到地洞角落的櫃子，那兒是符十二公的遁甲術藏書。姜人龍翻找了一下，摸出一本書來，遞給師兄，谷中鳴一瞧，竟是一本帳本，是符十二公收拾家中產業的清冊。

「這本書，師兄敢情從來不曾翻過。」

谷中鳴不好意思地瞄了一眼翠杏，道：「這是符公的私事，我怎敢多事？」

「我就是曉得師兄迂腐，」姜人龍高興地說著，翻開帳本，取出兩張夾在裏頭的黃紙，「這張是師兄的，這張是我的。」

谷中鳴接過一瞧，大大震驚，忍不住從席位上站起。

那張黃紙是一張道士的戒牒，亦即正式出家、登記在案的道士證件，上面清清楚楚地寫上他的俗家姓名邢五郎、字行德、道號谷中鳴等等，還蓋上了正式的大印。「這是怎麼回事？我沒有接受過傳戒，豈能有戒牒？」

「師父曾經在朝天宮任職，廣結善緣，弄來這些紙不是問題。」

「這不會是假的……」

「師兄，」姜人龍有些惱了，阻止他說下去，「師父一番美意，豈能出言不遜？」

谷中鳴沉默地看著戒牒，一遍又一遍默唸上面的字句，其實他心中十分激動，萬分感激師父的用心。

「師父告訴我，我倆的名字都有正式被記錄在《登真籙》之中，絕無問題。」

谷中鳴回想起，年少時有一趟雲遊回到順天府，師父說要去拜訪故人，一去便是一整天，想來為的就是此事。師父用心甚細，宛如慈父，他一定是叫師弟保守祕密，直至他死後，若谷中鳴有出家意願，師弟才會拿出戒牒來。

師父待他如此，若不出家為道，是枉為人身，對不起師父！

阿瑞望著大家，心中甚為落寞。

他的師父柳嵐煙本來就是道士，不成問題。

雷萬仞自願被剃頭了，也不成問題。

現在只剩下他了。

其實他沒什麼好選擇的，他只是芸芸眾生中一個再普通不過的人，沒有叱咤風雲的野心，也沒有揚名立萬的想頭，除了服從當前的統治者，還能如何？難道要拿一家子的性命去冒險嗎？

「各位，既然大家明白了，那麼小弟就該辭行了。」雷萬仞大聲說。

「辭什麼行？你要去哪兒？」谷中鳴訝然問道。

「剃頭人告訴我，大明還有皇帝，就在南方，聽說是雲南。」雷萬仞道：「我本是大明士兵，世代為軍，山林閒居本非我志，因此我打算盡快動身，去繼續當大明的士兵。」

雷萬仞此言，阿瑞始料未及，不禁大驚。

繡姑聽了，不禁哽咽道：「你爹死在戰場，讓你早成孤兒，如今好不容易有平靜日子，你為何要自尋煩惱？」

「阿母，」雷萬仞說：「孩兒以為，人生在世，就要當個頂天立地的好漢，孩兒志在家國，阿母不是不知。若阿母不願與孩兒同往，孩兒只好隻身上路，阿母就只好有勞阿瑞你們照顧了！」

繡姑一手抓住兒子堅硬的肩膀，淚水直流，卻忍著不哭出聲音。

谷中鳴靜靜地望著他們。

是的，那層金黃色的光彩又披上他們的臉孔了，就跟十多年前一般，那道高貴的金色光芒一直不曾消失，但谷中鳴又一直看不出它的意義，如今雷萬仞毅然的決定，讓他們母子臉上的光彩更加明亮了。

不過，這次谷中鳴在金光的背後，看出了些微的黑氣，似有似無，十分不明顯。

他一如以往，沉默不言，不去干擾命運的行進。

阿瑞感慨地看著眼前的景象，他回頭望著彩衣，因為一直沉默不語的彩衣，其實一定有許許多多的話要說。

彩衣撫了一下坐在懷中的女兒的頭髮，平心氣和地說：「阿瑞，你最好在雷大哥動身之前，把頭給剃了，否則就沒有人可以對照了。」

阿瑞點點頭，鬆了口氣。

他知道彩衣幼時家破人亡，家人盡被搖黃賊所殺，年少時又災禍連連，他是不能再讓她擔心害怕了。

彩衣瞟了他一眼，似乎明白他心中的感受，她知道阿瑞不是在逃避，從當年他冒死去救她來看，他絕不是一個會逃避的人。

他只是需要照顧太多人了。

倘若他是單身一人，她相信他必定會跟雷萬仞同路而行的。

「那麼，雷大哥，」彩衣問道：「阿九的頭髮呢？」

雷萬仞對彩衣親切地笑道：「對，我也有問過了，現在還可以披頭，一旦成年，也需剃頭。」又轉問阿九：「你肯剃嗎？」

阿九認真地說：「這個世間還有很多比剃頭更重要的事，更重要的我都不怕失去了，何況頭髮？」

「這小子在說什麼呀？」雷萬仞不禁失笑。

阿瑞和彩衣沒笑。

別人或許不瞭解，但他們曉得阿九在說什麼。

如今，阿瑞只願找一塊地來種菜。

畢竟，他在長生宮的菜園子工作過不只十年，種菜也是他拿手的活兒。

而彩衣呢，她自幼生長在養蠶人家，後來在長生宮也有幫忙養蠶的，所以重操舊業，並不困難。

男耕女織，這不是聖人們所推崇的太平盛世嗎？才怪。

孛星誌‧後記——

寫完孛星誌有三感

自我增生的小說

今年七月到台北參加國際合唱節，約皇冠雜誌主編瓊花吃飯，她問我一件事：「這個故事是不是一開始就是三部曲？」問得好，不是。

這三個故事是它自己增生的，我只是一名助產者。

首先，為了參加一個小說比賽，我寫下了整個系列的第一篇〈庖人誌〉（詳情請見《庖人誌》後記），兩年後，我才動念把這個故事繼續下去。以前《北京滅亡》得了大眾小說獎首獎後，我也在後來衍生出三部曲，這種做法大概引起評審的不滿，因為他們希望當初評審的是一部「完整的小說」，會有續集表示當初並未完整，所以有些小說比賽後來都加訂了規矩，說參賽小說必須「完整」並且無續集。

這不可能，任何一位作家，都可能產生新的靈感，為故事接續新生命，甚至為每一個角色立傳，我們總不可能立法阻止小說產生小說吧，那等於是迫作家去為小說墮胎。

像這部作品，由計畫接續〈庖人誌〉開始，曾動念想寫三十六或七十二行業的人士，但皇冠退休了的陳主編，以及出版部現役的主編春旭雙雙給我建議，應該為故事找一條主線，以免讀者讀起來有散漫之感，我覺得這意見十分寶貴，所以經過修理之後，「阿瑞」便成了一條明顯的主線。

但是，在寫〈弈士誌〉時，故事內容不斷擴大，大得塞不進篇幅，也打亂了主線，於是，我費了許多心力將一大段切割出來，留待後用，結果這一大段再衍生下去，便產生了第二部作品《蜀道難》。

《蜀道難》寫到結尾時，打算以一篇「誌」來宣告張獻忠之死，故事就從彩衣碰上落難的鄭公公開始，沒想到，一寫下去就五萬字，根本結不了尾，於是又只好切割出來，再接續一部《孛星誌》，好好用整本書來交代張獻忠的故事。

不過，話說回來，這位歷史上著名的魔君，我花了好幾年、收集了好幾十公斤的資料來研究他，不好好寫一寫，也太對不起自己了。

再寫下去的話，還有沒有題材呢？有的，四川各地反抗滿清二十年、阿九的成長、雷萬仞投入南明政府、孫可望在南明挾天子以令諸侯、鄭成功退守台灣、老神仙的真面目、羅剎鬼的下落、老探子的金鐃發展成血滴子的過程等等，全都可以加入舞台，但是我覺得可以了，該在此處止步了，所以沒再寫下去的打算，諸位讀者也可以放心了。

這個故事，與其說是三部小說，其實是分成三本的一部完整小說：從阿瑞開始，以姜人龍和谷中鳴為中場，到張獻忠做結束，是一部真實歷史中的人物插曲。

側寫張獻忠

大約四、五年前，在電視看見一部中國大陸的紀錄片，說在四川山區發現一些隱密的地洞，節目中拍攝到洞中空間頗大，還殘留了鍋具等生活工具，甚至有通風口令洞中不會悶熱。當地人傳說，過去戰亂時，曾有人住在地下避禍得全，那些地洞，想必就是傳說中的避難所。古書中提到張獻忠佔領四川時，許多人逃入山中避難，張獻忠便曾派兵入山搜索，還用煙薰迫人出來。書中還提到這些人在太平時候被人發現時，已成遍體生毛的野人……由此種種，我不禁開始想像，這些人平日如何解決三餐？飲水由何處取得？何處大小二便？生病時怎麼辦？敵人來搜山時，心境又是如何恐慌？

張獻忠是四川歷史上最著名的魔王，許多近代文章都說「張獻忠屠川」，說四川人都被他殺光了，雖然近代有人算了一算，計較說他殺的人其實沒那麼多，實際上人數是遭到清朝的誇大和嫁禍，或說史書中所記殺人數目比當時四川人口還多，嚴重不實。姑且不論他殺了多少人，他率眾殺人是鐵一般的事實，屠殺了多個縣城也是事實，這就夠了。

那麼，張獻忠真的屠殺整個四川了嗎？各種專門記載張獻忠與四川的古文獻中都提到，張獻忠最後佔領的只是蜀地，不是整個四川，且川西一帶（都江堰也是？）也毀壞最少，所以古文獻中都說「屠蜀」而非「屠川」。更正確地說，他在攻打四川時，從東到西，一城接一城攻擊，的確是橫掃四川，但真正密集地大屠殺，是發生在他佔領蜀地的那兩、三年內，所以古書所稱「屠蜀」更為精確。

四川經過各路軍事勢力的肆虐（包括清廷鎮壓當地漢人及土人），人口銳減，清朝早期的四川地方官就曾上書說人口太少，無民可管，無稅可徵（因為連納稅人都沒有），因此滿清政府不得不實行「湖廣填四川」，鼓勵湖南、湖北及兩廣人民遷移，好把空蕩蕩的四川填滿。

中國大陸在文化大革命時期把張獻忠等「反賊」打造成「農民軍」，以符合其「無產階級革命史觀」，把張獻忠的魔王形象大扭轉，轉型成人民英雄，又把他從一個極端擺去了另一個極端，與史實嚴重不符。首先，他的出身根本是資本主義小商人，還是讀過書的知識青年。撇開這些不談，無論他被稱是魔王或英雄，都是當代統治者為因應當時需求而塑造（捏造？）的形象，那麼真正的張獻忠究竟應該是什麼樣子？

古書所載，就是一部道聽塗說大全集，不過歷史多是以道聽塗說為原料的加工品，若是經過大量的史料對照，或能整理出一個張獻忠的可能樣貌。

張獻忠的魔王形象是在清初的一堆筆記小說中建立的，例如《蜀碧》、《明亡述略》等，便是由撰者收集劫後餘生者的口述資料，或參考其他人的紀錄編寫而成，但也有第一、二手資料如《張獻忠陷廬州紀》、《蜀難敘略》、《聖教入川記》等，由接觸過張獻忠的人，或經歷逃亡的人所提供的第一手資料，或能給予張獻忠乃至那個時代一個活生生的面貌。（請見本書「參考資料」）

我閱讀了以上資料，從《張獻忠陷廬州紀》中得知張獻忠很愛漂亮的布料，也對布料十分內行，還託一老者替他採購，且不改商人子弟個性，對老者討價還價，雖沒找到他心目中的好布，也依然和氣地再給老者一筆錢，託他再找，只不過老者有一名親人被扣留在營中就是了。

《張獻忠陷廬州紀》也記載了他對文人的兩面態度：將逮到的讀書人留營觀察，沒用的就殺掉。

最令我驚訝的是，《蜀碧》中提到張獻忠不想當皇帝，只想當大商人，又提到他有位表弟在張獻忠亡後出家，外號「疤和尚」，多年後還對人述說張獻忠在最後的日子裏尚有出家當道士的念頭。由此二例可見，他厭倦了馬背上的生涯，最終還是嚮往小時候的商旅生活。

我還試圖分析張獻忠的好殺，從他的各種言行之中，發覺他有強烈的不安全感，整天擔心被殺，所以一方面用殺人來阻嚇企圖對他不利的人，這確實收到了一定的效果；另一方面，殺人也令他得到暫時的安心，彷彿殺了人之後他才能平靜。但，慾望是無窮盡的坑洞，他最後只有越殺越多，越殺越大量，而且還不斷為自己尋找開脫的理由。

這是典型心理有毛病的人的特徵，一如那些校園搶擊案的兇手一般。

張獻忠為殺人找到了一個無限自我膨脹的理由：他是上天派來殺人的。

我們不知這個理由乃出自於幻覺，或是有意的編造，不過張獻忠不停在各種場合中強調這個說法，要促使別人相信，也讓自己愈加深信不疑。

我們也不知道「孛星降世」的傳說在何時出現，它真的是大亂前的預言？是時代不安時必然出現的揣測？或只是事後的解釋？不過在明末作亂群雄中，最終脫穎而出的李自成和張獻忠兩人，的確同年出生，兩人家鄉的地點也十分接近，甚至張獻忠就在李自成的家鄉首次稱雄，令人不得不相信「定數」的說法。但我們也應該統計一下，明末作亂各人士的生年及籍貫，才能下定論，不能因為他們在各場預賽、半決賽中敗退，而忽略不計。

且別急著為預言扣上迷信的大帽子，因為，歷史的「定數」有時的確巧合得令人害怕。我在寫《雲空行》的時候便曾注意過宋朝皇位的繼承，冥冥中竟有完美的平衡，北、南宋十八帝分成完全相同的一－六－二兩大組，令我大為震撼（見《雲空行8・恨情書・典錄：大宋趙家，第一三五頁》）。

那個夜夢天庭的預言，出自《明季北略・卷二十三・補遺・殺星降凡》，我疑心是由李自成那一方所杜撰，預言中的「太白金星」很明顯是在反映李自成最重要的謀士——牛金星。不過，我在小說中賦予它一個新解，因為各種文獻中明示，張獻忠最後的瘋狂屠蜀計畫，是由汪兆齡（或汪兆麟）策動的，該人在張獻忠攻打四川的前四年才加入陣營，火速成為張獻忠最重要的謀士，而他在蜀地立國稱帝的計畫，可說成於汪也毀於汪。

汪兆齡出現在歷史舞台上的時機太過湊巧，張獻忠攻打桐城時，正好是他被左良玉在瑪瑙山殺了一刀，面上留下深痕，連妻孥都被抓走，幾近一蹶不振。在這極度倒楣的時刻，汪兆齡適時在桐城現身，輔佐張獻忠，將他推上頂峰，也讓他留下屠蜀惡名，可謂「張獻忠終結者」，如此，若預言中的太白金星屬實，則非汪兆齡莫屬。

小說家言，史家大可嗤之以鼻。不過，難道史家發現歷史脈絡是如此有趣之時，不會為之心動嗎？

張獻忠必死！

誰人無死？然而天下大亂，人沒有選擇自己死法的權利。即使叱吒風雲如張獻忠，也依然在東躲西逃中狼狽地死去。

張獻忠乃一介瘋子，見城屠城，一道命令下去，手下們就把人像除草一般大把大把地砍殺，雖然絕大部分的人不是他親手所殺，但這筆帳絕對要算在他頭上。只怕他每屠一城，地府中就得加班，趕緊列出亡魂清冊，否則要等到張獻忠大駕光臨時才計算，必定延誤審判，因此明末大亂那六十年，地府中忙碌的情形可見一斑。

然而，張獻忠不是唯一幹這種勾當的人，他的宿敵左良玉是明朝官軍，也是燒殺姦淫無所不為。川北的搖黃賊也有「十三家」之多，四處殺戮。李自成在一路打去北京時也屠城，大明北京政權覆亡後，全國各地都有人稱雄，互相攻殺。生活在那個時代，純屬不幸，而我們都是那個時代幸運活下來的人的後代。

我們不知道，如果張獻忠不瘋，歷史會不會改寫？他不只一次稱帝，還認真地建立了文官制度、開科取士、鑄錢等等，說明他也不是沒有建國的打算，只不過屢試屢敗，往往建國沒多久又陷入被人打跑的局面。到他真的能夠稱霸一方時，他卻開始濫用好不容易得來的資源，燒光殺光吃光，看起來有種今朝有酒今朝醉的頹廢模樣，最後還想以商人或道士的身分逃遁。

他的四周淨是強敵包圍，北方有滿清人已成定局，南方有明朝餘臣及各路軍閥，加上各地大小盜賊，以及不容小看的民間自保團體勢力，還有虎視眈眈的內部小團體，看來的確沒什麼希望，也難怪征戰二十多年的他會感到疲倦。左看右看，或許死亡還是他的最佳結局。

張獻忠死時，至少有二事與我相似，一者他姓張，二者他跟我今年同歲。乾杯！

張草 二〇一三年萬聖節

《庖人》三部曲參考資料

有關氣候、風土、地理

除了四川物產之外，我最注重的還是故事發生時的溫度，它影響了故事角色的穿著，以及其行動能力。其次是地形，地面高低影響視線，也影響了日照的方式。

1. 劉昭民《中國歷史上氣候之變遷》，台灣商務印書館，一九九二修訂版。研究中國五千年氣候的重要參考書，作者為推動中國科技史的學者，從各種古書整理出歷史上的氣候變化，十分珍貴。整個《庖人誌》系列都有參考本書，以校正各篇故事發生時的氣候狀況。本書發生在明末清初，氣候上正好進入小冰河期，先前於嘉靖三十六年至萬曆二十七年（一五五七—一五九九年）曾有一段「冬暖夏寒」的異常氣候，到了崇禎時又轉酷寒，甚至夏雪連年，作者稱「中國歷史上最寒冷，而且寒冷持續很長久的時期」，直到清康熙五十九年（一七二〇年）為止。在此異常氣候中，四季如春的雲南竟有晚秋大雨雪，連現代不太下雪的廣東，《廣東通志》也有大雪六至八日、冰封山谷的紀錄，而且每年如此，所以在《庖人誌》中，才有阿瑞在廣東佛山時，發生雪地屠牛的場景。

也正因為氣候異常，才有陝西連年大旱，促成了李自成、張獻忠等人的出現。

2. 四川省灌縣志編纂委員會《灌縣志》，四川人民出版社，一九九一。作為都江堰一帶氣溫、風土的參考資料。尤其這部現代縣志中載有每個月溫度變化，再以《中國歷史上氣候之變遷》的氣候校正，讓本故事能更精準描寫當時的氣溫變化。

3. 《四川通志》（《欽定四庫全書》本）。有四川各江的地圖、都江堰圖、成都城圖等，都是寫作時幫助空間想像的重要資料！其中〈食貨〉的部分詳述四川各地物產，很有幫助！

4. 王文才《青城山志》，四川人民出版社，一九八二。青城各山、宮觀古跡的參考資料，尤其是各宮觀寺廟的位置和距離。

有關都江堰

5. 清・莊思恆等編修《增修灌縣志》，台灣學生書局，一九六八。都江堰歲修的重要資料，包括了用料、費用、歷史修繕方法成敗例子等，更附有當時青城山、縣署、二郎廟等處的平面圖！

6. 李約瑟《中國之科學與文明（卷十）土木及水利工程學》，台灣商務印書館，一九七七。李約瑟為推動中國古代科技史的英國學者，本書為其窮盡一生之力之代表作。他的這部中譯本的大作中特別有一篇〈灌縣分水工程（秦）〉，解說都江堰控制水量的運作原理，還有詳盡剖面圖解釋都江堰的修繕細節，更附有竹籠和楿槎的照片，才曉得那竹籠有多大！豈是平常人能擔得起？

7. 王純五《千古奇功都江堰》，都江堰市民間文藝家協會，一九九七。親戚在旅行中買到的介紹手冊，小小一本匯集了各路資料，內容完備，讓我在構思故事之初，首次有了清楚的圖像概念。

8. 郭祝崧〈李冰化神過程〉，出自四川師範大學《巴蜀文學與文化研究》，商務印書館，二〇〇五。本選集為「四川師範大學」半世紀以來有關四川研究的重要論文選集，本文原刊於該大學二〇〇四年學報，詳論了都江堰的李冰、石獸、孽龍、二郎等傳說的產生過程，從中還原傳說的原貌，讓我在書寫中更貼近古人的思路。

有關職官

9. 《明史・職官志》。參考各部門官員的分工和品級，尤其重要在〈職官三〉有關「欽天監」（天文台）的職務分配，是〈天官誌〉重要的背景資料。

10. 清．王世貞《錦衣志》。錦衣衛的歷史沿革，從成立經過、成員背景、主要職責，到重要人物、權力更替等都有清楚敘述。

11. 郭建《衙門開幕》，台灣實學社，二〇〇三。對於明清官署中的人事規章、建築布局等細節都描述得十分詳盡，尤其重要的是「衙門」的內部結構，例如專門鑄造「官銀」的地方（這說明了張獻忠奪取的銀兩上為何有官印，以及張獻忠為何能在衙門搬出大批銀子）、審判犯人的地方（與電視演的不同！）、一堂二堂的衙門是什麼意思等等。

12. 杜婉言《中國宦官史》，台北文津，一九九六。本書有關宦官的資料十分完善，從閹割的細節、宦官的籍貫、宦官圈子內的次文化等都有詳述。

13. 陳玉女《明代二十四衙門宦官與北京佛教》，台北如聞，二〇〇一。作者在研究宦官的出身背景時，提到明代早期宦官多來自外族或福建、廣東、雲南等南方地區，後期大多來自北京近畿，不過這些資料乃統計自有名有姓的宦官，而史上會留名的宦官都是大太監。作者引清初王譽昌《崇禎宮詞》，寫明代「淨身男子，大約閩人居多」，可見窮困的南方仍是宦官大本營，只是可能在宮中不得權勢，地位甚低，因為當時朝中常常會挺北貶南。

14. 丁易《明代特務政治》，北京中華書局，二〇〇六。原書在一九四八年完成、一九五〇年出版，作者初衷在於借歷史影射當年國民黨獨裁政治，然而出版時已是中共政權。其內容扎實，對於東廠和錦衣衛的互相倚結情況，描述得非常清楚，無書能出其右。

有關蝗蟲

我對蝗災一直很有興趣，對於鋪天蓋地而來的蝗蟲深深著迷，很想明白為什麼有蝗災的產生。所幸能遇上以下的資料。

15. 清・陳芳生《捕蝗考》。有鑑於歷代蝗災肆虐，民不聊生，撰者心慈，廣集歷代捕蝗方法，希望全國各地可資參考，以降低蝗蟲所造成的傷害。

16. 任平生〈蝗蟲，蝗蟲！〉，出自《中華遺產》雜誌，二〇一一年一月號。本文全面性地從蝗災、蝗神廟、捕蝗談起，直到蝗災造成欠收、濫稅、盜賊紛起，促成明朝的滅亡。其中明代北方蝗災頻率圖、當今蝗神廟分布圖以及明末「農民起義」形勢圖三者對照，尤其重要。有關蝗災以及蝗蟲吃人之事，在以上一書一文中得到啟發，才因此創造出「羅刹鬼」這一號人物。

有關張獻忠

17. 《明史・流賊列傳》。雖是官修「正史」，但對張獻忠只提供了一個大略的說法，且與民間筆記小說的說法不太相同，因此僅供對照參考之用。

18. 清・余瑞紫《張獻忠陷廬州紀》。從來沒有一部書如此貼近過張獻忠，作者是一個被逮到營中的讀書人，從崇禎十五年五月至九月，隨軍歷時五月，親身在張獻忠營中生活過，對於營中人物、稱謂、術語等多有描述。從本書得知張獻忠喜好布料，對布料的品質要求很高；也得知各書爭議的張獻忠生日，應該在九月十八日，因為作者親身經歷。

19. 陳學霖〈傳教士對張獻忠據蜀稱王的記載：《聖教入川記》的宗教與文化觀點〉（香港中文大學中國文化研究所，《中國文化研究所學報》No. 52 - January 2011）。由於一直找不到《聖教入川記》的全文，只好借助於本篇論文。《聖教入川記》是根據當時張獻忠留在身邊的兩位西洋傳教士的文章，多年後再由另一位傳教士重新編寫，所以是不算十分可信的第一手資料，且因文化觀點（視中國人為不文明的野蠻人）和作者的目的（傳教）而有偏誤（要信了基督教才是文明人），但做為史上最靠近張獻忠的洋人，這份史料實在難能可貴，也絕無僅有。書中提供了張獻忠在佔領蜀地之後的性情變化，以及他與傳教士的對話，許多資料跟中國本土的說法有異。

20. 清・計六奇《明季北略》《明季南略》，台灣商務，一九七九。是我寫本系列以及「滅亡三部曲」的重要資料，前者主要集中在北方政局變化，包括李自成和滿人在北京建立政權的紀事；後者在明朝王室南逃後的紀事。兩書皆不時提到張獻忠在各省流竄的事蹟，只有在《明季南略》卷十二特撰一篇〈張獻忠亂蜀本末〉，概要整理了張獻忠據蜀三年的所作所為。

21. 清・彭遵泗《蜀碧》，台灣學生書局。四卷。作者廣集資料編寫的集大成之作，內容最完整和豐富。專記張獻忠在四川的活動和影響，涵蓋時間自崇禎元年至康熙二年，共三十五年。

22. 清・沈荀蔚《蜀難敘略》。作者是劫難的當事人，在張獻忠攻陷成都前逃出城，其父也殉職。本書是他從五歲（崇禎十五年）隨父上任，然後在四川各地輾轉避難二十餘年，直到康熙四年才回到故里的紀錄。文中有可貴的逃亡路線、當時的社會生態、以及作者途中如何聽聞各種新聞的第一手資料。

23. 清・徐鼒《小腆紀年》。二十卷。以編年體方式記錄南明史事，其中有許多張獻忠在四川的事跡。

24. 清・鎖綠山人《明亡述略》。二卷。這部小書文字不多，但提到了士慶這個人，令我首次留意到張獻忠軍中異人的存在，但對士慶的描述僅有寥寥數句。

25. 清・張潮《虞初新志》。二十卷。其中〈記老神仙事〉一節，完整敘述了老神仙士慶的來龍去脈，包括如何為張獻忠所收納，為何被稱為老神仙等等。《明亡述略》中只粗略地提到他對女人「殘忍穢褻不可言」，在本書才清楚說出是如何殘忍法。

26. 郭沫若主編《中國歷史地圖集》，中國地圖出版社，一九九〇。對張獻忠四處征戰的路線有很好的標示，可與以上《蜀碧》《明季南略》等書對照！

有關道教

27. 黨聖元，李繼凱《中國古代道士生活》，台灣商務印書館，一九九八。有關道士出家、戒律、飲食的參考。

28. 劉仲宇《道教的內祕世界》，台北文津，一九九七。有關步罡和掐訣的參考。

29. 郝勤《道教與武術》，台北文津，一九九七。道教拳械、武器及內家拳觀念的參考。

30. 莊宏誼《明代道教正一派》，台灣學生書局，一九八六。有關張天師傳承下的道教。

31. 唐・孫廣《嘯旨》。道教中有一種稱為「嘯法」的技巧，用以辟邪，但我們發現其方法與「泛音唱法」幾乎是同一回事，這種泛音唱法在蒙古、西藏、俄羅斯等地原住民中被認為是神聖的聲音，而藏傳佛教也把此法用於誦經，以產生一種神祕的和聲。我自少就有學習聲樂，我把以前流行的「美聲唱法」與現代「自然歌唱法」與之對照，有些聲樂高手能讓聲音傳得很遠仍然不失音量，可是站在他身旁的人卻覺得不大聲，我想像這種技巧發展下去，或可以建立「密音傳耳」這種傳說中的絕技。這套想法在〈阿母誌〉中提及符十二公時有所發揮。

32. 林河《儺史——中國儺文化概論》，台灣東大圖書公司，一九九四。研究中國南方原始宗教巫術文化，〈庖人誌〉中的布摩、祖師石像、盤洞等皆參考自此。

有關武術原理及兵器

33. 《古本少林宗法圖說》，香港藝美圖書公司，一九八三。

34.《少林拳經》，少林寺官方網站。

35. 周緯《中國兵器史稿》，天津百花文藝，二〇〇六。原書為一九五七年出版，作者為中國古代兵器研究先驅，對歷代兵器沿革整理了一番，是一本真正的學術研究專書。

36.（日）篠田耕一《中國古兵器大全》，香港萬里書店，一九九六。

37. 裴錫榮，韓明華，江松友《中華古今兵械圖考》，北京人民體育，一九九九。日本人編的書實用性強，但想像成分過多。北京那本則收錄許多花俏有趣的兵器，看起來表演性大於實用性。

有關醫藥及生死觀

38. 邱茂良主編《針灸學》，上海科學技術，一九八五。本書乃中國大陸中醫課本，是「靈龜八法」的重要參考。

39. 魯桂珍，李約瑟《針灸：歷史與理論》，台北聯經出版，一九九五。有關致命點的參考。

40. 《少林傷科癰疽驗方》，私人印刷，二〇一〇。由〈呂家傷科銅人簿〉〈西螺七劍驗方祕史〉〈癰疽專方〉三書合訂，民初傳本，為私人授課之用，市面無售。此書乃友人所贈，其中多道祕方與本人小時候聽過父老傳說的相同，得書後方知出處！谷中鳴的銅指之方由此出。

41. 劉靜貞《不舉子：宋人的生育問題》，台北稻鄉，一九九八。古代殺子、溺女、墮胎的研究，牽涉到古代社會結構及經濟問題。〈阿母誌〉中穩婆及墮胎藥由此參考。

42. 余英時《東漢生死觀》，台北聯經，二〇〇八。原書為中研院院士一九六二年哈佛大學博士論文，以英文寫作，幸好近年有譯成中文！真是功德無量。文中詳細分析了由追求不朽乃至求仙、追求長壽乃至養生，以及死後是否神滅的爭論。本書最重要的是幫我徹底釐清了古人有關魂、魄的觀念，這些在其他書中皆語焉不詳。

《庖人》三部曲編年

萬曆卅三年　十二月　廿日，范羽夢見預兆，孛星將要下凡屠殺。
廿五日，大雪五日。（天官誌）

萬曆卅四年　正月　元旦，大雪後出現巨人足跡。（天官誌）
五月　李自成出生。
九月　十八日（十九日？），張獻忠出生。

天啟元年　符十二公之女翠杏（十七歲）與柳嵐煙解除婚約，受長生宮住持朱九淵所惑，珠胎暗結，還差點被殺，終生癡呆。後成「女山猿」。（阿母誌）

天啟二年　夏　阿瑞出生。（阿母誌）

天啟三年　鄭榮發（鄭公公）下體受損，被迫淨身。十一歲，正式入宮當宦官。正逢魏忠賢叱吒風雲之時。（中官誌）

天啟四年　二月　賽流星十歲，遇繡姑。（阿母誌）

天啟五年　冬　阿瑞三歲，入長生宮柳嵐煙門下。（阿母誌）

天啟六年　五月　端午次日，王恭廠災變，北京城半毀。（北京滅亡）

天啟七年　三月　陝西蝗災，蝗蟲把還是嬰兒的羅剎鬼全身咬傷，此後人稱「蝗糧子」。（五間誌）

崇禎元年　崇禎帝即位，魏忠賢被抄家死刑。

張獻忠、李自成加入叛軍。

崇禎六年　陝西大旱，蝗糧子父母自縊，七歲的他差點被人吃掉，為孫可望所救。（五間誌）

崇禎八年　正月　張獻忠兩度攻打安徽廬州，失敗。

崇禎十四年　二月　張獻忠殺襄王，逼死兵部尚書楊昌嗣。

八月　張獻忠被左良玉大敗於信陽，僅剩數十騎逃跑。

十二月　張獻忠攻桐城，諸生汪兆齡於獄中與百餘死刑犯破獄，投奔張獻忠，此後成為最有力的策士。（五間誌）

崇禎十五年　五月　五日端午，張獻忠第三次攻打安徽廬州。

七日，廬州城破。（五間誌）

崇禎十六年　七月　鄭公公滅門北京廣勝鏢局，馮勝死。

鄭公公得《靈龜八法》，九死一生中全身經絡易位。（中官誌）

崇禎十七年／永昌元年／大順元年／順治元年

正月　初一，李自成於長安稱帝。（五間誌）

張獻忠從湖南進四川，途中所擄百姓，因缺糧餓死大半，酒樓小

二與浪裏蛟半路逃走，後來投靠姜人龍。（弈士誌）

張獻忠成功經過夔府進入四川。（五間誌）

二月

十日，江漢水漲，張獻忠進兵受阻。

羅刹鬼等二十餘支探子出發，前往成都一帶探路。（五間誌）

廿六日清明，灌縣都江堰放水節。（天官誌）

三月

綠衣客王二欲殺范羽、谷中鳴師徒，不成。（天官誌）

羅刹鬼哨隊二名手下被老馬殺死。（五間誌）

十九日，李自成攻入北京，崇禎帝上吊自殺。

羅刹鬼與呂寒松園捕女山猿，遇賽流星。（五間誌）

四月

張獻忠屯兵忠州葫蘆壩。

羅刹鬼回營報告。（五間誌）

五月

鄭公公與阿瑞（二十三歲）等人在廣東佛山「一味堂」混戰，獲悉崇禎帝駕崩消息。（庖人誌）

下旬，張獻忠重新動兵，進軍重慶。

六月

二十日，張獻忠破重慶。（羽客誌）

七月

阿瑞跟踪鄭公公上青城山，遇山伕賽流星。（山伕誌）

半月後，阿瑞路經都江堰，陷入白額狼與姜人龍之戰。

符十二公詐死，與阿瑞相認為祖孫。（弈士誌）

八月　阿瑞與母符翠杏（女山猿）相認。（阿母誌）
初九，張獻忠陷成都府，大殺三日。（羽客誌）
阿瑞往長生宮警示大眾。（桑女誌）
鄭公公擁立朱九淵為皇帝，朱九淵意圖染指彩衣。（桑女誌）
鄭公公被「老鼠」所捉。（老鼠誌）
十五日，張獻忠成立「大西國」，年號大順。

十月　張獻忠鑄錢「大順通寶」，頒佈《通天歷》。

十一月　十六日，張獻忠正式稱帝。

十二月　大西國開科取士。（胚胎誌）

順治二年　五月　四日，李自成不敵清軍，死於湖北。

順治三年　八月　阿瑞冒險前往川北為母找藥。（搖黃誌）

九月　鄭公公逃出張獻忠營地，為彩衣所救。（老鼠誌）
張獻忠生日。鄭公公行刺失敗而死。（胚胎誌）
阿九誕生。（薙髮誌）

十一月　劉進忠叛張獻忠，引清軍攻擊。（孛星誌）

十二月　十一日，張獻忠中箭，死於鳳凰山。（孛星誌）

順治五年　阿九重新找出《十牛圖》。翠杏恢復神志。（薙髮誌）

順治十六年　阿瑞與子闖長生宮，發現被清軍佔據。（薙髮誌）

北京滅亡

張草——著

人類歷史上有許多神祕的、不可解釋的事實，都是幻想小說的好題材。要在神祕事件上落墨，化為小說是很困難的事情，所以在看了《北京滅亡》之後，格外佩服。掩卷深思，肯定自己就算可以作出同樣的幻想，可是在小說的結構上、寫出技巧上、情節動人上，也及不上《北京滅亡》。

——倪匡

地球聯邦 10553 年，人類血統已經完成大融合，所有種族的染色體被混合，「民族」已無意義。唯一獲保留的「純種」中國人 θ81402028 被選派擔任「時間旅行」的危險任務，八個浸泡在液體裡的「奧米加」人頭用意念送他到古代研究歷史。
在一次次時空的交錯重疊中，他始終無法忘記明朝天啟六年的史料紀載，純種血液內深藏的民族意識喚醒了他熊熊的怒火和恨意！是的，他要逃離地球聯邦的控制，他要到明朝天啟六年的北京！他要破壞歷史、阻止北京滅亡！……

諸神滅亡

張草——著

張草的筆鋒愈磨愈利，例如那些描寫「未來反烏托邦」的段落，文字之冷之酷便直追《一九八四》與《美麗新世界》。至於男主角在明末北京的種種奇遇，則令人聯想到金庸與高陽的小說……姑且不論《諸神滅亡》有多少深層內涵，就小說的「基本面」而言，張草已經超越了許多前輩，尤其重要的是，超越了昨日的張草。

——葉李華

正思為了阻止中國滅亡，利用時間旅行逃到明朝天啟六年的北京。在証因寺裡，對地球聯邦的恨意糾結著、支撐著正思，他反覆思索著是誰救了自己？他該怎麼破壞歷史？而他深愛的沙也加，還在另一個時空等待嗎？

沙也加是抱著一丁點希望在等待，直到第一主席強迫她領養一個人工受精混種的孩子。隨著孩子漸漸長大，沙也加發現每天晚上都有人潛入家中！地球聯邦到底為什麼要如此安排？這個孩子又將面對什麼不可知的未來？

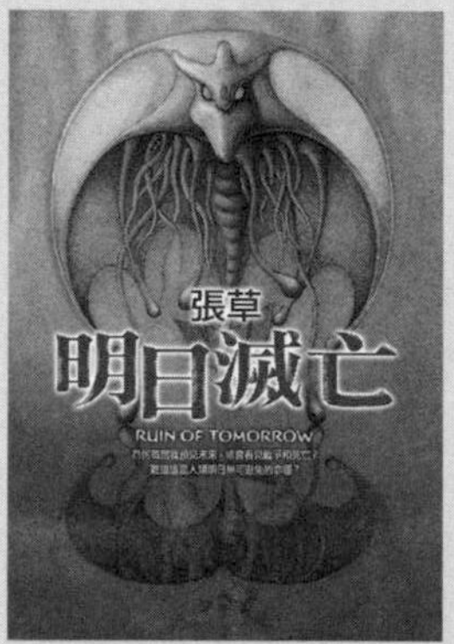

明日滅亡

張草——著

張草以科幻的筆觸，創造人物、描寫景象、敘述故事，萬分精采，特別是在《明日滅亡》之中，非常熟練地引用了不少佛學的知識和觀點；也可以說，這是一部寓佛學的小說。他自己告訴我：「本書為科學加歷史加佛學加預言之綜合，試圖以更廣闊的視角，檢視成住壞空之無常。」

——聖嚴法師

地球聯邦為人類血統完成融合的新紀元，它製造了一百個「三位一體」——由三個人的基因所合成的人類。其中一位基因提供者是正思，一位是他逃離聯邦前的女友，還有一位是聯邦的「第一主席」。而製造「三位一體」的目的，就在為「第一主席」的繼承做預備。這一百個「三位一體」在誕生後陸續夭亡，最後只剩兩個，其中一個是在地球聯邦無編號紀錄的雙頭男孩「那由他」。這位天生的超能力者，因為畸形而不被允許出現在一般人面前，他之得以生存，是因為統理地球聯邦的量子電腦「瑪利亞」對他發生了興趣。在地球聯邦出現毀滅徵兆之際，那由他也被送往危險的禁區，開始了探索未來的放逐之旅。在那裡，他將遭遇改變他、和整個地球命運最強大的滅亡力量……

雙城

張草──著

2 個城市，8 則傳說，
當東方的靈異遇到西方的奇幻，
陰陽、時空開始不思議……

彌留狀態的母親，口口聲聲說家中有「人」等了她六十年？
賣檳榔的阿南，半夜發現越南新娘的頭不翼而飛？
研究歐亞神話的教授，
在教堂墓地挖出的骸骨是隻有翅膀的狗？
泰晤士河畔，夜半浮動著一般人看不到的祕密？

從古到今，「靈異」與「奇幻」始終是人類說故事的最佳題材。儘管東西文化不同，但張草卻能融合東西方的神祕特質，寫出《雙城》中八篇充滿新時代感覺的小說。故事圍繞著台北、倫敦兩地，每篇讀來都讓人毛骨悚然，並不自覺地深深陷入「張草式」的陰陽魔界裡！更難得的是，在驚悚懸疑的氛圍中，往往蘊含了溫馨幽默的人性，而出人意表的情節轉折，則充分展現其過人的創意和想像力，堪稱新一代作家中最受矚目的傑出作品！

國家圖書館出版品預行編目資料

孛星誌／張草著.--初版.--臺北市：皇冠. 2014.1
面；公分（皇冠叢書；第4363種）
（JOY；166）

ISBN 978-957-33-3049-3（平裝）

857.9　　102026981

皇冠叢書第4363種
JOY 166

孛星誌

作　者—張草
發 行 人—平雲
出版發行—皇冠文化出版有限公司
台北市敦化北路120巷50號
電話◎02-27168888
郵撥帳號◎15261516號
皇冠出版社(香港)有限公司
香港上環文咸東街50號寶恒商業中心
23樓2301-3室
電話◎2529-1778　傳真◎2527-0904
責任主編—盧春旭
責任編輯—蔡維鋼
美術設計—王瓊瑤
著作完成日期—2013年
初版一刷日期—2014年1月
法律顧問—王惠光律師

讀者服務傳真專線◎02-27150507
電腦編號◎406166
ISBN◎978-957-33-3049-3
Printed in Taiwan
本書定價◎新台幣280元/港幣93元